瘦西湖的春天

华干林　著

中国文联出版社

图书在版编目（CIP）数据

瘦西湖的春天 / 华干林著 . -- 北京 ： 中国文联出
版社， 2021.11
ISBN 978-7-5190-4688-0

Ⅰ ． ①瘦… Ⅱ ． ①华… Ⅲ ． ①散文集－中国－当代
Ⅳ ． ① I267

中国版本图书馆 CIP 数据核字 (2021) 第 217619 号

著　　者　华干林
责任编辑　蒋爱民
责任校对　刘　丽
封面设计　华　阳

出版发行　中国文联出版社有限公司
社　　址　北京市朝阳区农展馆南里 10 号　　邮编　100125
电　　话　010-85923025（发行部）　　010-85923066（编辑部）
经　　销　全国新华书店等
印　　刷　中煤（北京）印务有限公司

开　　本　710 毫米 ×1000 毫米　　1/16
印　　张　14.5
字　　数　320 千字
版　　次　2021 年 11 月第 1 版第 1 次印刷
定　　价　38.00 元

目　录

自 序

三年前，我的第一本散文集《烟花三月下扬州》出版，受到朋友们的热情鼓励，在此首先致谢！

写作，是我少时的爱好；当作家，是我大学时期的梦想。虽然后来因从事高校行政工作，没有更多的时间和精力投入其中，但写作始终是我挥之不去的念想。人生得闲之后，这几年我又陆续撰写了上百篇文章，文体很杂，长短不齐，有的发表于报刊杂志，更多则是在自媒体、朋友圈中自娱自乐。

"问渠那得清如许，为有源头活水来。"我读大学在扬州，成家立业在扬州。扬州这座历史文化名城，给了我丰富的文化滋养和不尽的创作源泉。正如我文中所述："我看着她一年年的花红柳绿，她伴着我一天天的青丝华发。"所以，我的多数文章依然是以认知、解读和宣传扬州文化为主题，这本文集第一、二两辑的内容大概如此。如《故应唤作瘦西湖》，梳理了瘦西湖得名的来龙去脉；《只宜诗句问青天》，叙述了天宁寺的前世今生。《回眸》则详细记录了我参与"平山堂廉政教育基地"建设的全过程……

"相逢恨不知音早。秋风倦客，一杯情话，为君倾倒。"这是元代文人王恽的词句。我在扬州已生活了四十年，结识了很多朋友，他们对我的人生、工作、写作都产生了良好影响和有益帮助，故而，文集的第三辑主要写良师益友，有原中国人民大学校长、扬州老乡纪宝成先生；有著名歌唱家、自称"新扬州人"的刘秉义先生；有我研究扬州文化的偶像学者韦明铧先生；有引领我走近艺术圈观赏风景的同事，他们是男高音歌唱家张美林、古筝艺术家傅明鉴、书法家徐正标、声乐教师袁野；以及书法界的"扬州七子"等。

我中学时代的两位语文老师：华岳、孔沁梅二位老先生，既是我爱好文学的启蒙老师，更是我终生难忘的人生恩师。我在写作每一篇文章时，眼前都浮现着他们的容颜。

"纸屏石枕竹方床，手倦抛书午梦长。睡起莞然成独笑，数声渔笛在沧浪。"很喜欢宋代诗人蔡确的这首绝句。我是一个爱玩耍、爱吃喝、爱热闹的人，东奔西走，渔笛沧浪。因此，在文集的第四辑中，桂林山水、海南人文、闽南风情、新疆风物、淮扬风味，以及将之视为我家后花园的捺山那园，还有虽名不见经传但确为好酒的"酒甸老窖"，在我的笔下均有所记录。

因求学、工作等原故，我离开故乡已久，但故乡的许多人和事仍深烙在我的心中，上了年纪，回忆往事便成为日常思维的重要内容之一。故而，文集的第四辑，选取了几篇乡情之忆的小文，以慰莼鲈之思。

这本文集，属什么文体我自己都不好意思定义。说是散文，却缺少文采；说是杂文，却缺少思辨；说是论文，却缺少观点。但是，想起了散文定义有"狭义散文"和"广义散文"之分。其中"广义散文"定义是，除了韵文之外的文体都属于散文。如此说来，还是把这本"四不像"文集叫做散文集吧。

本文集所选文章几乎都为近三年写就，除了少数几篇经过仔细琢磨，其余大多是兴致所至，一挥而就。之后便不再理会。不曾料到2020年的寒假如此漫长，肆虐横行的新型冠状病毒，迫使人们放弃行动自由，我亦坚居家中，除了日常饮食起居，便是关注疫情，这让我意外地拥有了一大段空闲时间。于是将旧稿翻出，杷罗剔抉，进行了一番修改、整理，选编成集。感谢中国文联出版社的蒋泥先生再度倾情相助，精心编辑，才使得这本文集羞报问世。

写到此处，我的思绪突然穿越千年。

公元217年，即建安二十二年，是年亦遭大疫，对这一年的瘟疫，曹植在其《说疫气》一文中有着形象生动的描述："建安二十二年，疠气流行。家家有僵尸之痛，室室有号泣之哀。或阖门而殪，或覆族而丧。"到了岁末，徐幹、刘桢、陈琳、应场相继逝去，加上此前去世的孔融、阮瑀和王粲，一度引领文学潮流的建安七子在这一年全部退出历史舞台。

今我生也何幸，虽文章不可望建安七子之项背，但经此大疫，却身体无恙，且尚有闲暇将一堆杂稿汇编成集，虽訾言呫议，其乐亦无穷也。

华干林

2020年春分于扬州快活林书房

第 一 辑

为 有 源 头 活 水 来

故应唤作瘦西湖

一

在中国，由于杭州西湖名气太大，以致各地竞相模仿，只要自己的城市西边有一汪清水，便叫作"西湖"。据说清代乾隆年间，全国有三十六处"西湖"。然而，却有一处西湖名字叫得特别，这就是扬州的瘦西湖。瘦西湖也是扬州古城西边的一条河，历史上曾叫作"炮山河""保障湖"。清末文人王振世《扬州览胜录》说："湖之水，其源旧发于甘泉、金匮两山，由蜀冈中、东峰出，注九曲池，汇蜀冈前。"

扬州北部蜀冈是大别山的余脉，两千年前，它是长江北岸的岸线。后来由于长江泥沙沉积，扬州蜀冈以南的江滩变成陆地，并逐渐南移，形成了现在长江北岸的平原。瘦西湖最早是在长江南移过程中留下的潟湖，后来成了河道。古时候蜀冈上植被茂盛，雨量充沛，瘦西湖是蜀冈之水流向长江的自然河。

到了唐代，扬州城先在蜀冈之上，叫牙城或者子城。唐朝后期，扬州城往蜀冈下的平原发展，形成了罗城。唐代扬州城很大，今天的瘦西湖在唐代是市河。唐代诗人姚合说扬州"园林多是宅，车马少于船"。可以想象，唐代的瘦西湖畔或已有园林存在。

宋代扬州，瘦西湖是扬州城的西护城河，这种状况一直延续到明末清初。

到了清代，运河再次全线贯通，大量的商业资本集聚到扬州。中国文人自古有归隐情怀，所谓"大隐隐于市，小隐隐于野"。中国商人大多出身乡野，但大多也具有一定的文人素养。他们虽生活在都市，但常常向往乡村生活，希望回归自然，追求天人合一的境界。而城里地域面积、环境都不能满足这一需求。瘦西湖水道位于扬州城西北郊，绿水蜿蜒，环境清幽，于是富商巨贾们便在沿湖两岸建造私家园林。商人对园林化住宅的迷恋，带动了一方经久不息的造园热潮，形成了私家园林遍地开花、异彩纷呈的城市景观，开启了中国古典园林的扬州时代。

康乾盛世，扬州不仅经济富裕，而且文人墨客众多，以扬州八怪为代表的近千名书画名家云集于此。同时，清代很多著名文士，如刘鹗、吴敬梓、袁枚等都曾长期生活在扬州。他们靠著书立说、卖字鬻画为生。此时扬州徽商居多，徽州人多地少，生活艰难。要发愤图强走出大山，途径有二：一是考科举，一是做生意。参加科考落榜后，有人便来到扬州这个大码头做生意。扬州是历史文化古城，在扬州，不学文化生意做不好。于是，"商翁大半学诗翁"，很多盐商注重文化修养的提升，家中供养着文人，讨论文学、搜集孤本、教育子女。故而人们对扬州盐商有"儒商"之雅称。而在富商巨贾、达官贵人设计建造园林过程中，文人则起到了艺术高参的作用。

当时扬州人口构成中有本土扬州人、外籍官员；职业有文人、工匠，加之主导扬州经济命脉的商人。他们各自的文化基因，带有明显的地域差异。因此，由他们所共同构建的扬州城市文化，呈现出多元的文化特性。瘦西湖畔的诸多园林，是当时全国文化交融的一个集合体。这些园林以水面作为共同空间，博采众家之长，既相互分开各有特色，又互为因借和谐共存，从而使瘦西湖在园林美学情趣上显得整体有章，个体有法。

"瘦西湖"之名，最早见于书面文字记载，是清初著名文人吴绮的《扬州鼓吹词》，该书记载："城北一水，通平山堂，名瘦西湖，本名保障湖。其东南有小金山焉，在城北约二三里……每逢夏日，郡人咸乘小舟徜徉其间以为乐。日夕归来，小舟点点如蜻蜓，掩映夕阳，直如画境，而扬州之风景游览，亦以此为最盛焉。"

乾隆年间的扬州，已无可奈何地达到第三次繁盛。人口五十余万，是世界十大城市之一。乾隆二十二年（1757），钱塘（今杭州）诗人汪沆来扬州参与红桥修禊，作《红桥秋禊词，同闵莲峰、王载扬、齐次风作》三首，其一云："垂杨不断接残芜，雁齿红桥俨画图。也是销金一锅子，故应唤作瘦西湖。"汪沆生长在西子湖畔，对杭州在南宋时留下的"销金锅儿"印象深刻："日糜金钱，靡有纪极，故杭谚有'销金锅儿'之号。"他看到扬州保障湖的冶游之盛，扬州人消费亦如熔金化银之坩埚，与南宋时的杭州好有一比，因而发出"也是销金一锅子，故应唤作瘦西湖"的慨叹。由此，"瘦西湖"之名正式进入大众视野。

二

瘦西湖风景区的形成，还与平山堂有着密切关系。

平山堂是北宋庆历八年（1048），欧阳修知扬州时所建。欧阳修是北宋文坛领袖，在朝中为官后，致力于推动文风改革。早在唐代，韩愈、柳宗元就倡导古文运动，但其使命在他们手中没有完成。欧阳修登上文坛后，接过古文运动的大旗，他自己身体力行，写的文章通俗易懂。他主持科举考试，借此引领了宋代新文风。

欧阳修为什么会到扬州？因为"庆历新政"失败。

北宋庆历年间，有一批朝廷重臣兴起了一场改革运动，史称"庆历新政"，中坚力量为韩琦、富弼、范仲淹等。由于改革触犯了权贵利益而失败，一批官员被贬。欧阳修当时担任谏官，其职责就是专门给皇帝提意见。他为庆历党人鸣不平，上书《朋党论》，惹怒了宋仁宗，结果被贬到滁州。欧阳修到滁州后，放下架子走群众路线，与民同乐，又实行宽简之治，滁州百姓很喜欢他。欧阳修与老百姓同游琅琊山，写下《醉翁亭记》，文章写得特别好，一时洛阳纸贵。消息传到宋仁宗那里，他觉得对欧阳修处罚太重，便将其调整到大郡扬州。

欧阳修到扬州上任的日期是庆历八年（1048）二月二十二日，到任之初，人生地疏，公务繁剧，但他以在滁州推行宽简之治的经验，很快就把喧噪的扬州衙署治理得如同僧舍一般宁静，这不能不说是个奇迹。像和尚庙一样宁静的州衙署当是什么样的情景呢？欧公将事"十减五六"，力度如此之大的删繁就简，"官府阒然如僧舍"就不奇怪了。时过千年，欧公当年的成功简政之举，今人却只能在故纸中找寻了。

至于欧阳修在扬州建平山堂、美泉亭、无双亭，则早已成千古佳话与千年胜景，给扬州百姓、中国历史和文坛都留下了宝贵遗产。岳阳楼因有范仲淹的记，滕王阁因有王勃的序，黄鹤楼因有崔颢的诗，因而千百年来屡毁屡建，可说是"楼以文贵"。而平山堂的情形则不同，它们既有欧阳修诗文的原因，更与欧公的为人、为政不能分开，因而千年不衰。

欧阳修在扬州工作不到一年，便因身体原因请求调到颍州，但他留下的平山堂一直为历朝历代的文人墨客而向往与朝拜。

公元1636年，清王朝诞生了。当江山传到康熙皇帝手中，其治国理念发生了明显变化。康熙意识到，面对着泱泱大汉民族，用武力统治天下行不通，必须亲近汉文化，用汉文化来笼络和治理汉人。于是，他定儒学为国学，并亲自带头学习汉文化，以至《四书》《五经》均能出口成诵；他带头尊崇儒家文化，对着孔子像行三跪九叩之大礼；他大力兴办文化融合工程，诏令编纂了《龙藏经》《全唐诗》《全唐文》《佩文韵府》《古今图书集成》等重要的经典图书。其中《全唐诗》《全唐文》《佩文韵府》三部图书即是在扬州编成。康熙南巡，主要是为了治水保漕和稳定人心。来到扬州，祭拜先贤，平山堂及欧苏胜迹是一定要去的。他第五次南巡回京之后，诏令御赐"贤守清风"匾于平山堂。

乾隆皇帝是"康乾盛世"的维持者，他效仿康熙，频频南巡。

扬州是连接运河与长江的漕运枢纽，又是"动关国计"的盐业集散地。康乾两代君主南巡，扬州是极其重要的站点。扬州既有康熙行宫，又有乾隆行宫，祖孙两代12次南巡，有11次驻跸扬州。两处行宫，一在高旻寺，一在天宁寺。他们去平山堂拜谒欧苏，往往乘龙舟，走水路，瘦西湖水道就成了必经之地。而瘦西湖两岸自清初以来，已渐成冶游之地。进入乾隆朝之后，扬州的富商们为了博取圣上欢心，更在龙舟经过的水道两岸，争相造园，挥洒万金，且设计精巧，各得奇妙，使得造园的风气达到鼎盛。据史料记载，今之湖上园林中，西园曲水、虹桥修禊、小金山、五亭桥、熙春台等多处景点，均修建于乾隆年间。瘦西湖终于形成了"两堤花柳全依水，一路楼台直到山"的繁盛景观。清人刘大观说："杭州以湖山胜，苏州以市肆胜，扬州以园亭胜。"

三

虽然瘦西湖之名在乾隆时代已见诸诗文，却没有得到扬州文人的广泛认可，纵览当时流传下来的、与今天瘦西湖—蜀冈风景区有关的诗词歌赋，鲜有用"瘦西湖"之名的。乾、嘉之后诸朝，包括《扬州画舫录》在内的诸多地方文献中亦未采纳"瘦西湖"之名。直到晚清，"瘦西湖"之名才逐渐被扬州人接受，并在一些著述中出现。

考察瘦西湖之名的来龙去脉，忽然触及扬州历史文化中一个十分值得研究的问题，即扬州人的群体心态。朱自清先生曾很直率地说："我讨厌扬州人的小气与虚气。"康乾盛世时的扬州，是扬州发展史上第三个鼎盛时期。遥想当时，那些耀武扬威的盐运使们，那些"把银子花得如淌水似的"盐商们，还有那些尽管囊中羞涩，但自我感觉良好的扬州文人墨客们，如何能接受一个"瘦"字呢！当朝皇帝都说"扬州盐商实力之伟哉，朕不如也"。我大扬州何"瘦之有"！你杭州算什么？跟着我大扬州后面拎鞋吧。如此，当时"瘦西湖"之名流行不起来，便是理所当然了。

然而，当扬州大虹桥边急管繁弦歌吹沸天之时，人们未曾察觉的是西方世界正悄然发生着变化，当康乾祖孙两代人乘着龙舟踌躇满志地先后穿过虹桥的时候，英国已开始了资产阶级革命、美国正酝酿着独立战争、法国正处于大革命的前夜……

当康乾盛世"无可奈何花落去"，扬州便逐渐陷入了长达百年的沉寂。面对扬州一天天衰落下去，生活在这个已沦落成江北小城的扬州人，突然觉得"瘦西湖"这个名字很好！于是瘦西湖之名，悄然地、渐渐地、频繁地出现在扬州文人的诗文中，并且赋予它诗情画意般的注解。扬州人怡然自得地说："天下西湖三十六，唯有扬州西湖瘦。"这个瘦，那是瘦得一个好，瘦得一个巧，瘦得一个妙！缘于此，连瘦西湖的英文译名，也反复斟酌，丢弃了原先"Small West Lake""Thin West Lake"等传统译法，采用了"Slender West Lake"的译法，并成为公认和流行的英文名称。因为"small"本意是"小"，"thin"的本意是"瘦薄"，都很少褒义，而"slender"则是"苗条"的意思，这才符合了瘦西湖之"瘦"的美学意义。

其实，即便扬州人后来不得已接纳了"瘦西湖"之名，但在很长一段时间里，其名称也仍然只是出现在游人的口头上，文人的诗书中。因为当时的瘦西湖既不专属于某一家的私人园林，又不属于官家园林，所以没有一处题写"瘦西湖"三个字。甚至，有些人依然对瘦西湖之名不予认可。如朱自清先生在《扬州的夏日》中便这样写道："扬州的夏日，好处大半便在水上——有人称为'瘦西湖'，这个名字真是太'瘦'了，假西湖之名以行，雅得这样俗，老实说，我是不喜欢的。"我猜想，自认是"扬州人"的朱先生，对扬州近代的迅速衰落同样怀有一种不服气心理，才对"瘦西湖"之名怀有如此强烈的抵触情绪。然而，"瘦西湖"之名约定俗成，已成为不争事实。

1950 年，扬州部分私家园林被收归公有，今瘦西湖南大门里的叶园和徐园等被改造成为"劳动公园"。直到 1957 年 7 月 1 日，原扬州市人民政府决定，将劳动公园正式命名为"瘦西湖公园"，并且在当日举行了盛大的开园仪式。当时瘦西湖的大门，是用毛竹搭建而成的竹木门楼，显得十分简陋。但据有关当事人回忆，在瘦西湖开园的那一天，大虹桥两岸人山人海。开园仪式结束后，工作人员打扫现场时，人们被挤掉的鞋子就捡了几箩筐。

1974 年 10 月，瘦西湖将原先的竹木门楼改建成具有中国园林风格的砖木结构门楼，并延请著名书法家、扬州师范学院中文系孙龙父先生书写了瘦西湖匾牌。孙先生博学多才，金石书画造诣尤深。书法工真、行、篆、隶、草诸体，尤善章草。时与林散之、高二适、费新我等著名书法家并称江苏"书坛四老"。孙先生所书"瘦西湖"三个大字，蘸墨饱满，笔力遒劲，既有厚重的金石之气，又洋溢着轻盈的浪漫之风。他用书法的笔墨语言，完美诠释了瘦西湖精致、秀气的美学风貌。至此，在扬州西郊水面上漂荡了近两个世纪之久的"瘦西湖"之名，才真正找到一个合适的安身立命之所！

四

四十年前，高考恢复，我负笈扬州，常游瘦西湖。然而，由于近代以来国运沉沦，扬州凋敝，那时瘦西湖游程很短。原先的瘦西湖河道大半荒废，古籍中记载的"城北一水，通平山堂"，早已被"腰斩"，只剩下大虹桥至五亭桥这一段对游人开放，五亭桥以西，一片废池乔木。再往西去，有一座破旧的水泥桥横卧于寒水之上，听人说，那便是"二十四桥"。可我觉得，这明明是一座孤零零的桥，无论如何也与小杜笔下的大唐风韵搭不上啊。有人答曰：二十四桥原本就是一座桥，现在叫作"念四桥"。并且很有学问地告诉我，"念四"就是"廿四"云云。甚至还举出文人为"廿四桥"吟诵诗句以证之。后来，我读的书多了些，方才悟得，所谓"念四桥"者，不过是扬州人对早已走进历史的扬州大唐时代一点可怜的、虚幻的追忆而已。

但是，即便如此，修整开放之后的瘦西湖也吸引了众多游客。尤其是中国园林界的专家学者，特别喜欢往扬州跑。大名鼎鼎的风景园林学术泰斗陈从周先生，从上世纪五十年代至八十年代，曾多次来到扬州，来到瘦西湖，进行系统考察与研究。他在其著述《中国园林·瘦西湖漫谈》中说："瘦西湖是扬州的风景区，它利用自然的地形，加以人工的整理，由很多小园形成一个整体，其中有分有合，有主有宾，互相'因借'，虽范围不大，而景物无穷。尤其在模仿他处能不落因袭，处处显示自己的面貌，在我国古典园林中别具一格。"文人墨客们则更在瘦西湖的"瘦"字上大做文章，盛赞瘦西湖之美。有"中国当代草圣"之称的林散之先生，1967 年游瘦西湖，曾题绝句曰："漫说西湖天下瘦，环肥燕瘦各知名。爱他玉立亭亭柳，送客迎宾总尽情。"著名文史学家邓拓先生的那首绝句说得更直白："板桥歌吹古扬州，我作扬州三日游。瘦了西湖情更好，人天美景不胜收。"

然而，如果说历史上的瘦西湖因"一河如绳"而称其瘦美，那么，此时的瘦西湖犹如一位破落的贵族女子，尽管风韵气质犹存，却是衣衫褴褛，仪容不整。

瘦西湖在企盼着又一个盛世的到来！

冥冥之中，瘦西湖是有灵感的，这个盛世终于来临。二十世纪九十年代初，一个春天的故事与扬州的烟花三月不期而遇。那年的早春时节，扬州市有关领导在瘦西湖公园现场研究开通"乾隆水上游览线"事宜，经过不到五个月的奋战，"乾隆水上游览线"即举行了首航仪式，中央新闻电影制片厂还专程来扬州拍摄了瘦西湖"乾隆水上游览线"纪录片。从此，瘦西湖，这段扬州西郊充满传奇色彩和浪漫风情的河流，在经历了近二百年的沉寂之后，又风华再举，一线贯通。当年令人艳羡的"两堤花柳全依水，一路楼台直到山"的胜景，在绿水画舫的映衬中徐徐展开。二十四桥吹箫亭下，杜牧那沉睡了千年的扬州梦也苏醒了，月色箫声又赋予了新时代的诗情画意。一幅"胜地据淮南，看云影当空，与水平分秋一色；扁舟过桥下，问箫声何处，有人吹到月三更"的美丽图画，终于在二分明月的绿杨城郭再现了她迷人的风姿。

瘦西湖的千年河道，从此流进一个又一个崭新的年月。2001 年，市政府投资近 2 亿元，引邵伯湖水，完成了瘦西湖水环境整治工程，再现了蓝天白云、青山绿水的优美图画。因为水质改善，引得众多的野生候鸟在此安家落户，它们或在天空翱翔，或在水边散步，悠然自在。"两个黄鹂鸣翠柳，一行白鹭上青天"成为瘦西湖畔的寻常风景。成群的野鸭在湖面上自由地游弋、嬉戏，"竹外桃花三两枝，春江水暖鸭先知"成为瘦西湖上司空见惯的诗情画意。

2007 年以来，瘦西湖又恢复建设了扬州历史上的万花园、锦泉花屿、石壁流涂、静香书屋等众多著名景点；

2010 年，瘦西湖被授予中国旅游界最高荣誉——国家 5A 级风景区；

2014 年，随着由扬州牵头的中国大运河申遗成功，瘦西湖被列为世界文化遗产点。

扬州因水而生，水托起了扬州数度繁华，水孕育了名城文化，水更成就了瘦西湖的秀美。为了使扬州的水更清，水更秀，2015 年，在扬州建城 2500 周年城庆之际，市区最大的闸站——黄金坝闸建成，与扬州闸、平山堂泵站等同时开启。从高邮湖、邵伯湖引入的活水奔腾而来，主城全长 140 千米的 35 条河流实现了活水环绕。作为扬州第一名片的瘦西湖景区，更是"近水楼台先得月"，再一次得到了空前的提档升级。钓鱼台畔，湖中微澜春水暖；玉版桥前，阶上人影羽衣香。

作为瘦西湖的常客，也是她的老朋友，我已寓居扬州四十年，是瘦西湖的碧波清流浇灌了我的青春风华；是瘦西湖的诗情画意滋养了我的如歌人生。我看着她一年年花红柳绿，她看着我一天天青丝华发。

春风又涨广陵潮，诗兴入湖逐浪高。诗曰：

我夸扬州好，最爱瘦西湖。逶迤碧水曲，玲珑秀石郭。
洞天神仙屋，虹桥修禊图。钓台三星拱，五亭月影殊。
白塔擎红日，画舫拂野蒲。水竹居风雅，静香梅影孤。
春楼琴瑟和，风亭箫管舒。一望平芜远，清閟总不如！

唐代扬州风情图

唐代诗人姚合，浙江湖州人，与贾岛齐名。此人40岁才从官场起步，但官运亨通，不到60岁，就升到了从三品。56岁时曾任杭州刺史，杭州距扬州不远，他的一组《扬州春词》，当作于此时。姚合擅长五律，《扬州春词》三首，也是五言律诗。

一

　　广陵寒食天，无雾复无烟。暖日凝花柳，春风散管弦。

　　园林多是宅，车马少于船。莫唤游人住，游人困不眠。

"广陵寒食天"，这是写作时间。姚合这次是春天到扬州的，时间在寒食节前后。寒食节，是中国文化中历史悠久的一个节日。说的是春秋时代一个叫作介之推的人，随晋国公子重耳流亡十九年，备受艰辛，有割股啖君之功。但重耳返国主政后，介之推拒不以功邀赏，而偕同其母隐于山林。重耳多次求贤不得，遂令放火焚林，逼其出山，介之推母子守志被焚。后晋文公重耳敕令，介之推忌日禁火寒食，于是这一天就被称作"寒食节"。

姚合笔下的广陵初春，与一般人写的不同。在很多诗人的笔下，扬州的春天，是与烟花、雾霭联系在一起的，如李白"烟花三月下扬州"、韦应物"泛泛入烟雾"、李嘉佑"江皋尽日惟烟雨"……但此时姚合的笔下，是"无雾复无烟"。无烟是因为寒食节，人们不动烟火；无雾，这就非人力所能控制了，说明姚合在扬州过寒食节的那一天，恰逢艳阳高照，天朗气清。他所见到的是"暖日凝花柳"；他所听到的是"春风散管弦"。暖融融的阳光，照耀在鲜花和嫩柳之上，使得花更红，柳更翠。满城的管弦丝竹之声，在和煦的春风中荡漾着。

"园林多是宅，车马少于船。"扬州自古以来是一个因水而生的城市。唐代的扬州地处江河湖海的交汇之处，南面长江，东临大海，北接湖泊，大运河穿城而过。优越的区位优势，便利的交通条件，使扬州成为天下第一繁华的大都市，史有"扬一益二"之说。大量的商业资本聚集在扬州，富商巨贾们赚得了银子之后，便在扬州购地置业，营造私人花园。"广陵城中饶花光，广陵城外花为墙""晴云曲金阁，珠楼碧烟里""层台出重霄，金碧摩颢清"……无论据史料记载，还是在诗人的笔下，唐代扬州的私家园林数量之多，建造之精，全国罕见！

唐代扬州的富庶与繁华，吸引了无数游客前来观光。外地游客到了扬州，如入仙境，如登天堂。他们纵情游览，流连忘返。人们专注于观光赏景，忘情得连觉都不想睡了——"莫唤游人住，游人困不眠"。

二

> 满郭是春光，街衢土亦香。竹风轻履舄，花露腻衣裳。
> 谷鸟鸣还艳，山夫到更狂。可怜游赏地，炀帝国倾亡。

唐代扬州的春色非常迷人，唐代许多文人墨客描写过扬州的春天。姚合见到的"满郭是春光"，闻到的"街衢土亦香"。春天的扬州，连街道上的泥土都散发着香气。泥土为什么会发出香气呢？无非是因为春花的芬芳，以及扬州美人多，美女的脂粉气把扬州的土地都熏香了。

扬州城实在是够富庶，够浪漫，够风情啊！

"竹风轻履舄，花露腻衣赏。"竹林里春风荡漾，游人们步履轻盈。风吹落花，使人们的衣服上都带上了浓郁的芳香。

"谷鸟鸣还艳"，百鸟在枝头梳理着漂亮的羽毛，欢快地鸣唱。

"山夫到更狂"，山夫，应该是诗人的自况。姚合虽然一生官运亨通，但他从没把做官看得多重。在姚合的诗词中，有很多不屑于官场的诗句：《武功县中作三十首》的诗里，第一首的第一句便现出"县去帝城远，为官与隐齐"的思想；第二首里则又说"方拙天然性，为官是事疏"；第九首则曰"到官无别事，种得满庭莎"；第十七首则曰"每旬常乞假，隔月探支钱"（连工资都懒得按月去领了），充分表露了诗人的闲逸人生观。

"可怜游赏地，炀帝国倾亡。"第二首诗尾联发出的感叹，是很多唐代诗人来到扬州之后的共同感慨。扬州曾经是隋炀帝宏伟事业的肇始之地，辉煌人生的启航之所，大隋王朝的南方陪都。但由于后期的隋炀帝好大喜功，滥用民力，而导致祸起萧墙，国破家亡。"君王忍把平陈业，只博雷塘数亩田"，罗隐的诗讽喻得何其深刻！

三

> 江北烟光里，淮南胜事多。市鄽持烛入，邻里漾船过。
>
> 有地惟栽竹，无家不养鹅。春风荡城郭，满耳是笙歌。

"江北烟光里，淮南胜事多。"第三首写到烟了，这说明姚合在扬州不是短暂的停留，而是住了些时日的。所以从第一首的"无雾复无烟"，到第三首的"江北烟光里"，姚合笔下的扬州春景有了变化，也更符合扬州春天常有的物候特征。

"淮南"是唐代一个特殊的名词。安史之乱之后，大唐中央设淮南节度使，治所在扬州。安史之乱后的北方广大地区，战火遍地，税赋中断。此时军国所需财物，大多仰仗于江淮。扬州遂成东南重镇。淮南节度使，也成为当时最显耀的官职之一，多以重臣元老任之。扬州成为淮河以南政治经济文化的中心，以淮南指代扬州也始于此时。杜甫有"为问淮南米贵贱"，高适有"淮南富登临"……今天的淮扬菜系也大致形成于此时。淮扬者，即淮河以南，扬州为中心。

"市鄽持烛入"，这是说的扬州夜市，唐代的扬州夜市很有名。唐代时，中国凡有官署驻治的城市都有宵禁，即晚上不允许居民随便走路，违者犯法。扬州例外，并且是唯一的例外。扬州不仅白天车水马龙，热闹繁华，而且夜市也很热闹。"夜市千灯照碧云，高楼红袖客纷纷"，王建的诗句是最为生动而传神的写照。这种情况，令当时外地来扬的客人惊讶不已。姚合也不例外，他好奇地看到，人们纷纷点着蜡烛、打着灯笼逛夜市。

"邻里漾船过"，依然写的是扬州因水而生的特色。扬州人，邻里之间串门是要通过舟船来往的，可见水之多，船之多！这是第一首诗中"车马少于船"的具体描写。唐代诗人杜荀鹤写苏州水城有两句诗："君到姑苏见，人家尽枕河。"而姚合写扬州的"车马少于船""邻里漾船过",应该说比杜荀鹤写得更加具体生动。

"有地惟栽竹",这一句很有意思。有地,即凡是空地;惟,只是。栽竹,扬州的竹子与江南丘陵山区的竹子不一样。江南丘陵山区的竹子是自然生长的,故溧阳、宜兴一带有竹海之称。而扬州的竹子是人工栽出来的,而且栽得很普遍。为什么只栽竹子呢?竹子风雅啊,冬青夏采,四季常绿,无论是文人墨客还是草根平民,都喜欢竹子,以致苏东坡说:"宁可食无肉,不可居无竹。"扬州城处处有竹,便有了杜牧的诗句:"谁言竹西路,歌吹是扬州。"竹西,已成为扬州唐文化的一个符号,甚至有学者认为,唐代的扬州文化可称之为"竹西文化"。

"无家不养鹅",这句更有意思了,那就是扬州家家都养鹅。为什么家家要养鹅?你千万别把它跟今天的扬州人吃盐水鹅联系起来。唐代人养鹅,那是养的宠物!历史上将鹅作为宠物养的代表人物,是东晋著名书法家王羲之。有一个王羲之写字换鹅的故事,说的是山阴(今绍兴)有一个道士,他想要王羲之给他写一卷《黄庭经》,可是他知道王羲之是不肯轻易替人抄写经书的。后来,他打听到王羲之喜欢白鹅,就特地养了一批品种好的鹅。王羲之听说道士家有好鹅,真的跑去看了。当他走近那道士屋旁,正见到河里有一群鹅在水面上悠闲地浮游着,实在逗人喜爱。王羲之在河边看着看着,简直舍不得离开,就派人去找道士,要求把这群鹅卖给他。那道士笑着说:"既然王公这样喜爱,就不用破费了,我把这群鹅全部送您好了。不过,我有一个要求,就是请您替我写一卷《黄庭经》。"王羲之毫不犹豫地给道士抄写了一卷经,那群鹅就被王羲之带回去了。

初唐四杰之一的骆宾王有一首全国人民妇孺皆知的咏鹅诗:"鹅鹅鹅,曲项向天歌。白毛浮绿水,红掌拨清波。"写尽了鹅的优美之态。

"春风荡城郭,满耳是笙歌。"第三首的尾联再次提到了扬州的音乐,说明扬州唐代歌吹之盛。很多诗人描写过唐代扬州的音乐盛况,"月中歌吹是扬州""玉人何处教吹箫""美人歌一曲,坐客不胜情"……可以毫不夸张地说,唐代的扬州,是一个名副其实的音乐之都。

姚合这三首《扬州春词》写得非常出色。从天写到地,从水写到土,从风景写到游人,从白天写到夜晚,从园宅写到舟船,从树木写到花草,有情有景,有声有色。苏轼评王维说:"诗中有画,画中有诗。"姚合的这三首《扬州春词》,堪称一幅唐代扬州市井风情的美丽画卷。

六一居士的琴缘

宋代文人多以儒家学说为主导思想，其美学思想以礼乐为宗。程颐认为，"天下无一物无礼乐"。"安上治下，莫善于礼；移风易俗，莫善于乐。"故而宋代音乐无疑是中国音乐史上发展的高峰，由此直接催生了中国文学史上堪与唐诗相媲美的另一颗明珠——宋词。

北宋文坛领袖欧阳修，晚年自号"六一居士"。自谓"吾家藏书一万卷，集录三代以来金石遗文一千卷。有琴一张，有棋一局，而长置酒一壶……"其中"琴一张"，表达了欧阳修对古琴的喜好。

欧阳修年轻时就很喜欢古琴，他曾说，少年时不喜欢郑卫之声，而独爱古琴，犹爱小流水曲。他在《六一居士传》中说，他家有"琴一张"，其实根据史料记载，他家至少藏有三张古琴。这在他所作的《三琴记》中有记载："吾家三琴，其一传为张越琴，其一传为楼则琴，其一传为雷氏琴……其一金徽，其一石徽，其一玉徽。"足见欧阳修对古琴已不仅仅是一般的业余爱好，而是成了他文学艺术修养的一个重要组成部分。他喜琴、谈琴、藏琴、咏琴，对古琴情有独钟，是江西琴派的重要代表人物，其音乐观念以儒家思想为主。他认为"音由心生，礼乐一体"。其琴学思想更是他音乐思想的重要内容。

在欧阳修流传于世的诗文中，有不少篇章与古琴有关，如《江上弹琴》《弹琴效贾岛体》《赠无为李道士二首》《试笔琴枕说》等。他的人生与古琴结下了不解之缘。

景祐年间，他被贬到夷陵，琴声帮助他驱走了寂寥：

> 江水深无声，江云夜不明。抱琴舟上弹，栖鸟林中惊。
> 游鱼为跳跃，山风助清冷。境寂听愈真，弦舒心已平。

庆历年间，他被贬到滁州，琴声为他解除忧烦：

> 长松得高荫，盘石堪醉眠。
> 止乐听山鸟，携琴写幽泉。

在朝中权高位重时，琴声为他调节身心：

> 自从还朝恋荣禄，不觉鬓发俱凋残。
> 耳衰听重手渐颤，自惜指法将谁传。
> 偶欣日色曝书画，试拂尘埃张断弦。
> 娇儿痴女绕翁膝，争欲强翁聊一弹。

欧阳修甚至提出了"音乐治疗"的理论。在《赠无为李道士二首》中，欧阳修借朋友的养生经，提到了琴乐的养生保健功能。欧阳修的朋友，道士李景贤，擅长弹琴，已经70多岁的老人，却仍然身体健康，满面红光。有人问其养生之诀窍时，他说他虽身为道士，但炼丹养生的方法并不可取，琴乐才是至和之气和感应而生的正声。在《国学策问》中，欧阳修认为，音乐不仅能疏导情志，涵养人格，而且通过弹琴来运动手指，促进血脉畅通，性命就可以长久。他在《送杨寘序》一文中表达，就是通过弹古琴，治好了他的抑郁症。

在欧阳修留下的许多传闻轶事中，有不少与古琴有关。最经典的一则故事是在《弹琴效贾岛体》一诗中。贾岛是唐代诗人，也是一位"琴迷"，曾留下多篇与古琴有关的诗。欧阳修在《弹琴效贾岛体》中记述的故事，说的是自己做了一次白日梦——午睡的时候梦见了一位古人来为他弹奏《南风》之曲，梦醒之后而效仿贾岛的古琴诗挥笔而成：

> 古人不可见，古人琴可弹。弹为古曲声，如与古人言。
> 琴声虽可听，琴意谁能论。横琴置床头，当午曝背眠。
> 梦见一丈夫，严严古衣冠。登床取之坐，调作南风弦。

一奏风雨来，再鼓变云烟。鸟兽尽嘤鸣，草木亦滋蕃。

乃知太古时，未远可追还。方彼梦中乐，心知口难传。

既觉失其人，起坐涕丸澜。

显然，这则故事的情节与嵇康得神人传授《广陵散》如出一辙。

欧阳修与古琴还有一则轶事。北宋有个叫沈遵的音乐家，读了欧阳修散文名篇《醉翁亭记》之后，十分兴奋，特意前往探访。见琅琊山水确如欧阳修妙笔所绘，便以琴寄趣，创作了一支宫声三叠的琴曲《醉翁操》，并曾为欧阳修亲自弹奏此曲。欧阳修听罢，欣然应沈遵之请，为该曲填了词，曰《醉翁吟》。但可惜，欧阳修所作歌词与曲调不合。后来有多位词人作《醉翁吟》歌词，但均因"琴声为词所绳约，非天成也"。直到三十余年之后，欧阳修、沈遵相继去世，有庐山玉涧道人崔闲，酷爱古琴曲《醉翁操》，又恨此曲无合词。于是，崔闲揣着《醉翁操》的曲谱来到苏轼贬所黄州，请他填词。苏轼不但诗文高妙，而且精通音律，明了来意，欣然应允。于是，崔闲弹琴，东坡聆听，边听边填词，琴止词成，词曰：

琅然，清圆，谁弹，响空山。无言，惟翁醉中知其天。月明风露娟娟，人未眠。荷蒉过山前，曰有心也哉此贤。醉翁啸咏，声和流泉。醉翁去后，空有朝吟夜怨。山有时而童颠，水有时而回川。思翁无岁年，翁今为飞仙。此意在人间，试听徽外三两弦。

今天流传下来的《醉翁操》歌词，便是苏轼所作。

欧阳修于庆历八年从滁州移知扬州，他是在滁州人民为他送行的音乐声中前往扬州的："华光浓烂柳轻明，酌酒花前送我行。我亦且如常日醉，不叫管弦作离声。"

来到歌吹之都的扬州，我想欧阳修一定是带着他心爱的古琴而来。他在扬州任职不足一年，但所作诗歌文章中多处提及音乐和管弦。如"舞踏落晖留醉客，歌迟檀板唤新声""罗绮尘随歌扇动，管弦声杂雨荷干"……至于他在平山堂上邀请文人墨客，弦歌雅乐，饮酒赋诗的故事，早已成为风流佳话，传为千古美谈。

如今，就在欧公当年建平山堂的蜀冈北坡之下，一座古代文化与现代文明交相辉映的琴筝产业园已经崛起，琴筝已由扬州的特色文化现象转化成特色文化产业。《广陵散》没有绝响，扬州古琴已被列为世界级非遗项目。

于是，我想起了北宋时扬州的另一位文章太守、欧阳修好友刘敞在扬州写的一首诗：

> 淮南旧有于遮舞，隋俗今传水调声。
> 白雪阳春长寡和，著书愁绝郢中生。

文章太守说刘敞

太守，最初是汉朝一郡最高长官的官名。

秦汉时期，行政制度简约，地方管理，设郡、县两级。郡的长官称太守，相当于今天的省长。到了东汉末年，为了集中军政力量对付黄巾军，在郡之上设州。从此开始，州刺史相当于今天的省长兼省军区司令，郡太守下降为地级市市长。文人学士好用古名，宋朝以来把知州、知府雅称为太守或郡守。至于在太守前面加"文章"二字，以示对地方贤明官吏的赞美，这大概是从欧阳修的《朝中措·送刘仲原甫出守维扬》开始的，词曰："文章太守，挥毫万字，一饮千钟。行乐直须年少，尊前看取衰翁。""文章太守"之称便风行后世。

欧阳修词里的"文章太守"是谁？许多学者都说是欧阳修自况。欧阳修当然不愧为"文章太守"。苏轼在欧阳修作此词二十多年后写的《西江月·平山堂》中，就有"欲吊文章太守，仍歌杨柳春风"的句子，很明确指的是欧阳修。但欧词中的"文章太守"，笔者认为却不是指欧阳修本人，我们只要细读欧阳修《朝中措》，就不难得出这个结论：

> 平山阑槛倚晴空，山色有无中。手种堂前垂柳，别来几度春风。　文章太守，挥毫万字，一饮千钟。行乐直须年少，尊前看取衰翁。

刘敞比欧阳修整整小十二岁，江西新余人，自幼聪明，勤奋好学，精读经书。庆历六年（1046）与弟弟刘攽一同参加丙戌科会试，同中进士。本来该中状元，却因为主考官王尧臣是刘敞的内兄，为避嫌疑，宋仁宗将刘敞列为第二。

刘敞学问渊博，知识面广，尤其在史学、考古学方面造诣极高，曾协助司马光编著《资治通鉴》。欧阳修有时读书碰到疑问，就写个纸条派书童去请教刘敞，刘敞几乎不用查看资料，就能立即挥笔解答。刘敞还以文思敏捷著称，他在朝中工作时，有一天快要下班了，忽然传来皇上的旨意，要他撰写追封皇子公主九人的诏书，刘敞"立马却坐"，九篇制诏数千言一挥而就，且文辞典雅，一一切合各人的身份，欧阳修非常佩服他的广闻博识与才思敏捷。

刘敞来扬州工作时才37岁，而欧阳修已49岁。加上欧阳修少年时代家境贫寒，营养不良，明显表现出早衰。所以才有"文章太守，挥毫万字，一饮千钟。行乐直须年少，尊前看取衰翁"之感叹。

再说，欧阳修虽自号曰"醉翁"，却不善饮，他在《醉翁亭记》中说："醉翁之意不在酒，在乎山水之间也……太守与客来饮于此，饮少辄醉。"所以，欧词中的"一饮千钟"也只能指的是刘敞。其实，在北宋时就有人说："非刘之才不能当公之词。"

刘敞对欧阳修也很尊重，嘉祐元年（1056）来扬州任知州，多次登上了平山堂，并留下了吟咏风景、赞美欧公的诗。

其一《游平山寄欧阳永叔内翰》：

芜城此地远人寰，尽借江南万叠山。
水气横浮飞鸟外，岚光平堕酒杯间。
主人寄赏来何暮，游子销忧醉不还。
无限秋风桂枝老，淮王仙去可能攀。

其二《再游平山堂》：

背城历历才十里，经岁悠悠能一来。
可惜薄书捐白日，强从宾客宴平台。
暮云自有千山合，醉眼时令万字开。
老子谁怜兴不浅，黄花欲落更添杯。

欧阳修也有《和刘原甫平山堂见寄》诗：

督府繁华久已阑，至今形胜可跻攀。

山横天地苍茫外，花发池台草莽间。

万井笙歌遗俗在，一樽风月属君闲。

遥知为我留真赏，恨不相随暂解颜。

扬州平山堂，使他们的友情成为千古佳话。

刘敞在扬州有政绩，得民心，他处理一件土地纠纷被载入史册。

上雷塘、下雷塘、勾城塘、小星塘，自古以来就是扬州蜀冈上丘陵地带用于蓄水的四个陂塘。到了唐代末年因人口增加，生存空间日益减少，有人开坝放水，垦为民田，政府不仅没有拦阻，而且给开垦者发了土地证。到了宋朝，因大运河缺水，难以通航。官府为了储水，给运河补充水量，又将这些洼地改为蓄水塘。但事前事后并未拿田地与农民交换，也没有对田主进行安置，完全属于"强拆"行为，逼得农民们长期过着失去土地的痛苦生活。官府储水搞了几十年，发现蓄水量太少，对运河的用水需求量而言，几乎是杯水车薪。于是又将蓄水塘变为农田。由于这项蓄水工程是由专管漕运、盐茶生产的两淮发运使主持，搞了几十年，花了不少银子，于是就将这片土地收为两淮发运使司的官田，导致原来的田主出来闹事。农民拿出了唐朝政府发的土地证向政府索要土地。从唐朝到宋朝，中间隔着吴、南唐、后周三个朝代，时间已过去一百多年，前任知州说这土地证不合法，拒绝农民的要求。刘敞到任后，十分同情原田主的痛苦遭遇，坚定地站在田主一边，与发运司衙门据理力争。在他的坚持下，最后，土地终于归还给了田主。

刘敞在扬州任上还断了一桩"谜案"。

扬州府下属的天长县，有个叫王甲的小民杀了人，天长县县令一审判处他死刑。送到扬州衙门来复审，王甲对杀人供认不讳，但是供词中的时间、地点、过程以及使用的凶器等，多处与事实不符。刘敞觉得案件蹊跷，便派手下去查问。这位办案人员因没有摸透犯人心理，所以王甲始终一口咬定自己就是凶手。本来这件官司到此结案了，但是刘敞本着他特有的职业敏感与良知，亲自到牢房与王甲促膝谈心，心平气和，循循善诱，鼓励王甲讲真情，说实话，并且保证，一切后果都由他负责。王甲于是壮起胆来，说是一个姓陈的土豪杀了人，强逼他来抵罪，如果说出真情，全家老小都将死无葬身之地，为了保全一家性命，宁愿他一人去死。刘敞笔录了口供，调查了事实，结果王甲被无罪释放，豪强陈某终于落入法网。于是，刘敞被人们称誉为"神明"。

刘敞在扬州工作了一年后，调山东郓州任知州。

今天，我们登上平山堂，人人都知道大名鼎鼎的欧阳修，却很少人知道被欧阳修首称为"文章太守"的刘敞，这不能不说是历史的遗憾！

谷林堂前说东坡

扬州平山堂后面有个"谷林堂",最早是苏轼知扬州时所建。

在中国文化史上,"琴棋书画诗酒花茶"这八大雅事,如果选一个全能冠军,那非苏轼莫属。

苏轼父亲苏洵,年轻时不认真读书,一辈子没有考取功名,等到他自己意识到读书重要性的时候,已经为时晚矣。所以,后来他就拼命地培养两个儿子,就像我们今天去买学区房、请课外辅导老师一样。

北宋嘉祐二年(1057),有场科举考试,史称"嘉祐贡举",主持嘉祐贡举的是欧阳修,他的助手是梅尧臣。在殿试之前的一场考试中,梅尧臣阅卷时,发现了一篇好文章,便推荐给欧阳修,说这个考生文章写得非常好,有孟子文风,应该判为第一名。欧阳修眼睛一瞄,头一摇,不能判第一。为什么?他说,这篇文章肯定是我的学生曾巩写的。我是主考,瓜田李下,如果我把我的学生判为第一,怕说不清楚。于是就将这篇文章判为第二。试卷拆开来一看,梅尧臣赞赏的是苏轼的文章,同时苏轼的弟弟也参加了考试。

后来,苏家弟兄俩又通过了殿试,双双中进士。一个21岁,一个19岁。欧阳修大喜,说苏轼"他日文章定独步天下"。由于当时欧阳修已知苏洵的文章名声,他又说"再过三十年,世人只知'三苏'而不知吾"。这是欧阳修对苏轼当时的预见。

欧阳修的预见有没有成真呢?成真了。今天,我们如果把欧阳修和苏轼这两个名字让老百姓去指认,哪个知名度更高呢?毫无疑问是苏轼。苏轼确实在文学、书法、绘画、音乐等方面的造诣超过了欧阳修。但当时欧阳修的这一番话,对于一个21岁的青年来说,是多大的鼓励啊!

两个儿子考取功名,苏洵老泪纵横。不要以为科举考试难,我两个儿子那么年轻，就得到了功名；不要以为科举考试很容易，老夫我如登山一样，爬了一辈子，也没爬上去。

你看老苏洵高兴的！

皇帝也高兴，回家对他母亲说，这次考试，我为我的子孙把宰相都选好了。由于嘉祐贡举中欧阳修对苏轼的提携，所以欧苏之间的师生之情从此传为佳话。

因为欧阳修在扬州建了平山堂，苏轼就经常来扬州。他每一次到扬州都要到平山堂去朝拜、凭吊，以缅怀恩师。这首《西江月·平山堂》就是苏轼在第三次到平山堂时写下的：

> 三过平山堂下，半生弹指声中。十年不见老仙翁，壁上龙蛇飞动。 欲吊文章太守，仍歌杨柳春风。休言万事转头空，未转头时皆梦。

注意，苏轼这首词中也有"文章太守"，这才是指的欧阳修，欧阳修被称为"文章太守"，由此开始。词的最后两句，有点人生无常的感叹：不要说人生万事转头空，没转头就成了梦了。为什么有此感叹？白居易说"百年随手过，万事转头空"。苏轼则比白居易有更深层次的认识："休言万事转头空，未转头时皆梦。"欧公仙逝了，固然一切皆空，而活在世上的人，又何尝不是在梦中，终归一切空无。苏轼受佛家思想影响颇深，习惯用佛家的色空观念看待事物，苏轼诗文中传达的这种独特的人生态度，是解读其作品的关键所在。

也许冥冥之中有感应，这首词写出不久，苏轼的命运就卷入了一场旋涡，那就是"乌台诗案"。

不了解"乌台诗案"，就不能读懂苏轼。

苏轼少负才华，但他在写诗作文过程当中，不太注意讲政治，有时候对朝廷的不满，就在他的诗文中表达出来。由于这个人太有才华，所以很多人都把他看成是自己的竞争对手，偏要将他打压下去。

元丰二年（1079），有人告发苏轼用诗文毁谤朝廷，将他诗文中对朝廷不满的一些诗句都搜集起来，捕风捉影定罪名。本来要杀头，后来是因为很多人参与营救，包括神宗皇帝的奶奶在内，才将苏轼的命保下来，发配到黄州。

苏轼到了黄州，上无片瓦，下无立锥之地，有一个朋友帮他争取到几亩荒地，朝东向阳，苏轼非常高兴，这是雪中送炭啊！他就专门给自己取了个号叫"东坡"。于是"苏东坡"千古不朽。

为什么叫"乌台诗案"？因为审他的这个机关叫御史台，御史台的官署里有很多柏树，柏树上面有许多乌鸦，所以人们就把这个御史台称之为"乌台"，这个案子，就被文人称之为"乌台诗案"。"乌台诗案"是苏轼人生重要的转折点，苏轼由一个年轻有为、奋发进取的小官僚，到看透社会、看透人生的智者，最终成了一名文化大咖。

虽然看透，但他被贬到黄州，并没有消沉。他在黄州五年，树起了中国文化史上的三块丰碑。

第一，改写了宋词风格。宋词一开始是什么味道？就是男情女爱的味道，"寻寻觅觅，冷冷清清，凄凄惨惨戚戚……到黄昏，点点滴滴。这次第，怎一个愁字了得！"这是比苏轼略晚的女词人李清照写的。大男人写的词也是这个味道，像是比苏轼早些的柳永："执手相看泪眼，竟无语凝噎。……今宵酒醒何处，杨柳岸，晓风残月。"即便是大文豪欧阳修，写出的词也这样："去年元夜时，花市灯如昼。月到柳梢头，人约黄昏后。今年元夜时，月与灯依旧。不见去年人，泪湿春衫袖。"

苏轼被贬到黄州，没公务可干了，每天就种那一块地，去长江边上散散步。见到江水滚滚东流，有一天终于有感而发，写出了那首开天辟地的词章："大江东去，浪淘尽，千古风流人物……"苏轼就这么一嗓子，使整个宋词的风格就丰富了。于是，我们今天读宋词，就有了婉约派与豪放派之分。

第二，写了两篇好文章，前后《赤壁赋》，尤以前《赤壁赋》最为知名。"壬戌之秋，七月既望，苏子与客泛舟游于赤壁之下，清风徐来，水波不兴。举酒属客，诵明月之诗，歌窈窕之章……"前后《赤壁赋》都收进了《古文观止》。

第三，成就了一件好书法作品。北宋四大书法家是苏轼、黄庭坚、米芾、蔡襄。苏轼所有留下来的书法作品，写得最好的是《寒食诗帖》。

在黄州过第三个寒食节这一天，苏轼家里没吃的，心里很悲凉，他就用两首诗将心情表达出来。诗是遣兴之作，人生之叹。写得苍凉悲怆，表达了苏轼此时惆怅孤独的心情。而书法则通篇起伏跌宕，光彩照人，气势奔放，而无荒率之笔。《寒食诗帖》在书法史上影响很大，被称为"天下第三行书"。

一个人在遭遇贬谪、打击、流放的情况下，居然在文化艺术史上创造了三件划时代的作品，有什么法门？没有法门。如果有，那就是来自自身深厚的艺术素养和高蹈的人文情怀。

接下来就说苏轼到扬州任职了。

很巧，欧阳修离开扬州后，调到了颖州。四十四年后，苏轼从颖州调到扬州。北宋的干部流动得快，苏轼知扬州，时间很短，只有半年时间。

但苏轼就在半年时间内为扬州人民做了不少好事、实事。载入史册的有这几项：一是向朝廷恳请为民众减赋税，这个好理解。二是允许漕船放空时带货，这个要说明一下。漕船就是为官府运粮运盐的船，官府规定不得装运其他货物，就使船只有时放空行驶。苏轼认为，这是劳动力资源的浪费。于是他说，船只空驶时，允许装运其他物品，从而提高了船民收入。三是罢办"万花会"，当时扬州官府有举办万花会的传统。但万花会劳民伤财，老百姓有意见。苏轼到任后，决定停办万花会，得到百姓的称赞。

苏轼有感于欧阳修对他的提携，还在大明寺内建了谷林堂，并赋诗以纪念。"谷林堂"堂名就取自苏轼诗，"深谷下窈窕，高林合扶疏"，分别取自第二个字，所以叫"谷林堂"。

扬州是苏轼的福地，他在扬州工作了半年，就被调到了朝廷任兵部尚书了。

遗憾的是，扬州人民对苏轼的了解、对苏轼与扬州的情缘却知之甚少。这一现象，与苏轼这位文化巨星的形象极不相称。所以，加强对苏轼在扬州经历、与扬州关系的研究和宣传，以进一步提升扬州文化的影响力，乃是我们今后扬州历史文化研究需要加强和提高的一个薄弱环节。

欧阳修石刻像

一

庆历初年，北宋王朝官僚队伍庞大，行政效率低下，人民生活困苦，辽和西夏威胁着北方和西北边疆。庆历三年（1043），范仲淹、富弼、韩琦同时执政，范仲淹与富弼提出明黜陟、抑侥幸、精贡举、择官长、均公田、厚农桑、修武备、减徭役、覃恩信、重命令等10项以整顿吏治为中心的改革主张，这就使北宋政坛上发生了一场改革运动。可惜这场改革不到半年便告失败，庆历党人大多被贬谪，范仲淹被贬到邠州，滕子京被贬到巴陵。滕子京到任两年，便重修了历史名胜岳阳楼，请范仲淹为之写记。范仲淹慨然应承，千古名篇《岳阳楼记》由此问世，并流传千古！

有一个人，因身为谏官，为庆历党人打抱不平，也遭贬谪，这人就是欧阳修。

欧阳修被贬到了滁州。

滁州介于江淮之间，属淮南东路，如世外桃源，封闭安闲。当地老百姓大都不了解外面世界，耕田种地，自给自足，过着快乐怡然的生活。欧阳修也欣赏这里的青山绿水，更喜欢这里的安闲民风。作为一个关爱黎民的官员，欧阳修历来主张为政宽简。因此，他贬于滁州，"极不求声誉，以宽简不扰为一"，滁州的老百姓则安居乐业，一片祥和。

欧阳修在滁州期间常寄情山水，与民同乐，写下了著名美文《醉翁亭记》。

欧阳修之前五十年，北宋名臣王禹偁曾在此任职，王禹偁政风清廉，深得民心，去滁之后，滁州百姓为之立祠祭祀。欧阳修来到滁州，曾去瞻仰，并有七律诗《书王元之画像侧》：

偶然来继前贤迹，信矣皆如昔日言。

诸县丰登少公事，一家饱暖荷君恩。

想公风采常如在，顾我文章不足论。

名姓已光青史上，壁间容貌任尘昏。

后来他自己离开滁州之后，滁州人又将他与王禹偁合并建祠祭祀，祭祀的祠堂叫"二贤堂"，二贤堂始建于北宋绍圣二年（1095），堂内供有王禹偁、欧阳修二人像，北宋名人李之仪、晁说之曾在欧阳修像上题词。

李之仪，字端叔，熙宁三年（1070）进士，诗书画俱佳，元祐初为枢密院编修官，通判原州。李之仪"题欧阳修像赞"为行书："贤哉文忠，直道大节。知进知退，既明且哲。陆贽议论，韩愈文章。李杜歌诗，公无不长。当世大儒，邦家之光。"全文对欧公推崇备至，赞誉递加。书法亦字字挺拔，笔笔奔放。

晁说之（1059—1129），字以道，自号景迂，北宋济州钜野（今山东巨野）人，晁补之四弟，元丰五年（1082）进士。博涉群书，工诗，善画山水，尤精鉴赏。"题欧阳修像赞"为行书："唯我昭陵，公乃得升。天下无朋，国有魏公。公乃得容，不朋以忠。风波既散，高山独见。小人是叹，昔贤在是。宁论阙似，闻其百世。元丰三年孟夏。"全文对欧公一生高度品评，书法亦流畅潇洒，水墨交融。

二

欧阳修在滁州的石刻像，至迟在乾隆年间的三四十年代已存在。今藏于滁州琅琊山醒园、扬州大明寺欧阳祠、阜阳"会老堂"三处的欧阳修石刻像上均有乾隆题词："侍郎裘曰修，典试江南道，滁州见醉翁亭故迹，彼有藏欧阳修小像者，携以来，举沈德潜为乞文徵明题词故事，允其请，书以还之。"

乾隆题语中提到的裘曰修（1712—1773），字叔度，一字漫士，江西南昌新建人，清代名臣、文学家。乾隆四年（1739）进士，历任翰林院编修、吏部侍郎、军机处行走，礼、刑、工部尚书，加太子少傅，谥文达。

可知，当时裘曰修将欧阳修"小像"从滁州复制并带到北京，乾隆皇帝不仅书题了小像的来由，同时还题七律一首：

> 是谁三鬣俨图诸，太守风流忆治滁。
>
> 题咏名高宋人物，操弦韵轶古樵渔。
>
> 醉翁乐匪山林也，遗像逸真水月如。
>
> 使节新从酿泉过，依然乡井下风余。
>
> 乾隆壬申初夏御题（注：壬申年为乾隆十七年）。

欧阳修画像最早勒石成碑是在滁州。有一篇博文介绍了滁州欧阳修石刻像碑拓残本，并附了两张照片。该博文称："经专家鉴定，这是乾隆早期滁州知州王二南，根据乾隆皇帝题跋的宋代欧阳修画像原作碑刻拓下来的……史称'滁州版欧阳修画像'。"王二南，山西浮山人，生卒年月不详，清代乾隆朝监生。乾隆三十四年（1769）任滁州知州。乾隆为欧阳修像题署时间为壬申年，即乾隆十七年（1752）。王二南任滁州知府期间，依据乾隆皇帝御题宋代欧阳修画像勒石成碑的事实，无论从时间上推论，还是从石刻像上题署的内容考证，都是成立的。

清代文人吴鼐，有《醉翁亭访欧梅》诗云："翁像已拜先皇笔，太守风流传未秩。"吴嘉（1755—1821），字及之，一字山尊，号抑庵，又号南禺山悲，晚号达园，安徽全椒人。清代嘉庆四年（1799）进士，官侍讲学士，善书能画，工骈体文。吴鼐诗句可证，嘉庆年间，有乾隆御题的欧阳修石刻像还在滁州醉翁亭。

乾隆五十九年（1794），两淮盐运使曾燠，在蜀冈重修平山堂，并从滁州借本欧阳修像勒石扬州，立于平山堂上。

曾燠，乾隆二十五年（1760）生于官宦家庭，字庶蕃，号宾谷，晚年又号西溪渔隐，江西南城县人，乾隆四十五年（1780），顺天乡试中举，次年进士，选庶吉士；乾隆四十九年（1784），散馆改户部主事。随后补军机章京，升员外郎、都察院右副都御史等职。

曾燠钟情诗文，他的五言古诗学陶渊明、王维、孟浩然，七律学杜甫、李商隐，其骈文亦磊落风雅而高古脱俗。公事余闲时，他喜欢与宾客赋诗休闲，当时很多著名文人都被招揽到他的幕下。

他曾在扬州专门筑有题襟馆，有"自宾谷出为两淮盐运使，而天下称诗之士皆至于扬州"之盛。曾燠任两淮盐运使的十余年，是其幕府最兴盛的时期，招揽了大批文人学士，成为清代乾隆、嘉庆时期著名的艺文幕府，备受时人称道。

清道光二十九年（1849）夏四月，颍上县知县程钰又由其门人潘桂从扬州拓得欧阳修像，重勒上石，敬立于颍州西湖祠内。

但是，曾燠所修平山堂及堂上所列欧阳修石刻像均毁于咸丰四年（1854）太平天国兵火。

三

欧阳修在扬州任上不到一年，因健康原因自请调任颍州，晚年又老于颍州。为弄清欧阳修石刻像的来龙去脉，我于 2017 年 8 月 10 日专程到阜阳，拜访了阜阳文史资深专家李兴武、陆志成二位先生，并在他们的引导下，拜访了对阜阳文化研究卓有成果、已九十高龄的王兴华先生，踏访了古颍州西湖故址。

> 菡萏香清画舸浮，使君宁复忆扬州。
>
> 都将二十四桥月，换得西湖十顷秋。

欧阳修离开扬州知任颍州之后，描写颍州西湖的诗句多达几十首，此乃其中之一。历史上的颍州西湖曾与杭州西湖齐名，先后任职杭州与颍州的苏轼说"未觉杭颍谁雌雄"。原来，颍州西湖与杭州西湖曾是难分高下的。

然时过境迁，沧海桑田。北宋之后，曾为开封"京畿"文化圈的颍州渐次式微，南宋时为金人所占。虽明代也曾一度中兴，清代亦以"物阜民丰"而著名，但 1938 年黄河花园口被炸，颍州顿成黄泛区，昔日颍州西湖盛景一去不返矣！唯有清代复建之"会老堂"犹存，我在会老堂中见到了陈列于此的欧公石刻像。

会老堂，本为欧阳修晚年在颍州定居的寓所"六一堂"之一隅。熙宁五年（1072），已年届八十的欧阳修老同事赵概，由南都（今商丘）前来颍州看望欧阳修。欧公甚为感动，在家中热情接待赵概，陪同接待的还有时任颍州知府吕公著。欧阳修即席赋诗，其有句名曰"金马玉堂三学士，清风明月两闲人"，并将这次相会之所名之为"会老堂"。第二年，欧阳修在颍州溘然长逝。

今天会老堂乃是晚清重建，但当年的欧阳修石刻像仍是原物。石刻碑为青石质，通高145厘米，宽57厘米，厚10厘米。下半刻欧公像，上半额题乾隆诗并序，笔墨为翁方纲所临。中段的宋人李端叔、晁说之题词，犹然在目。

考其源流，今阜阳会老堂之欧阳修石刻像，应与当年滁州石刻像同本，最接近北宋原品之形。

从扬州传入颍州的欧阳修石刻像下方，还有左题记和右题记两则。左题记文为："乾隆五十九年秋八月，两淮盐运使臣曾燠恭勒上石。镇洋邵廷烈敬观。"右题记文为："欧阳文忠公像，乾隆中曾都转燠从滁州借本勒石扬州，立平山堂上。顷钰门人潘礼部桂在扬拓其本，归钰。以颍州故文忠旧治，今郡城西湖有四贤祠，而此像曾邀天章题记。其不可以示颍人。爰即拓本重立上石，敬立于西湖祠内，伸来观者，咸得有所争揽焉。道光二十九年夏四月颍上县知县臣陈钰恭记。"

四

光绪五年（1879），欧阳修后裔、两淮盐运使欧阳正墉于扬州大明寺西侧建欧阳祠。时任江苏候补道的湖南人欧阳炳，也是欧阳修后裔，曾在京城任职，出于对其先祖欧阳修的爱戴，曾花重金聘请画师临摹藏于宫廷内府的欧阳修画像，并带到扬州。正值欧阳正墉建欧阳祠，欧阳炳延请扬州著名石刻大师朱敬斋为欧阳修勒石。朱敬斋此时年事已高，但为了刻好欧阳修像，精心施艺，所刻作品形神兼备，具有极高的艺术水准。欧公容颜微笑，胡须纤细有波，加之石面稍凹，刻纹形成反光作用，使之远看白胡须，近看黑胡须。此像不仅黑白有变，而且从不同角度看，欧阳公双目均与观者对视可亲，双足均向观者，栩栩如生，堪称一绝。据说，欧阳炳见之，爱不释手，便欲携去他家乡湖南平江。朱敬斋老人反复央求，并承诺放弃工钱，欧阳修石刻像方能留在扬州。

石刻像高150厘米，宽70厘米。人像高度108厘米，面宽9.5厘米，肩宽25厘米，腰径45厘米，脚40厘米。其石刻像上方乾隆御题，为欧阳正墉所临。此像今仍嵌于扬州欧阳祠墙壁上。

滁州原欧阳修石刻像早已不知所终。二十世纪八十年代，滁州琅琊山风景名胜区管委会，从扬州大明寺欧阳祠拓取欧阳修石刻像，并勒石供于风景区醒园内。

　　通过我的考察研究得知，欧阳修画像最早出现在滁州，年代为北宋庆历八年（1048）之后至绍圣三年（1069）期间。乾隆十七年（1752），欧阳修画像由滁州传入北京。至迟在乾隆三十五年（1770），滁州已有欧阳修石刻像；乾隆五十九年（1794），欧阳修石刻像由滁州复制到扬州；道光二十九年（1849），欧阳修石刻像由扬州复制到颍州。今阜阳"会老堂"之欧阳修石刻像，应是当年滁州石刻像之复制品，最接近北宋欧阳修画像之原形，具有极高的史料价值。今扬州欧阳祠石刻像，乃是经再度创作而成，故扬州欧阳修石刻像遂成石刻艺术罕见之珍品。乾隆年间滁州欧阳修石刻像早已不存，今琅琊山醒园所藏欧阳修石刻像，为扬州欧阳祠石刻像之复制品。

只宜诗句问青天

一

"南朝四百八十寺，多少楼台烟雨中。"

自从东汉末年佛教传入中国以来，但凡有点历史的城市，便都有几座能够代表这座城市文化积淀的寺庙，即便地处偏远的边陲小镇也不例外。扬州是一座有着近三千年历史的文化名城，佛教之盛，代有高峰。南朝修建的大明寺，至今香火不断。唐朝有被诗人张祜看到的好墓田——禅智寺、山光寺；有流传着宰相王播"饭后钟"故事的木兰院。到了清朝，更是寺庙林立，梵音满城。而有清一代，扬州最著名的寺庙，当数位于广储门外的天宁寺。

中国有许多天宁寺，这与宋徽宗有关。北宋建中靖国元年（1101）十月，将徽宗的诞辰日定为"天宁节"。于是，全国重要州府均建天宁寺，所谓"建寺"也包括将原有的寺庙更名，扬州天宁寺便是更名而成。

关于扬州天宁寺的历史，文史界一直有"谢安舍宅为寺"之说，故又名"谢司空寺"。其实这是一个文史误会，已被学者们多次澄清，但仍有人以讹传讹。

天宁寺起源还有柳毅舍宅造寺一说，柳毅就是唐传奇《柳毅传》中的主人公，小说中的人物，更不可当真。

比较可靠的说法，应该是《宝祐惟扬志》所载，天宁寺始建于唐武则天证圣元年（695），以年号为名，初名"证圣寺"。《宝祐惟扬志》是宋代编纂的扬州志书，与建寺时间较近，当时寺庙名声又大，当不会有太大出入。

宋代的天宁寺毁于南宋兵火，天宁寺在扬州消失近一个世纪。明洪武年重建，正统、天顺、成化、嘉靖等年间屡经修葺。然而天宁寺在明王朝并无多少知名度，倒是它隔壁的梅花岭，因南明兵部尚书史可法抵抗清兵，壮烈殉国，葬衣冠于此而名垂后世。史可法死后，清政权坐稳了江山，明代多次修缮的天宁寺，却正好成了康乾两代帝王南巡的歇脚地。

康熙皇帝从小就爱读唐诗，唐代诗人对扬州的描述更令康熙神往不已。于是，他第五次南巡时，将主持编纂《全唐诗》的任务交给江宁织造曹寅。没错，就是《红楼梦》作者曹雪芹的爷爷。

康熙与曹寅关系特殊，曹寅父亲曹玺，本为清皇室家奴，曹寅母亲孙氏是康熙的奶妈。康熙自幼丧母，对于母亲的记忆，一方面来自祖母孝庄皇太后，但更多的母爱，则是曹孙氏所给予的。曹孙氏尽管身为家奴，但既是奶娘，伦理辈分上就是长辈。康熙之所以名垂千古，不仅在于他有雄才大略，治国安邦之才，还有体恤下人，懂得感恩之心。曹家的奴仆地位，康熙并没有轻视，相反，对于曹玺非常关照和尊重。在他八岁登基称帝后，第二年就把曹玺委派到江宁担任江南织造监督。按照朝廷规例，织造监督作为内务府委派的临时官员，一年就得换岗，曹家却因为康熙恩宠，而打破惯例，曹玺的江宁织造直接终身制，而且其子其孙世传接任。曹寅比康熙小四岁，其情感堪比兄弟。因而曹寅一人竟然身兼两份肥差，即江宁织造和两淮巡盐御史。扬州也有曹寅的府第，因曾得到康熙的驾临，被扬州人称之为"皇宫"。故而，康熙将编纂《全唐诗》的任务交由曹寅在扬州完成，则是再恰当不过的。

唐代，是让我们每个中国人引以为骄傲和自豪的时代。它不仅是中华民族历史上最繁荣、最强盛的时代，而且是一个最开放、最浪漫的时代。而唐诗，则是记录这个浪漫时代最华美的文字，也是我国古人留给人类最宝贵的精神财富。但是，经过千年磨洗，唐诗传到明代已散佚严重，再不抢救便有灭种之虞。

其实在康熙做出编纂《全唐诗》决定之前，已有众多文人在为抢救唐诗而努力。明代胡震亨放着五品大员不当，却要回到家乡，用剩余的岁月去完成一件更重要的事——编纂一套全唐诗。老胡真的撸起袖子干了起来，这一干，竟是整整十年。他终于编成一部巨著，取名为《唐音统签》，这部超级大书有一千零三十三卷，按天干之数分为十签，不但有当时最完整的唐诗，还有极其珍贵的文学评论、传记史料，堪称中国古代私人编书的超级王中王。

但全唐诗的编纂伟业并未完成，于是明末风流大才子钱谦益登场了，他决心编一部全唐诗，并且轰轰烈烈地搞了很多年，但天不假年，壮志未酬身先死。

钱谦益去了，留下一堆残稿，飘散在晚明清初的凄风苦雨中。

突然有一天，一个叫季振宜的人发现了钱谦益手稿，这位出生于藏书之家的大才子，抱着钱谦益的残稿，一干又是十年，编出了一部宏伟的唐诗集，共七百十七卷。可是，在书稿编成的第二年，季振宜撒手人寰。

胡震亨、钱谦益、季振宜，三位前辈留下了两部庞大的书稿，只差最后一项工作——把它们合并起来，修补完善，成为理想中的全唐诗。

历史必然会记住这个年代，康熙四十四年（1705）五月，由曹寅主持，《全唐诗》在扬州开局修书，参加校刊编修的，包括了赋闲江南的在籍翰林官员彭定求、沈三曾、杨中讷、潘从律、汪士铉、徐树本、车鼎晋、汪绎、查嗣瑮、俞梅等十人。于是，在天宁寺的晨钟暮鼓声中，每天又多了一道文人们吟诵唐诗的风景。

今天，我们仍然可以想象当年曹寅接旨之后的兴奋，以及日后在领衔编书过程中的勤勉与认真。一帮学富五车的文坛宿将、朝廷元老，齐聚于扬州天宁寺中，焚膏继晷，昼夜不舍。在曹寅留下的诗文中，有一首《九夏将尽，台风至扬州，西院校书偶题》，颇能反映当时的工作状态：

> 海云吹不断，廨宇日风凉。
>
> 策策抽新笋，行行绕画廊。
>
> 好时无酒伴，随处入诗乡。
>
> 略似休禅老，长悬结夏床。

类似苦行僧。但是，累，并痛快着。这是集全功于一役的最后一战，可谓行云流水，水到渠成。仅仅一年后，曹寅等人就完成了《全唐诗》编纂工作。将书呈于皇上时，面对这部中国所有大一统王朝中唯一的断代诗歌总集，康熙很激动，很兴奋，大赞道："刻的书很好！"并亲自给这部书写下了骄傲的序言："得诗四万八千九百余首，凡二千二百余人，厘为九百卷。""唐三百年诗人之菁华，咸采荟萃于一编之内，亦可云大备矣！"

皇皇唐诗，首次以全书的形式流传于世，从而使唐诗，这颗中国文化史上的璀璨明珠，永远闪耀在历史的星空，扬州天宁寺也因此而永载史册。

康熙第六次南巡时，在天宁寺翻动着《全唐诗》的书页，竟也文思泉涌：

小艇沿流画桨轻，鹿园钟磬有余音。

门前一带邗沟水，脉脉常含万古情。

二

帝王临幸，御用书局，以及《全唐诗》刊刻成功，使天宁寺声名大振。寺庙规模也随之不断扩大，寺中伽蓝七堂高大宏伟，大雄宝殿两侧的东西耳房纵深悠长。云游僧侣、文人墨客来到扬州，都以能在天宁寺住锡停留为荣幸。

于是，石涛来了。

石涛，原名朱若极，本是明王室后裔，其父辈在南明政局动荡的腥风血雨中命丧黄泉，石涛因被人搭救而苟存性命于乱世。为躲避追杀，遁入空门，取法名石涛。佛事之外，石涛工绘事，善丹青，蛰伏皖南山区多年，有"我是黄山友，黄山是我师""搜尽奇峰打草稿"等经典画语录传世，其画作曾得康熙钦赏，被艺术史称之为"明末四大画僧"之一。

某日，石涛云游到天宁寺。

天宁寺老和尚是知道石涛在画坛名声的，便问石涛："扬州景物，法师以为有何特色？"

石涛用两句唐诗作答："园林多是宅，车马少于船。"

老和尚说："扬州尚缺一景，不知法师可曾留意？"

石涛说了一个字："山。"

老和尚笑了："真是慧眼慧心。本寺东西两侧，各有禅房三十六间。法师谙熟黄山，黄山七十二峰，正合寒寺禅房之数，能否请大师为寒寺留点墨宝，也算是补偿扬州无山之憾。"

石涛一听便知，此乃山礼山规，老和尚要考一考他这位以画知名的云游僧人。

石涛很淡定，与老和尚约定，一日一幅，要画七十二天。

整整一个春天，石涛闭关在天宁寺内潜心作画。

待到第七十三天的早晨，扬州满城人都为一种异样的天象惊呆了。只见北宸门外，晨雾迷漫，寺庙上空，山岚雾障。这是扬州人从未见过的景象啊！人们迷惑不解，奔走相告。有在西南山区住过的人说，这仿佛是山岚。再往前走，就更为奇特，过了天王殿，竟有飞瀑湍流，猿鸣鸟啼之声不绝于耳……

原来，这是石涛将每一间耳房里的画都画好了，黄山七十二峰真实地再现于天宁寺内。黄山山神闻讯，特遣云神雾将，连夜赶到扬州，兴云作雨，推风运涛，为石涛画作成功而祝贺呢！

石涛到扬州来初试身手，使得扬州沉闷的画坛如春风拂过，渐显生机。于是，艺术家们从四面八方纷至沓来，云集扬州，呼吸着由石涛带来的清新空气。杭州的金农来了，兴化的李鱓、郑板桥来了，南通的李方膺来了，福建的黄慎来了。山东的高凤翰、安徽的李葂、湖北的闵贞、福建的华嵒、淮安的边寿民、钱塘的陈撰、南京的杨法，还有扬州本土画家高翔与罗聘，这些艺术家先后聚集到扬州，在这座被称为"销金锅"的城市里一边落脚谋生，一边挥洒才情。他们不循旧俗，不因陈法，用手中的画笔，书写出自己内心的情感，引领着世俗的审美时尚，长达百年之久，而天宁寺便是这批画家活动的重要场所。他们与一批文人墨客，时常在此挥毫泼墨，终日畅咏。本文的题目，便是录自乾隆年间名士、钱塘人吴锡麒的《游天宁寺》：

> 风生曲径晚凉偏，翠合危楼鸟鼠穿。
>
> 偶遇老僧皆白发，只宜诗句问青天。
>
> 江山过眼鸥同梦，钟鼓无声佛坐禅。
>
> 搜剔残碑文字坏，不知劫火阅何年。

至今我们还能在天宁寺看到他们的遗踪，那一尊尊情态各异的雕塑，仿佛对你讲述着天宁寺昔日的辉煌；郑板桥纪念馆里那清秀坚挺的翠竹，那如"乱石铺街"的书风，依然会将你的思绪带到那个既纸醉金迷，又才情迸发的年代。

这批人，被后世人称之为"扬州八怪"，是中国艺术史上的一座群体丰碑！

三

乾隆皇帝踏着他爷爷的足迹，也来了六次南巡，六次驻跸扬州。他比他的爷爷更喜欢天宁寺。你看，这首《天宁寺小憩》写得多惬意：

> 昨朝望里云烟渺，今日坐觉春光舒。
>
> 阿大中郎留别业，优娄比邱得广居。
>
> 鸟是南音真惬听，花欺北地无虚誉。
>
> 平山更在绿云外，俯畅楼窗恰受虚。

乾隆五十四年（1789），天宁寺又沐隆恩，乾隆御旨，藏一部《四库全书》于扬州。

《四库全书》全称《钦定四库全书》。是在乾隆皇帝的主持下，由纪昀等360多位高官、学者编纂，3800多人抄写，耗时十三年编成的丛书，分《经》《史》《子》《集》四部，故名四库。7.9万卷，3.6万册，约8亿字。当年，乾隆皇帝命人手抄了四部《四库全书》，分贮于紫禁城文渊阁、辽宁沈阳文溯阁、圆明园文源阁、河北承德文津阁珍藏，谓之"北四阁"。

乾隆南巡，驻跸扬州，再过长江，直抵大运河南端的杭州。江南的绮丽风景令乾隆流连忘返，江南的人文鼎盛更令乾隆赞赏不已，于是诏令，将《四库全书》再抄三部，分别藏于扬州的文汇阁、镇江的文宗阁、杭州的文澜阁。此所谓"南三阁"。

乾隆对于文汇阁的建设与使用似乎格外重视，乾隆五十五年（1790）五月二十三日，圣谕："俟贮阁全书排架齐集后，谕令该省士子，有愿读中秘书者，许其呈明到阁抄阅，但不得任其私自携归，以致稍有遗失。"他一再强调，阁中所藏之书，不是做样子的，要允许读书人阅读和传抄。按照当时的规定，士子愿意读书的，可以进入文汇阁阅读，在办理相关手续后，还可借出去抄写，乾隆还为扬州文汇阁赋诗云：

> 万卷图书集成部，颁来高阁贮凌云。
>
> 会心妙趣生清暇，扑鼻古香领净芸。
>
> 身体力行愧何有，还淳返朴念常勤。
>
> 烟花三月扬州地，莫谓无资此汇文。

　　然而，书香扑鼻的日子没能永久持续，随着清王朝的日薄西山，《四库全书》迎来了一场坎坷曲折的劫难。

　　先说"南三阁"。第一次鸦片战争中，英国军队火烧镇江文宗阁，《四库全书》被烧得仅余千卷；之后剩下的书卷与扬州文汇阁的《四库全书》一并被毁。杭州文澜阁亦遭战火焚毁，仅剩图书九千余册，光绪年间经过三次补抄，后因抗战而辗转南北，如今珍藏于浙江省图书馆。

　　再说"北四阁"。咸丰十年（1860），英法联军火烧圆明园，文源阁中的全部书籍化为乌有，留在翰林院的《四库全书》副本也被毁坏大半。光绪二十六年（1900），八国联军将翰林院残存底本劫掠出国，至今藏于英法诸国图书馆中。经过风霜洗礼，最终只有文渊、文津、文溯三阁的藏本基本完整，前者于中华人民共和国成立前被运往台湾，后两套分别藏于中国国家图书馆和甘肃省图书馆。

　　由于《四库全书》大半遭毁，故而近代以来，学者纷纷呼吁影印全书。

　　但是，文化事业的盛衰，永远是国家力量的最直接写照。自1917年商务印书馆张元济先生动议影印《四库全书》，直至1986年，才由"台北故宫博物院"将文渊阁《四库全书》影印出版。

　　进入21世纪，北京商务印书馆再次动议影印文津阁《四库全书》，此议不仅得到国家图书馆的赞成和支持，也得到有关专家的认可和鼓励。2003年，北京商务印书馆影印文津阁《四库全书》出版工程正式启动，至2014年共出1500册、500册、仿真本三种样式。其中仿真本乃复原文津阁《四库全书》的本来面目，按原书原大原色原样制作，凡36000余册，一套要耗用手工宣纸6000刀、楠木函盒6144个、书架128个。

　　张元济先生夙愿终偿！

　　扬州文汇阁的生命旅程仅仅七十余年，在《四库全书》七大藏书楼中寿命最短。文汇阁的历史，是中国文化沧桑史的缩影，也是扬州文化之痛史！虽然文汇阁早已阁书无存，但百余年来，扬州人无不魂牵梦绕，企盼有朝一日能恢复文汇阁，重置《四库全书》。这是文化梦，也是扬州人走向文化自信和文化自觉的一次飞跃。

　　2014年春天，又是一个草长莺飞的烟花三月。在扬州文汇阁被毁一百六十年后，扬州人将商务印书馆出版，扬州国书文化传播有限公司统筹策划制作，扬州本土企业恒通集团热忱捐赠，原大、原色、原样仿制版《四库全书》入藏天宁寺万佛楼，是年"4·18"扬州国际经贸旅游节正式亮相。这是《四库全书》问世二百多年来，第一次真正意义上的重新出版和仿制，这是扬州作为中国历史文化名城具有划时代意义的千秋巨献，这是传承文脉、润泽后世的宏大建树。

《四库全书》再度落户扬州，是扬州人文化自信的铿锵足迹，更成为了扬州承载古今文化的新地标。

今天，每当我走进天宁寺万佛楼，我的脚步总要放得轻轻，唯恐惊动了那些娇柔的纸片。大厅里那用金丝楠木盛装的6144函，36217册精美典籍，就静静地陈列于此。《四库全书》共计近240万筒子页，铺展开来近1000千米，可与中国大运河从北京到扬州的距离等量齐观！

四

"瓶水冷而知天寒，扬州一地之盛衰，可以觇国运"，这是近代文史大家钱穆先生对扬州历史的评说。

从十七世纪到十九世纪，是人类改天换地的三百年，世界遭遇了"五千年未有之大变局"。然而，在世界发生惊人变化的时刻，康雍乾三代君王却表现出同样惊人的麻木和极度的愚昧，妄自尊大，拒绝开放，囿于传统，故步自封。特别是蔑视科学、限制工商、集权政治、禁锢思想的做法，严重制约着社会的进步与发展。当康乾盛世余晖散尽，中国无可奈何地堕入了百年沉沦。如果说河工失修、漕运不通、盐政改制、商业衰落等因素，已使扬州完全失去了往日的风光，那么咸丰兵火的摧残，则使这座千年古城一落千丈。在清兵与太平军的交战中，扬州一批具有历史里程碑意义的文物建筑大多毁于兵火，天宁寺也在这次劫难中化为灰烬。

此时，扬州的文人墨客依然在吟诗作赋，但在他们的笔下，已很难觅见天宁寺的踪影，偶有提及，也是婉转低回，一唱三叹。这是同治年间，一位叫颜驯的书生留下的诗句：

故垒高低路不分，好楼台处尽屯军。

原头碧血三生草，堂下青山半没云。

废院逢僧谈浩劫，荒台有佛卧斜曛。

承平风景心堪醉，排日传花宴使君。

同治年间，扬州方始从战争的阴影中走出，一位叫方濬颐的人来到扬州担任两淮盐运使，天宁寺得以重建。

方濬颐，字子箴，号梦园，安徽省定远人，道光甲辰进士，同治八年授两淮盐运使。这是一位有着高度文化使命感的官员，来到扬州，他见到曾经的淮左名都，竹西佳处，此时却满目疮痍，历史上的"芜城"惨景再度重现。于是他奔走呼号，募集资金，先后重修了平山堂、天宁寺等重要名胜古迹。至今，在扬州平山堂仍可见到方濬颐亲笔所书的匾额。

然而，大清王朝的颓势已定，无可挽回。尽管天宁寺也曾一度中兴，有"一庙五门天下少，两廊十殿世间稀"之宏伟庙貌，但随着清王朝的覆灭，天宁寺终于香火了断，禅风散尽。兵荒马乱的民国年间，此处更沦为充满腥风血雨的兵营马厩。抗日战争初期，日军侵占上海后，前线受伤的中国士兵四十多人，转驻天宁寺治疗。不料日军侵占扬州时，于 1937 年 12 月底关闭天宁寺所有庙门，寺内伤员连同寺僧共五十多人全部惨遭杀害……

曾经冠盖如云的天宁寺御码头，此时寒水自碧，孤舟横斜："闲情怅触对船娘，燕影新蒲草阁凉。杨柳至今犹带姓，波斯城绿已无香。"1949 年之后的天宁寺，既没有了庄严佛像，也没有了伽蓝钟磬，此处完全变成了一个大杂院。中华人民共和国成立之初，在寺内开办过军区干部学校、文艺学校、展览馆、招待所。《扬州日报》、治淮指挥部等机关单位，也曾入驻天宁寺。扬州"大家庭，小日子"主题作家王敏女士曾在《天宁大院里的邻居们》一文中写道：

那是七十年代中期，响应毛主席"一定要把淮河治好"的号召，扬州地区治淮指挥部驻扎到了天宁禅寺内，一栋居民楼、一排平房，家属院的十几户人家共着一口水井成了朝夕相处的邻居。那时年少，我们这辈人中，年龄最大的也就二十出头，我还只是个十五六岁的黄毛丫头哩。那时单纯，无论是生活方式还是人与人之间的交往都简单直白。早上端着个饭碗出门，东隔壁的小方站在石墩旁漱口，就着一嘴的牙膏沫子招呼我"姐姐早"，还轮不到我回话呢，西隔壁胖成弥勒佛的夏大夫捧着个比我脸还大的闷钵来了，一边呼啦呼啦的扒着饭，一边大声地应着："早早早，姑娘们早啊！"一天的好心情就从邻居们此起彼伏的招呼声中开始了……

天宁寺，晨钟暮鼓的庄严气象，化成了世俗市井的人间烟火。

而王敏笔下提及的那个"治淮指挥部"却是值得书表的一段历史。

康乾两代君主南巡，其中一个重要目的就是治理黄淮水患，保证漕运通畅。至今，天宁寺中尚立有乾隆御碑，其碑文曰："南巡之事莫大于河工……"扬州扼江淮之要冲，又在运河与长江交汇处，故而朝廷格外重视，因为只要控制住扬州，就握住了王朝的命脉之枢。毫无疑问，康乾两代的治河保漕工程是相当成功的，漕运通畅，不仅成就了中国皇权社会最后一次鼎盛，而且将扬州带进了城市发展的第三次辉煌。

但是晚清以来，国运日蹙，内忧外患，民不聊生。晚清政府，苦撑危局，根本无暇治理黄淮，而导致黄河再度夺淮，大量泥沙壅进运河，导致运河淤塞，不能通航。

中华人民共和国成立后，百废待兴。毛泽东主席发出"一定要把淮河修好"的伟大号召，二十世纪五十年代初，苏北治淮工程指挥部在淮安成立，不久，指挥部从淮安迁驻扬州。

相应地，扬州专区也成立了治淮指挥部，七十年代初曾驻于天宁寺内。历史竟然如此巧合，天宁寺，这座当年康乾两代君主南巡扬威、视察河工的驻跸之所，又成了扬州治理淮河的指挥中心。为还原当年的历史真实，在写作本文的过程中，我专程采访了当年扬州地区治淮干部王建平老先生。

这位曾担任过扬州地区治淮指挥部宣传科长的老革命，谈到当年的治淮工程，90岁的老人仍然异常兴奋，那段轰轰烈烈的峥嵘岁月仿佛又浮现在眼前。在天宁寺工作的那段时间，正是治淮的重点工程——三阳河工程的决战阶段，近百公里的工地上，一处处工棚，便是一座座堡垒；一面面旗帜，就是一团团火焰。高邮团、宝应团、兴化团、泰兴团、泰县团、靖江团、仪征团……十万民工，十万铁军，他们在苏中大地摆开战场，在工程机械极其落后的情况下，硬是用人挑肩担小车推，完成了三阳河的贯通工程。三阳河，不仅是当时伟大的治淮工程中浓墨重彩的一笔，而且为后来南水北调的水道奠定了扬州段基础。

天宁寺，你那些因战火而毁灭的佛像九天有灵，当为你能够见证这段光荣的历史而合十点赞！

二十世纪八十年代，千年古刹天宁寺获得新生，政府耗巨资进行了大修。大修后的天宁寺占地 908 平方米，建筑面积 5000 多平方米，中轴线上有山门殿、天王殿、大雄宝殿、华严阁、藏经楼，两侧有廊房 92 间。整个建筑布局对称，整肃庄严。

今天走进天宁寺，虽无香烟缭绕，亦无钟鼓之声，但庙宇堂堂，绿树森森，置身其中，厚重的文化气息扑面而来。每逢周日，民间文物交流活动，使这座庄严梵宇洋溢着浓郁的世俗气息。于是我想起了星云法师"人间佛教"主张：佛就是人间的佛陀。他出生在人间，修行在人间，成道度化，一切都以人间为主。

我还想起了乾隆皇帝当年的诗句：

> 又何加富要惟教，
> 即境思之只悯然。

诗意重阳

大自然的节律真奇妙，一入秋便演绎着动人的乐章。如果说这部乐章的前奏是立秋，高潮是中秋，那么，重阳则是它华丽的再现了。

重阳节，又称重九节，是汉民族的传统节日。重阳时节，秋高气爽。抬望眼，艳阳高照，秋风和煦，菊花怒放，杨柳依依。这是一个充满诗情画意的时节。君不见，从古到今，在皇皇中国文学史上，文人墨客留下了无数吟咏重阳节的诗句。陶渊明悠然地吟唱着《九日闲居》，李白豪放地歌咏着《九日》，杜甫在艰难地《登高》，白居易在《重阳席上赋白菊》，苏轼醉倒在黄楼上，李清照则斜倚在"玉枕纱橱"边，体味着"一番风，一番雨，一番凉"……

在蔚为大观的重阳诗词中，最有名的诗句，莫过于王维的那首《九月九日忆山东兄弟》：

> 独在异乡为异客，每逢佳节倍思亲。
>
> 遥知兄弟登高处，遍插茱萸少一人。

王维是一位早熟的作家，少年时期就创作了很多优秀诗篇，这首诗就是他十七岁时的作品。和他后来那些富于诗情画意、讲究构图设色的山水诗不同，这首抒情小诗写得非常朴素。但千百年来，人们在作客他乡时读这首诗，却都强烈地感受到了它的力量。这种力量，首先来自它的朴质、深厚和高度的概括。

王维家居蒲州（今山西永济），在华山之东，所以题称"忆山东兄弟"。写这首诗时，王维大概正在长安谋取功名。繁华的帝都，对当时热衷仕进的年轻士子虽有很大吸引力，但对一个少年游子来说，毕竟是举目无亲的"异乡"；而且越是繁华热闹，在茫茫人海中的游子就越显得孤孑无亲。所以"每逢佳节倍思亲"就十分自然了。这种体验，可以说人人都有过，但在王维之前，并没有任何诗人用如此朴素无华而又高度概括的诗句成功地表现过。而一经诗人道出，就成了最能表现客中思乡感情的格言式警句。

三四两句别有创意。一般人写思乡，只是说自己如何想念家乡。但是，王维却反其意而用之，诗人想的是，故乡的兄弟们今天登高时身上都佩上了茱萸，却发现少了一个人——他自己不在其内。似乎自己"独在异乡为异客"的处境并不值得诉说，反倒是兄弟们的缺憾更需要体贴。这就曲折有致，出乎常情了。而这种出乎常情之处，正是这首诗的深厚处、新警处。

虽然重阳节是一个富有诗情画意的时节，但毕竟处于晚秋，所谓"夕阳无限好，只是近黄昏"。故而古代诗人，在重阳节所写出的诗词，往往都带有一种淡淡的忧伤，或者悲秋的情绪。而将这种情绪发挥到极致的是具有"诗圣"之誉的杜甫。请看他的《登高》：

> 风急天高猿啸哀，渚清沙白鸟飞回。
>
> 无边落木萧萧下，不尽长江滚滚来。
>
> 万里悲秋常作客，百年多病独登台。
>
> 艰难苦恨繁霜鬓，潦倒新停浊酒杯。

这首诗作于唐代宗大历二年（767）秋。当时安史之乱虽已结束，但地方军阀又乘时而起，相互争夺地盘。兵荒马乱中的杜甫，无依无靠，只好离开成都草堂，买舟南下，前往夔州。由于穷困潦倒，他只能靠别人接济，生活困苦，老来多病。

极端困窘的情境中，诗人又过重阳节。他独自登上夔州白帝城外的高台，凭栏远眺，百感交集。望中所见，激起意中所触；萧瑟的秋江景色，引发了他身世飘零的感慨，渗入了他老病孤愁的悲哀。于是中国文学史上，便诞生了这首被誉为"古今七言律第一"的旷世之作。

诗人从空间、时间两方面着笔，把久客最易悲秋，多病独自登台的感情，融入在八句高阔雄浑的诗句中，情景交融，使人深深地感到他那沉重的感情脉搏的跳动。其中"无边落木萧萧下，不尽长江滚滚来"乃千古名句。

全诗通过登高所见秋江景色，倾诉了诗人长年漂泊、老病孤愁的复杂感情，慷慨激越，动人心弦。前半部写登高所见所闻之情景，是写景；后半部写登高时的感触，是抒情。全诗八句四对仗，句句押韵，是杜诗中最能表现大气盘旋，悲凉沉郁之作。

毛泽东主席也曾吟咏重阳，这就是《采桑子·重阳》：

> 人生易老天难老，岁岁重阳。今又重阳。战地黄花分外香。
>
> 一年一度秋风劲，不似春光。胜似春光。寥廓江天万里霜。

毛泽东同志是我们党和国家的缔造者之一，他的一生充满传奇色彩和大无畏的革命乐观主义精神。他的诗词作品大多纵横捭阖，气象万千。即使如《采桑子》这首小令，也是如此。

开篇第一句就宛如一山飞峙，气势突兀。"人生易老天难老"，这是一个古老的哲学命题。生命有限，而宇宙间一切事物却在不断地发展、变化，生生不已，光景常新。毛泽东笔下的"人生易老"，不但不是悲叹人命朝露，恰恰相反，正由于"人生易老"，所以必须把有限的生命献给无限壮丽的革命事业，以有涯积为无涯。它揭示出不朽的历史发展规律，它体现了革命的乐观主义精神，如格言一样，精警而耐人寻味。

"岁岁重阳，今又重阳。战地黄花分外香。"

岁岁年年，都有重阳，重阳是过不完的。古人每逢重阳时作诗填词，大约不外花酒空愁，一片萧瑟。只有毛泽东此词，意趣横生，戛然独造。"战地黄花分外香"，意韵横扫千古。为什么"战地"的"黄花"会"分外香"呢？因为战地灌溉着革命烈士的鲜血，战地在炮火连天中，野菊依然傲然绽放，使人看了怎能不感到格外美丽，怎不感到意气奋扬！

"一年一度秋风劲，不似春光。胜似春光。"

唐代诗人刘禹锡曾有"自古逢秋悲寂寥，我言秋日胜春朝"的名句。在此，毛泽东同志也是以秋比春，而做出的审美评价。这种审美意趣，显然不是完全根据春与秋的自然属性，关键在于诗人的战斗性格更喜欢劲厉，因而在这种借景抒情之中，自然便有了寓意，有了寄托。"秋风劲"使人联想到鸟语花香的和平生活。于是"胜似春光"，便是合乎逻辑的推论了。"寥廓江天万里霜"则预示了革命前途的光明，表现了胜利信心的坚定。这些寓意和寄托，都是在写景言情中的"言外意""诗外味"。比那种传统的托物言志手法又高一筹，是浓郁的诗意中放射出的巨大哲理光辉。它给人以强烈的美感享受，更给人以刚毅的意志鼓舞和智慧的理性启发，而这才是诗性语言的最高境界。

扬州是一座历史文化名城，同时也是一座诗城。扬州人重阳登高，赏菊赋诗有着悠久的传统。扬州更有以重阳节标志性物品之一的茱萸而命名的茱萸湾。茱萸湾在唐代就负有盛名，历代诗人在此留下了大量的诗句，当然也不乏重阳节的诗词。

清初王士祯，是扬州诗坛上一位标志性人物，康熙初年，他组织了首次红桥修禊，并作《浣溪沙·红桥怀古》三首，第一首中的"北郭清溪一带流，红桥风物眼中秋"，显然也是秋天的意韵。至于那句"绿杨城郭是扬州"，不仅与李白"烟花三月下扬州"一样，传唱成千古丽句，而且成为扬州最环保的一张名片。

今天，我们生活在一个物质富有的时代，但是我们更需要精神的丰盈；我们生活在科技迅猛发展的时代，但我们更需要对大自然怀有无限的敬畏；我们在追求着更高更快的速度，但我们同时需要情趣优雅的诗性生活。

让我们讴歌重阳，讴歌我们中华民族的每个传统节日。愿我们每个人，每一天都生活在诗情画意中。

岁岁重阳，今又重阳。欣逢雅聚，感时而歌。歌曰：

天时有节律，今又过重阳。

金菊舞诗韵，茱萸带墨香。

举杯歌大水，横槊赋长江。

玉宇共澄澈，碧空雁几行。

门墙

一

2000年12月15日清晨，古城扬州的人们一如既往地过着自己的日子。瘦西湖公园中照例有人冒着严寒坚持锻炼；城里茶馆里"皮包水"的氛围依然热气腾腾。

然而有一处地方却显得有些气氛异常，原扬州师范学院，即后来被称之为扬州大学瘦西湖校区的南大门口，一群群、一簇簇的人聚集在一起，他们指指点点，议论纷纷，脸上的表情或惊讶，或无奈，还有些人表示愤愤然。

因为原扬州师范学院的老南大门不见了！

昨晚还安然矗立着的老南大门，怎么说没就没了？

从此，关于原扬州师范学院南大门的故事，便一直在坊间流传，而且越传越奇。时至今日，事隔近二十年，还经常听到有些校友返校时，因见不到老南大门而发出一声声的唏嘘、遗憾与叹息。

《论语·子张》曰："夫子之墙数仞，不得其门而入，不见宗庙之美，百官之富。"意思是说，孔子的学问犹如孔府那万仞高墙，如果不得入其门，便不能得其宏阔高深的知识，也就难以达到人生的理想境界。于是，便有了"桃李门墙"这一成语。门墙，也就成了学问与师长的指代。师院老南门不见了，曾经受业于此的莘莘学子仿佛心灵便没了归宿。

那么，扬州师院南大门到底有着怎样的离奇故事？让我们跨过门墙，去穿越一下历史的云烟。

1902年，为光绪二十八年。早春二月，冰河初开。桃李含苞，杨柳露芽。江淮大地上的迎春花，更开出了十二分的热闹。辞去翰林，离开朝廷，回到家乡南通投身实业救国并且事业初成的状元张謇，应两江总督刘坤一电邀，赴江宁讨论兴学之事。讨论的主题是，在两江首府江宁兴办师范学校。结果，刘坤一虽然赞成，但其他僚属们都以"新式师范不合国情"而反对。张謇叹息不已，无功而返。但张謇在这几年创办实业的实践中，深感到人才培养的重要性与迫切性。而重中之重，乃是需要先养出一个人才教育的"母鸡"。遂与罗叔韫、汤寿潜等同人筹划，在他的家乡通州设立一所师范学堂。

同年 7 月 9 日，这是中国教育史上值得永久纪念的一个日子。通州师范择定南通城东南千佛寺为校址，并开工建设。

翌年，通州师范学堂即正式开学。开学典礼庄严而隆重，在主席台上就座的，有知名学者王国维、罗振玉、汤寿潜，以及各界名流人物：范肯堂、沙元炳等。校长张謇发表《开校演说》，激发学生发奋读书，立志成才，以雪国耻。这是中国第一所师范学校，它的设立，标志着中国师范教育专设机关的发轫。张謇亲自为学校题写了校训，创作了校歌，歌曰："狼之山，青迢迢，江淮之水朝宗遥，风云开张师范校，兴我国民此其兆。民智兮国牢，校有玉兮千龄始朝。"

在那国事纷乱，社会动荡的背景下，通州师范学堂，虽艰难竭蹶，筚路蓝缕，却顽强坚毅、不屈不挠地走过了五十年的风雨历程。

二

1949 年，中华人民共和国成立，中华民族历史揭开了新的篇章。百废待兴的新中国，急需大量人才，大力发展高等教育，培养建设人才，乃成当务之急。

1952 年，国家决定大力兴办公共高等教育和中等专业教育，以适应大规模、有计划的社会主义建设之需要。根据"培养工农业建设人才和学校师资为重点，发展专门学校"的方针，经中央华东局和华东军政委员会批准，苏北区党委和苏北行署决定，在扬州建立三所大中专院校，即苏北农学院、苏北师范专科学校和扬州工业学校。

孙蔚民、张乃康、张梅安、孙达伍、宋我真等五人，组成苏北师范专科学校筹备委员会，孙蔚民任主任。同时决定，将私立通州师范学校文史专修科、扬州中学数理专修科、苏南丹阳艺术学校艺术专修科，以及苏北师资培训学校教育专修科合并，建立苏北师范专科学校。

此后又有扬州卫生学校、江苏水利学校、江苏省商业学校陆续在扬州兴办，从而使扬州成为除省城南京之外，江苏省又一高等教育重镇。

苏北师范专科学校建校时，校址选在扬州西郊瘦西湖畔。这片土地自古便是文枢之地，唐代建有惠照寺，清代建有倚虹园，自清初以来，在扬州流风余韵数百载的红桥修禊，更使这块热土充满了诗情画意与人文情愫。但是，晚清之后，此处渐次荒芜，而成郊野之地。苏北师专创始人之一的孙蔚民先生，却独具慧眼，看中了这块风水宝地，决定在此建校办学。

早期苏北师专的建筑，是兼有苏联风格的中式建筑群，以理化楼、办公楼、图书馆为中轴线，两边设东西主干道，干道边栽着法国梧桐。校园区域功能分布明确，建筑风格中西结合，置身其中，一股书香之气扑面而来。

苏北师专南大门，建于1952年，据说其草图为孙蔚民先生亲手绘制。大门造型为欧式建筑风格，三个圆弧顶拱门，中间为正门，两边为偏门。门柱上装饰有几何图案，大门顶棚为平顶。

1959年5月，苏北师专升格为本科，更名为扬州师范学院。门楣上的"扬州师范学院"校名，是从毛泽东书法中集字而成。

师范学院南大门，成了一代代学子心中的图腾。新生入学时，要在门前拍张照片，寄给家乡父母，以慰藉彼此的思念之情；学生毕业离校时，要在门口拍张照片，以留下对母校永久的思念；平时，师生们有亲朋好友来扬州，瘦西湖、平山堂或可不游，但在学校南大门与亲友合个影，被看成是最好的纪念。1982年，为纪念扬州师范学院建校三十周年，学院发行了一套校园风光明信片，其封套便是南大门。

然而，这座寄托着一代代学子光荣与梦想的南大门，竟在一夜之间消失得无影无踪。

三

二十世纪九十年代初，国际形势风云变幻。自苏联解体之后，南斯拉夫、捷克和斯洛伐克也相继解体分裂。而在中国国内，有一位老人"在中国的南海边画了一个圈"，于是，中国改革再掀高潮。

中国的高等教育也不甘寂寞，合并、改革，风起云涌。

1992 年 5 月 19 日，经原国家教委批准，原来设在扬州市的六所省属高等院校，即扬州师范学院、江苏农学院、扬州工学院、扬州医学院、江苏水利专科学校、江苏商业专科学校，另加国家税务总局扬州培训中心，合并组建扬州大学。

扬州大学合并初期，经历了一段痛苦的彷徨、徘徊、磨合期。合并办学，一度困难重重，进程缓慢。

为了推进扬州大学的深度合并和快速发展，1998 年 5 月，江苏省委对扬州大学领导班子进行了重要调整。果然，调整之后的领导班子，率领全校师生，刮起了一阵又一阵强力推进合并、深化学校改革的旋风。这其中，除了加强校部集权等一系列措施之外，校园建设也在紧锣密鼓地进行，荷花池校区教学大楼拔地而起，成为扬州西南片区的新地标。

同时，扬州城市建设也呈日新月异之势。原先的扬州西门街拓宽改造成四望亭路，师范学院东大门外的湖畔小道，也拓宽成了柳湖路，由于东大门围墙向里缩进，原先那座极富诗情画意，记录着太多学子们浪漫青春故事的透红亭被拆除了。

如果说当年师范学院精美雅致的南大门，与老西门街的旧时风景还相互般配的话，那么，在扩宽之后的四望亭路上，师院的老南门在有些人眼中似乎显得小气与寒酸。而这样的景象，与当时改革发展风头正劲的扬州大学形象极为不谐。况且，由于老南大门是五十年代初期建造，限于当时条件，只是用普通砖块堆垒后，外面搪一层砂浆水泥。数十年的风雨侵蚀，已使老门楼脆弱不堪。据说，逢年过节时，到门楼挂个灯笼或横幅标语，工作人员们都担心它随时有坍塌的危险。

于是，重建师范学院新南大门，势在必行。

为此，江苏省教育厅给扬州大学拨出专项经费 200 万元，用于师院南大门和东大门的改建工程。

新南大门的设计方案曾有多种构想。方案一，保持并加固老大门，在四望亭路边加建一个不锈钢伸缩门；方案二，依照老大门形状扩建成一座新大门；方案三，建一个古典亭台式的大门……但不知何故，上述方案均被否定。

现在的新大门，于 1997 年底设计，1998 年 1 月竣工。

尽管新建的南大门，与古典风格的四望亭路，与原扬州师范学院校园总体建筑风格均不协调，但其高大轩敞的恢宏气势，也给刚刚跨入新年的扬州大学带来了些许新气象。

此时，老大门与新大门共存。

然而令人意想不到的是，老大门在新大门的比照下，显得那么地矮小。而且新大门套着老大门，在视觉上尤其有碍观瞻，以致当时的学子们毕业时都不愿意在南大门前留影。

于是，师院老南门的去留问题，一度成为当时人们议论的热点与敏感话题。有人说，新大门与校园风格不协调，根本就不该建；有人说，既然建了新大门，老大门的存在就不伦不类，应该拆除。更有人举出清华大学、苏州大学等保留老校门的例子，要求保留老南大门。当时扬州市有关方面也曾多次敦促扬州大学拆除师院老南大门。

那么，老南门到底是拆或留呢？问题摆到了扬州大学最高决策层面前，决策者做出一个令人遗憾的决定：当拆！有关人士甚至认为，能否拆除师院老南门这个"土围子"，是直接关系到扬州大学改革进程能否顺利推进的政治问题！

然而，拆除老南门的消息一经传出，便遇到了来自方方面面的舆论阻力，原师范学院的部分老员工甚至放出话来，要"誓死保卫老南门"！故而，受命拆除老南门的学校总务部门，感到上下为难。拆除之事，被一再搁置。

2000 年 12 月 16 日，江苏省高校第八届校长杯乒乓球比赛将在扬州大学瘦西湖校区举办。这是扬州大学合并建校以来，首次迎来全省高教界的嘉宾。为了以崭新的精神风貌迎接客人，学校领导及相关部门负责人多次对校容校貌进行"地毯式"检查，师院老南大门拆除事宜，再成焦点，并且迫在眉睫。

老南门的寿命终到大限！

12 月 14 日，距离校长杯正式开幕仅剩一天了，明天就是兄弟院校代表队报到的日子。承担拆除老南门任务的职能部门已再无退路。于是，决定在当晚对师院老南门实施拆除。

当晚 9 点钟，夜幕沉沉，寒气袭人，冬日夜晚，行人稀少，一队人马开进了师范学院南大门。

由于老南门已脆弱不堪，故而拆除工作十分简单，扒斗车的巨臂，只轻轻挥舞了几下，历经半个世纪风雨的老南门，便在瞬间消失了。继而，拆除小组在旧门楼遗址上铺了沥青，硬化了路面，又在新大门内两侧建起了花坛。一夜之间，所有工作全部完成。并且将现场打扫得干干净净，几乎没有留下任何施工痕迹。

翌日清晨，四望亭路上依旧车水马龙，师院南大门人流依然进出如常。虽有人为老南大门的消失而慨叹、而伤感，甚至有人在骂娘，但并未出现太多的冲动情绪，毕竟"生米煮成熟饭"，更何况，拆除老南门的风声已刮了一年多。

四

扬州师范学院老南门以及东大门的透红亭，已经走进了历史。虽有门墙还矗立，亭台无复似当年。怀旧是人们共有的心态，时至今日，仍然有人时不时地怀念扬州师范学院老南大门，怀念透红亭，都说那是一种校园文化的丢失。有一位校友，为了留住这份怀念，甚至将透红亭几乎原样大小地建在了他所工作的中学校园里！

……

我在写作此文的日子里，扬州大学师生们正奔走相告地传递着一个特大喜讯：在刚刚召开的全国科技大会上，扬州大学喜获两项科技进步二等奖。

然而，见到另一则统计资料则令人伤感。在江苏省十三个地级市中，每个市的高校数量，以及城市居民每万人拥有在校大学生比例，扬州已排在全省倒数之列。这与新中国成立初期至二十世纪九十年代，扬州一直作为全省高校重镇的历史形成了明显反差。如果这个统计资料属实，那么，扬州这座历史文化名城情何以堪！

如此，师院老南门的拆除，就不仅仅属于校园建筑景观抑或校园文化层面的话题了，而是留给了人们更深层次的思考。

拜星参云

——佛光山参拜星云法师速写

一

参拜佛光山，是我们这次中国台湾之旅的重要行程，其因缘自然因为星云法师是我们扬州老乡，又与领队王玉新会长是至交。但是，对能否拜见到法师，却是心中没底。因为法师年事已高，医生嘱咐以静养为主，已基本谢绝了对外接待。

中午抵达佛光山。

从扬州出发之前，台湾的天气预报说，一周之内，几乎天天有雨。可是今天的佛光山，却是天朗气清，艳阳高照，祥云朵朵，夏风微微。

尽管此前对佛光山已充满了憧憬，但是，当投进它的怀抱时，其风景之优美，梵宇之雄伟，佛法之庄严，文化之浓郁，陈展之现代，均远远超出了我的想象。其实我知道，法师的功德又岂止在佛光山，今天，他的信众已遍布世界的每个角落。或者说，星云法师已缔造了一个"人间佛教"的大千世界。

整整半天时间，在法师们的引导下，考察小组参观佛光山佛陀纪念馆、藏经楼等布道场所，聆听觉元法师形象生动的说法。令人恍如穿行在佛教历史的星空中，感悟着星云法师法力之雄伟高深，佛光山宏愿之广大精进。

夕阳在山，佛像披金。红霞万朵，满目锦绣。远眺大武山头，云起云飞，近听屏溪流水，潺潺有声。忽闻香板三响，僧人们"晚过堂"时辰已到，我们一行也在寺中的滴水坊享用着精美素食。突然好消息传来，负责接待的法师告知，星云法师将在晚上七点钟接见我们考察组。兴奋、紧张、肃容、正衣，我们如约而至，而法师已端坐在他的会客厅等候。法师虽然年事已高，视觉和听觉都受到一定影响，但仍然精神矍铄，法相庄严，大德高僧所特有的那股昂扬俊朗之道风扑面而来。

"浮云一别后，流水十年间。欢笑情如旧，萧疏鬓已斑。"法师一去家山八十年，足迹踏遍五大洲，然而却乡音无改，乡情不移。见说故乡来客，已增十分欢喜，何况老友相逢，越发激动不已。他用扬州话与我们招呼、交流，并且自豪地说："我们扬州的和尚了不起！"我知道他指的是赴日本弘法的唐代大和尚鉴真。最近，在他亲自关心下创作的大型歌剧《鉴真》，在国外巡演盛况空前。

当晚，为了营造欢喜气氛，法师特地安排了佛光山几位比丘组成了合唱队，演唱了由他作词的《十修歌》《佛教青年的歌声》《云湖之歌》等歌曲。其中的《云湖之歌》，是法师专门为他当年的出家寺庙——宜兴大觉寺新作的一首歌曲。歌词中写道："山明水秀，烟雨朦胧，宜兴的云湖在群山之中。向东是百里洋场的上海，向西是六朝繁华的金陵。南有杭城，北有扬州……"

为了给现场助兴，领队王玉新会长指派我为法师演唱一曲法师故乡的江都民歌《拔根芦柴花》，法师听完，高兴地合掌说道："唱得好啊！"

会见过程中，王玉新会长向法师报告了家乡关于运河文化建设的有关情况，法师听了非常高兴，特地从他的书法作品中集出"大运"二字赠给故乡。同时满怀深情地回忆着他与故乡、与鉴真学院、与扬州讲坛的一个个过往片段。又向我们赠送了他的新著《献给旅行者365日》，并与考察组成员逐一合影留念。

多想让时间走得慢一些！可一个小时竟是如此之快地过去了。为了法师的健康，我们实在不忍心多占用他的休息时间，于是恋恋不舍地向他告辞，他也满含深情地礼送我们到大厅门口。他的眼睛虽然看不清了，但我分明感到，法师一直在目送着我们。

半天的参访，一小时的拜会，我的心灵震撼非同寻常。一个12岁就出家，在风风雨雨中走过了将近一个世纪的修行人，筚路蓝缕，忍辱负重，在坚持自我修行的同时，对佛教进行了大胆改革，弃浊扬清，创造了"人间佛教"这一崭新理念，建立了一个"给人欢喜，给人方便，给人信心，给人希望"的佛教园地。其功德无量，其福泽绵长。

星云法师，必将是世界佛教界继佛陀、玄奘、鉴真等历史人物之后，又一个丰碑式的伟人。

我有诗赞曰：

梵宇横空第一山，人间佛教壮禅关。

高屏溪畔菩提树，大武峰头明镜寰。

般若声声红雨外，钟磬阵阵翠微间。

三千世界皆欢喜，共沐灵光结善缘。

二

在佛光山挂单 24 小时，此行收获满满，欢喜满满。星云精神的伟大，庙宇建筑的壮观，山光水色的秀丽，人文艺术的充沛，令人目不暇接，终生难忘。

然而，在此我要与读者分享的是佛光山的素食之美。

说到素食，一般人总以为，素食，不就是一些青菜萝卜豆腐之类吗？能有什么美感可言呢？这真是对素食的肤浅理解。

即使从原料选择的范畴来看，举凡江河湖海所产，高山峻岭所出，只要不属于动物生命之类，皆可列入素食食材之列，如稻谷黍稷、瓜菜果茶、豆角番薯、蕈耳菌菇，等等。这些原材料，只要设计精工，烹调适当，同样可以做出不逊于荤菜的筵席和色香味形俱佳的特色精美菜点。

6 月 30 日，我们刚踏进佛光山的山门，正逢午餐时分，法师们安排我们用素筵。素筵者，菜肴当然均由素食做成，就餐环境也不事装饰，素面迎宾，当然更没有俊男靓女的服务员侍候左右。然而，落座之后，一道道素菜的呈现，却令我眼界大开，惊讶不已。

第一道是五色拼盘，菜肴分别为：蜜汁藕、素红肠、素香肠、柠檬片、芝麻香菇。

第二道菜为素炸大虾。是用烤麸做成对虾形状，油炸而成。

第三道为"平安豆腐"，即平菇烧豆腐。有道是："豆腐得味胜海参"。

第四道为"素鱼翅"。这道菜是用粉丝、蘑菇丝、金针菇、豆芽菜、香菜等，做成的一道羹汤类菜肴。其色、香、味、形，与沿海地区常见的鱼翅羹几可乱真。

第五道菜，我给它起名叫"莲花络"，是用菌菇类的原料制作，装盘的方式是采用莲花底座造型，各客分食，富有禅趣。

第六道菜叫布袋素八宝。布袋的名称，来自布袋和尚，就是在寺庙山门中常见那尊弥勒佛。其做法是在油炸面筋中装进八种以上原料红烧而成。味道极为鲜美，且造型工整，符合佛教正道文化的审美情趣。

第七道菜叫"三杯素鸡"。是借鉴广东"三杯鸡"的做法。三杯，就是一杯酱油、一杯黄酒、一杯香油。只不过它的原料是菌类而不是鸡。

一道甜点，名字为"五彩米糕"，香甜糯软。

一道"素鱼丸豆腐汤"。鱼丸是用豆腐、菌类等做成，味极鲜美。

最后是一道水果拼盘。因为地处台湾，其水果的质量就无需多夸了，但装盘之美，精致工巧。

7月1日上午，按原计划，我们就要离开佛光山。可是，佛光山有一位非常特殊的人盛情挽留吃了午饭再走。这个特殊人物，大家称她肖师姑。肖师姑是长期为星云法师制作饭菜的人，见法师家乡来客，说一定要亲手制作一桌菜肴让我们品尝。如此盛情，我等只能"恭敬不如从命"了。

兹将肖师姑宴请我们的菜单列目于此：

凉菜拼盘、烩杂素、白菜豆腐、素烤鸭方、清雅双味小炒、红烧素狮子头、素烤羊肉串、风味水饺。

严格意义上讲，素食指的是禁用动物性原料及禁用"五辛"的寺院菜、道观菜。但是对于普通人来说，凡是从土地中和水中生长出来的植物，可供人们直接使用或加工使用的食品，都可以统称为素食。

现代社会中，素食者越来越多，素食人群也趋年轻化。素食主义不再是一种宗教和教条，素食者也没有道德优越感，选择素食只是选择了一种有益于自身健康，尊重其他生命，爱护环境，合乎自然规律的饮食习惯，素食已经逐渐成为符合时代潮流的生活方式。

第二辑

春风得意马蹄疾

瘦西湖的春天

瘦西湖的春天是一幅画卷。

天地本无私，春花秋月尽我留连，得闲便是主人，且莫问平泉草木；

湖山信多丽，杰阁幽亭凭谁点缀，到处别开生面，真不减清閟画图。

这是瘦西湖南大门的一副楹联，也是瘦西湖这幅画卷的卷首语。先读懂它，瘦西湖春天的画轴才为你徐徐展开。

春寒料峭，行走在湖边长堤上，寒风还在呼啸，残雪尚未消融。但是，长堤上的杨柳枝已泛出绿色，金黄的迎春花勇敢地在寒风中绽放。

湖中的野鸭，似乎已经感觉到了春水的温度，不时扑棱着翅膀在水面上欢快地飞起。

人们追逐春天的脚步一着不让，你看，立春才几天，湖畔的草地上，已是人声鼎沸。一群放风筝的孩子喧闹嬉戏着，初春的风把风筝托举得很高很高。稚童将线儿牵在手中，那心儿却飘上了云天，此情此景，清代诗人高鼎的诗句是最传神的描绘：

草长莺飞二月天，拂堤杨柳醉春烟。

儿童散学归来早，忙趁东风放纸鸢。

蜡梅傲然绽放，把一树的花香播洒在初春的风中，即使你匆忙走过，那花香也会趁机扑入你的怀里，人一嗅，仿佛立即就要醉了去。

也有些与冬雪较过劲的蜡梅已经凋谢了，但香魂犹在，哪怕已零落成泥。

雨水的日子真的下雨了。雨线沙沙，瘦西湖笼罩在一片烟霭之中，雨中的瘦西湖有梦幻般的绮丽。春雨滋润心田，柳风撩拨诗兴，我将一首绝句随着这春雨一起流进了湖中：

> 画舫浮水向山行，柳色长亭更短亭。
> 好友最难逢胜处，四桥烟雨一湖青。

雨中杨柳，如烟似雾，雨中草色，遥看近无。晶莹剔透的雨珠挂在杨柳枝上，与刚刚露出的杨柳芽苞相形成趣。湖畔坡地上，小草零零星星地露出了芽头，但远远地看，竟已绿了一片。

最是桃花坞上的那一片春梅，在春雨中开出了十二分的热闹，满树的花，繁星一般地密集，那花枝在熏风细雨中晶莹着、湿润着，又如瘦西湖导游妹子们淑女一般的明丽优雅。

"几处早莺争暖树，谁家新燕啄春泥。"紫燕在雨帘中翻飞，它们在寻觅合适的地方安家。我问燕子，到处的寻常百姓人家，哪座是你的旧时堂前呢？

瘦西湖的惊蛰天，桃花含苞了，玉兰打朵了，春梅绽放了。

"何物最关情？黄鹂三两声。"徐园中的池塘边，黄鹂鸟在杨柳枝头纵情歌唱着春天。"照日深红暖见鱼，连村绿暗晚藏乌。"湖中鱼儿，也偷偷浮出水面观赏风景。

春分时节，仲春来临。瘦西湖一夜之间变成了万花园。白紫玉兰，次第绽放。海棠樱花，争奇斗艳。杨柳枝由鹅黄转成翠绿，在春风中飘荡着，那是一种淡雅中透着闲适，深沉中显着飘逸的美。娇美的船娘，摇着轻舟穿行在柳枝之间。眼眸里盛着春水，樱桃小口一开，一首婉转动人的《杨柳青》直唱得游人春心荡漾，飘飘欲仙！

"清明时节雨纷纷。"是的，清明的雨无疑是春天最好的化妆师。春雨中，梨花白了，桃花红了，杨柳青了。待到春阳灿烂，春风拂面，杨柳烟，桃花雾，交织在一起，升腾着，漾开去，连远在黄鹤楼头的李白，都仿佛看到了，看到了这一幕只属于扬州春天的盛景。"烟花三月下扬州"，与孟浩然执手相看之后，绣口一开，便传颂千年！

于是，瘦西湖刹那间便人山人海。四面八方的朋友们，都信了李白的话，来到扬州，来到扬州瘦西湖踏青赏花。

是的，瘦西湖最浓的春色，就在那桃花梨花的花瓣上，就在那青青的杨柳枝条上，就在那晴天灿烂的阳光里，就在那如梦如幻的烟雾中。

但我要说，打扮这动人春色的，是瘦西湖那一泓春水。这水是扬州的眼睛，是扬州的灵气，它滋润了千年的二分明月，它浸润着满城的翰墨书香。

水滨的蒹葭发青了，"蒹葭苍苍，白露为霜。所谓伊人，在水一方。溯洄从之，道阻且长。溯游从之，宛在水中央"。水下的藕茎、莲梗苏醒了，再过两天，你会见到调皮的蜻蜓来调戏那尖尖的小荷；水中的野凫们更欢了，"无风水面琉璃滑，不觉船移，微动涟漪，惊起沙禽掠岸飞"。

"扬州好，第一是虹桥，杨柳绿齐三尺雨，樱桃红破一声箫，处处系兰桡。"这是清代诗人费轩描写谷雨时节瘦西湖的佳句。

说到虹桥，就不得不说发生在瘦西湖畔那场文坛盛事——红桥修禊。

康熙初年，诗坛领袖王士祯首倡的"红桥修禊"，以及领衔组建的"冶春诗社"，其诗风流韵更在扬州传唱三百余载。

瘦西湖看琼花、赏芍药，最是暮春时节的赏心乐事。

琼花、芍药都是扬州市花，自古便得文人盛赞。东坡先生曾说，扬州芍药为天下冠，欧阳修更建无双亭并赋诗赞之：

> 琼花芍药世无伦，偶不题诗便怨人。
> 曾向无双亭下醉，自知不负广陵春。

暮春将至，瘦西湖春天的最后一道亮丽的风景——芍药花正孕育着它的灿烂绽放。来吧，朋友，桥边红药，年年只为君艳。

> 雨过残红湿未飞。疏篱一带透斜晖。游蜂酿蜜窃香归。　金屋无人风竹乱，衣篝尽日水沉微。一春须有忆人时。

赏过红药，瘦西湖这幅春的画轴徐徐掩卷，另一幕风景开始上映了，那便是独具风情的扬州夏日。

扬州的秋天

　　昨日立冬，秋已逝去。令我对扬州的秋天充满着无限美好的怀念。

　　读过郁达夫先生的《故都的秋》，他对北方的秋天赞美有加。他说："江南当然也有秋天，但草木凋零得慢，空气来得润，天的颜色显得淡，并且又时常多雨而少风……"而我却以为，扬州秋天的魅力正在于它的时间长久、经历丰富。仿佛一部电影大片，将秋天的全过程在你的面前徐徐展开，让你次第领略着"轻罗小扇扑流萤"的初秋；"桂魄初生秋露微"的中秋；"霜叶红于二月花"的晚秋；以及"芳草萋萋鹦鹉洲"的暮秋之全景与过程。而你的心情也随着秋意的转换变化着，从初秋令人生畏的燥热，到中秋天高气爽的惬意，而至晚秋满目红紫绚烂，一个秋天的思绪，仿佛萦绕了一生的华年。

　　我喜欢扬州初秋时节瘦西湖畔的杨柳。

　　扬州的风情全在于杨柳。秋天的杨柳已完全成熟，根根枝叶，有如女人的披肩秀发。轻风吹来，柳枝飘动，恰似青春少女的浪漫风情。而或细雨蒙蒙，撑一把雨伞在柳中徜徉，雨丝和着柳丝编织成一道道绿色的网，将人的视觉紧紧定格在一重又一重的绿意中。雨水洗刷过的柳丝，呈现在眼前，鲜亮亮，飘柔柔，直给人以翩翩欲舞的感觉。

　　我喜欢扬州中秋时节万紫千红的菊花。菊花无疑是秋天的宠儿，"秋丛绕舍似陶家，遍插篱边日渐斜。不是花中偏爱菊，此花开尽更无花"。唐人元稹的这首诗，把秋天与菊花的情感写绝了。城里的公园，学校的园艺，每年秋天都会有一次菊花展览，姹紫嫣红，争奇斗艳，那景象，一点也不逊色于春的灿烂。然而，城里的菊花却显得过于娇艳，过分做作。相比而言，我更喜欢西郊丘陵上那漫山遍野的野菊。于是我便时常在深秋的傍晚，驱车沿着文昌路向西，在蜿蜒起伏的山路上缓慢行驶，偶见一片野菊，并停车观赏。这些不知名的野菊，无声无息，毫不张扬地在秋风中静静开放，一片片黄色的花瓣，吐露着属于它们自己的芬芳，宣示着它们自己青春生命的风采。我的同事好友张美林先生曾无限深情地吟咏过野菊：

> 旷野里凑近你的方向
>
> 翠绿得让我找到了悲喜的归所
>
> 大风歌谣依旧静静地坐视来往，
>
> 一腔芳容
>
> 写着你我灿烂的渴望
>
> ……
>
> 我喜欢晚秋时节蜀冈上的那片树林。

蜀冈并不高大，更谈不上巍峨，它却是千年扬州的文明发祥地。冈上林木森森，遮天蔽日，显示出这个城市古老的年轮。蜀冈上的树木杂然无序，高大的乔木与低矮的灌木，一同生长在这一片古老的土地上。然而正是这样的杂然无序，才使得她在晚秋的世界里，呈现出五彩缤纷，令人炫目的华丽。银杏似金，枫叶如丹，黄中带紫的丁香如美人的裙裾。鲜红的天竺果分外吸引人的眼球，一见它，便使人想起了王维那首颤动心弦的诗："红豆生南国，春来发几枝。愿君多采撷，此物最相思。"

蜀冈下依山傍水的草坪上，一群放风筝的孩子稚气可人，他们把风筝飞得高高，线儿牵在手中，心儿却飘上了云天。五颜六色的风筝，多彩多姿的林木，夕阳如醉的晚霞，波光粼粼的湖水，组成了一幅生动的图画，使人感觉，仿佛这不是落叶飘萧之秋，而是生机盎然之春，借用朱熹的那首《春日》来形容，倒是再恰当不过的："胜日寻芳泗水滨，无边光景一时新。等闲识得春风面，万紫千红总是春。"

我喜欢在暮秋时分徜徉在长江岸边，欣赏万里江天，一色秋苇。江畔那密扎扎的芦苇，有如卫兵一样守护在长江岸边，芦叶已毫不吝啬地挥洒着即将褪去的绿色，试图努力烘托着芦花的洁白，营造出最浪漫，最浩荡的秋之大气。

普通的芦花，却有许多传奇的故事，它曾经引渡达摩过江，也曾寄托过美人的梦想。我曾经在一个深秋的季节，与一位年逾古稀的老者驾一叶轻舟，穿行在江滨芦苇丛中。这位老者叫施凤鸣，是扬州知名企业、中国知名品牌三星电梯的创始人。几年前，他来到长江岸边，在一个叫观音岛的江滩湿地上，实施他第二次创业梦想。不到两年，原先杂草丛生的观音岛，此时已林木阴翳，鸟语花香，亭台楼阁，错落有致。新建成的观音殿中，一尊洁白的千手观音塑像慈悲安详。大型直升停机坪上，绿草如茵，平坦如砥。现代化豪华游艇、房车，静静停泊，整装待发。

我与他乘着快艇，一会儿穿行在芦荡深处，一会儿飞行在大江之上。放眼望去，只见江流浩荡，运河如带。江滩上，芦花飞舞；蓝天下，江鸥翱翔。远望江南，吴山点点，镇江城郭，近在咫尺。此时，我的思绪如江河之水，悠然穿越历史时空，从"吴城邗，沟通江淮"，到隋炀帝开凿运河，巡游江都；从唐代的"扬一益二"，到康乾盛世的落日辉煌；从杜十娘怒沉百宝箱的故事，到白娘子水漫金山的传说；从"隔江千里远"给扬州人带来的交通阻滞，到"一桥飞架南北，天堑变通途"之后的方便快捷……

我由衷地敬佩施凤鸣先生，他用独特的艺术眼光看中了这方风水宝地，并且已投入上亿资金进行建设。可以期待，在不久的将来，在扬州，在邗江，在千年古渡瓜洲，一处集江南园林之秀美与现代游乐理念于一体的休闲新天地将横空而出！

畅游大江，兴情无已，谈笑间，不觉夕阳西沉，晚霞满天，江水落照，百鸟飞还。

走过观音岛上的凤鸣桥，身边苇花如雪，枝头百鸟鸣唱："凤凰鸣矣，于彼高冈……"

个园山石堪品读

也许你对"个园"这名字会感到好奇和不解吧？那么先让我们来看下个园的简介：个园是在原寿芝园的基础上发展而来，寿芝园据说是大画家石涛和尚所建，后几易其主，到了清代嘉庆年间，被当时的大盐商黄至筠买得并扩建。

黄至筠是哪里人？史料上众说纷纭。1987 年，江苏人民出版社出版的《江苏旅游景点文库·个园》说他是山西人；2005 年南京出版社出版的《游扬州·个园》说他"原籍浙江，生于河北赵州"；《扬州画舫新录·个园》则说他"原籍浙江，因经营两淮盐业，而著籍扬州府甘泉县"。担任过个园主任的金川先生曾有《个园》专著，确定黄至筠是浙江仁和人。

黄至筠十分喜爱竹子，连自己的名号都与竹子有关。个园就是以他的号命名的。清代著名文士刘凤诰曾作《个园记》，其中写道：

> 主人性爱竹，盖以竹本固。君子见其本，则思树德之先沃其根。竹心虚，君子观其心，则思应用之势务宏其量。至夫体直而节贞，则立身砥行之攸系者，实大且远。岂独冬青夏彩，玉润碧鲜，著斯州筱簜之美云尔哉！主人爱称曰"个园"。

这段话翻译成现代汉语就是，个园的主人很爱竹子，是因为竹根比较牢固，所以作为君子，见了竹子的根，就要想到自己树立德行，要先从根子上做起。竹子中间是空的，这可以理解成是虚心。君子看到竹的这种虚心精神，做人做事就要宽宏大量。至于看到竹子体直修长，竹节贞贞，正是君子的立身处世应有的风格。更何况竹子冬青夏彩，四季常绿，玉润碧鲜。主人夸耀扬州这样的至美之景，所以将自己的园子叫作"个园"。

那么"个园"的含义是什么呢？一组竹叶有三片，形以"个"字。这就是

"个园"命名的由来。

历史上留下的个园是一个庭院式的私家花园。1999年，个园进行了扩建，扩建之后的个园，不仅更加突出了"个园"的主题，而且给我们展示了一个小型的竹文化博物园。

我们现在看到的这一片竹林，集中体现了个园的主题。过去的个园号称"修篁万竿"。倘或在月明星稀之时，抚一曲琴弦，再吟一首王维的诗："独坐幽篁里，弹琴复长啸。深林人不知，明月来相照。"此种超凡脱俗的高雅情致，实在是人生难得的潇洒与惬意！

竹子在我国不仅种植历史悠久，而且由于它生长姿势挺拔修长，具有不畏严寒，四季常青，生长迅速，用途广泛等特点，自古以来，劳动人民和文人雅士都十分喜爱它，以至在我国形成了蔚为大观的竹文化。苏东坡是文人中喜爱竹子的代表，他说："无竹使人俗，无肉使人瘦，不俗又不瘦，竹笋焖猪肉。"

作为文化古城的扬州，竹文化也十分丰富。唐代诗人姚合有描写扬州的诗写道："有地惟栽竹，无家不养鹅。"可见栽竹、养鹅这些风雅之事扬州是有传统的。

扬州的竹文化，发展到"扬州八怪"时代，可谓是登峰造极了。其中最著名的人物是郑板桥。郑板桥是清代扬州府兴化人氏，以诗、书、画三绝著称。尤为突出的艺术成就，是他取材于竹子的诗和画。他自称"四十年来画竹枝，日间挥写夜间思。冗繁削尽留清瘦，画到生时是熟时"。他欣赏竹子生命力旺盛："咬定青山不放松，立根原在破岩中。千磨万击还坚劲，任尔东西南北风。"想想个园的主人为什么那么衷情于竹子，也就可以理解了。

个园火巷门额上"竹西佳处"四个字，是宋代词人姜夔写扬州的词句，这首词就是著名的《扬州慢》。开头两句是，"淮左名都，竹西佳处"。唐代扬州有竹西亭，诗人杜牧有一首即景诗，最后两句为"谁知竹西路，歌吹是扬州"。因此，"竹西"也是古代扬州的代称之一。

进入个园庭院的第一座建筑为"丛书楼"。在黄至筠建个园之前数十年，扬州东关街上有马曰琯、马曰璐兄弟二人，是乾隆年间的大盐商，同时又是著名的藏书家。他家的花园叫小玲珑山馆，小玲珑山馆中有一部分叫街南书屋，街南书屋中有十景，其中一景就叫"丛书楼"。他家的十万余卷图书即藏于此楼之中。当时为中国藏书大家，所谓"南有天一阁，北有丛书楼"。但到乾隆五十年（1790）

后，马氏南街书屋易于他姓，嘉庆年间为黄氏购得。黄至筠在建造个园时，将街南十景中若干景点名称移植到个园中，丛书楼便是其一。丛书楼位于个园一隅，自成天地，朴实无华，显得十分清幽静寂。置身其中，会使人宠辱皆忘，只想登楼苦读，遨游学海。扬州人有读书做学问的优良传统，从汉代董仲舒将北方经学带到扬州，到乾嘉时期的扬州学派，在中国文化发展史上，扬州人从不缺席，且屡领风骚。也许当时盐商初来扬州还是大字识不了几个的俗人，但在扬州文化氛围的熏陶下，"商翁大半学诗翁"，他们大多成了儒商，有的甚至还成了很有影响力的文人。个园主人黄至筠，懂诗词，善丹青，个园的墙壁上就有他画的扇面砖刻。

个园最大的艺术特点是"竹石为主，分峰用石"，有"四季假山"之说。

先说春山。个园的园林部分，最先映入眼帘的是春山。花园门口两个花坛上，栽有数十杆竹子，竹枝青翠，枝叶扶疏。下植四季常绿的麦冬。无论是赤日炎炎的盛夏，还是大雪纷飞的隆冬，伫立于此，都有一种春意盎然的感觉。尤其是立于绿竹之间的这些石头很为奇特，形如竹笋，这种石头就叫"笋石"。看到这些竹子和笋石，你会自然而然地想到一个成语"雨后春笋"。郑板桥有诗道："竹枝石块两相宜，群卉群芳尽弃之。春夏秋时全不变，雪中风味更清奇。"

穿过月洞门，走进园中，在宜雨轩前的花圃中，堆叠着形态各异的太湖石，据说有人能从形似的太湖石中找出十二生肖。花圃上栽了很多桂花树，桂花树也是一年四季常青的乔木，所以也可以视为春山的组成部分。但这里桂花树的栽植是大有寓意的，桂花树下面是月洞门，两者相合是一个成语，叫"蟾宫折桂"，就是古代科举考取功名的意思。中国传统文化特点之一是重农抑商，士、农、工、商称之为"四民"，商人排"四民"之末。因此，中国古代的商人，无论拥有多少财产，其地位永远低人一等。所谓"无商不奸"，既是对商人的贬低，也是中国古代社会价值观的真实写照。所以，中国古代的商人，总希望自己后代不再经商，而要考取功名，走上仕途。所以，扬州的盐商很重视子女教育，这个景点的设计，就充分表达了这种理念。他希望自己的后代能够通过读书，考取功名，走向仕途。事实上，黄至筠的几个儿子，确实都学业有成，走上了或做官，或治学之路。

夏山。刚才我们还处在生机盎然的春天，转眼来到赤日炎炎的夏天。眼前的这座太湖石组成的假山，称为"夏山"。清代著名画家戴熙说"夏山宜看"。那现在就让我们来欣赏一下夏山。

它像一个临水而建的石头房屋，室外阳光灿烂，洞屋幽暗深邃。向上看，有高大挺拔的广玉兰，使人想到"大树底下好乘凉"；向下看，有清爽可人的睡莲，又使人想起宋人杨万里的诗句："毕竟西湖六月中，风光不与四时同。接天莲叶无穷碧，映日荷花别样红。"还有人说整个夏山的轮廓有如夏日天空中飘浮的一块乌云，伫立于夏山面前，会有一种"山雨欲来风满楼"的感觉，此种说法过于牵强。但雨天的夏山，呈现的倒是另一番迷人景象，密密的雨丝与升腾的水气相互交织，确有一种"山色空蒙雨亦奇"的风光。

夏山的山顶上建有"鹤亭"，鹤亭的西边是一株苍劲老松，寓意松鹤延年；东边有一株百年紫藤，寓意紫气东来。

为了增添游趣，个园的夏山和秋山都是中空的，走近夏山的山洞，一股凉气便扑面而来。

即使是从现有确切史料看，个园历史至少也有200年左右了，我们走进山洞抬头望，是大大小小、成千上万的石头堆成了现在的假山。而200年前是没有钢筋水泥的，那么工匠们是用什么将一块块石头凝固起来的？对，是用石灰、糯米汁、鸡蛋清拌和起来的凝固材料。试想，这么大的园子，这么多的石头，这么大体量的假山，需要多少糯米和鸡蛋？这反映了当时盐商的富有，更反映了扬州叠石工艺之精湛。可见，扬州"园林以叠石胜"乃名不虚传。

登上抱山楼。

这座楼原名看山楼，后改成抱山楼。它西连夏山，东接秋山。将一园美景揽于面前。个园中有一副对联写得好："二三星斗胸前落，十万峰峦脚底青。"

抱山楼上这条长廊，人称是世界上最长的走廊，我们要在上面走过一个季节——从夏天一直走到秋天。因为，前方就是秋山。

秋山是用黄山石堆砌而成，故又称"黄山"。它群峰竞秀，险峻峥嵘。苍劲古朴的黄褐色，象征着秋天的成熟。山脚下几株枫树，枝繁叶茂，山间有石径通天。伫立于此，杜牧诗意尽现眼前："远上寒山石径斜，白云生处有人家。停车坐爱枫林晚，霜叶红于二月花。"

现在让我们停下脚步，将夏山与秋山做一番对比。你会发现这两座山所表现的是两种不同的美学风格——夏山采用的是线条曲折且富有变化的太湖石，它山势平缓，起伏不大，其总体风格是一种曲线之美，阴柔之美，美学上称之为"优美"。它充分体现了南方园林之秀；而秋山采用的是线条直截、棱角分明的黄山石，且高低错落，丘壑分明，其总体风格是一种直线之美，阳刚之美，美学上称之为"壮美"，它充分体现了北方园林之雄。

你看，两座美学风格迥异的假山，通过"抱山楼"连接在一起，既有南方之秀，又兼北方之雄，美学上既有冲突，更具和谐。我们不能不折服于古代园林艺术家们的匠心独运与精巧构思，在一个有限的物理空间中，营造出如此阔达的大美之象！

顺便要说的是，扬州不仅园林艺术兼有南北之长，其他很多文化艺术现象，如歌舞戏剧、盆景艺术、烹饪技艺等，都体现着这样一种兼容南北之长的特色。这一方面由于扬州的地理位置居于以长江为界的南北过渡地带，另一方面，更由于历代以来，扬州因其优越的交通条件和繁荣的城市经济，吸引了全国各地的文人雅士和能工巧匠，他们将四面八方的文化艺术带到了扬州，在这块人文荟萃的土地上有机地整合交融，并焕发出神奇的艺术魅力。

"秋山宜登"，那么就让我们登上秋山，去领略一下个园"黄山"的无限风光。

秋山由三个山峰组成：北峰为主峰，也是全山制高点。南峰在丛书楼后，南北两峰之间为中峰。中峰上的住秋阁点出了秋山的主题。

有人说，个园秋山是一条龙，北峰是龙首，南峰是龙尾，其北峰设计得最为精妙。登高放眼，远近佳景尽收眼前。向下俯视，山峦起伏群峰竞秀；钻进山洞，则峰回路转扑朔迷离。

黄山的山洞有一特点——大处不通小处通，明处不通暗处通，看似通，其实不通，看上去不通，恰恰能通。

来到山中，但见石床、石桌、石凳一应俱全。还有最酷的现代酒吧，于此相对而坐，体会一下曹操的那两句诗"对酒当歌，人生几何"，当是别有一番况味的。但此地不可久留，因为此乃仙人居住之所。古人云："山中方数日，世上已千年。"

走出山外，面对"住秋阁"，我们看到板桥体的一副对联："秋从夏雨声中入，春在寒梅蕊上寻。"郑板桥的书法自成一体，称为"六分半书"。他自己说他的字如"乱石铺街"，而个园正是以堆石头、叠石头、铺石头为其特色。可以说，在中国园林中常用的石头，个园都用上了。大到数吨重的太湖石、黄山石，小到如拳不大的鹅卵石，真是应有尽有。因而，说个园的艺术有板桥书画之风，是恰如其分的。

现在还要介绍一种不常见的石头，这种石头叫宣石。前方由宣石组成的山是"冬山"。宣石又称"雪石"，因为它有天然的芝麻皱纹，雨点皱纹，远看上去银光灿灿，晶莹闪烁，犹如残雪未消。加之冬山上植以梅花，使人自然而然地想起王安石的著名诗句："墙角数枝梅，凌寒独自开。遥知不是雪，为有暗香来。"

走进冬山，最有匠心的是这墙上的若干个圆洞，它叫"风洞"，风起之时，穿洞而过，发出呼呼的声响，给人以寒风凛冽之感。

冬天是寒冷的，但我们已经看到了春天的希望。那一孔神奇的圆形窗户之外，便是进门时见到的春山。此情此景，印证了英国大诗人雪莱的著名诗句：冬天既然来了，春天还会远吗？

时间过得真快，短短的几十分钟，我们已在个园经历了一年四季，真是时光似箭，日月如梭！让我们珍惜时光！

个园中间有一座厅堂，名叫"宜雨轩"。"宜雨轩"三个大字为当代大书法家刘海粟所写。两边的对联为当代扬州名士李亚如所撰、费新我所书。该厅是主人延宾会客之所。在面积不大的个园中建这个轩，其构思既大胆又巧妙。

从园林艺术上看，它有如下几个特点。一是平衡个园的重心。我们看到，个园的主景在全园的北半部，如果没有这个轩，那么总体布局就显得"失衡"，有南轻北重之感。二是借景手法的运用。它突破了中国民居的封闭式传统，采取了开放式的设计。四周用大片的玻璃窗，使之与全园整体隔而不断，融为一体。坐于轩中几乎可以欣赏全园美景，所谓"人在厅上坐，景从四面来"。三是用材考究，陈设豪华。玻璃作为一种建筑材料，今天看来并不稀奇，但在200多年前则是十分罕见和贵重的建材。室内雕梁画栋，配之以高档红木家具，反映了园主人生活的奢华与铺张。

此轩为何取名"宜雨轩"？有两层含义，其一，这是会客厅。在古文中，"雨"也指朋友。所以这副对联的下联为"旧雨适至，新雨初来"。其二，若是晴好天气，人们可以在室外欣赏景色，而若逢阴雨天气，轩内则是欣赏个园美景的极佳之处了。诚如个园大门口对联所云："春夏秋冬山光异趣，风晴雨露竹影多姿。"

试想，在绵绵雨丝中，邀三五挚友，于轩中品一壶香茶，或看山听雨，或叙情论道，岂不快哉！

个园与众多大型园林相比，它似乎显得小了些。但是个园虽小，名气却很大，在中国园林建筑史上的地位也很高。著名园林建筑学家陈从周先生说："个园以石斗奇，采取分峰用石的手法，号称四季假山，为国内唯一孤例。"因此，个园不仅是扬州园林的代表，也是中国园林艺术的杰作。正因为如此，它才能与北京的颐和园，苏州的拙政园、留园并称为"中国四大园"。

春江花月夜艺术馆解说词

一

我们所在的这个镇叫瓜洲，是扬州南部长江边上的一个著名古镇。大家都知道大运河与长江在扬州交汇，才成就了扬州历史上的数度辉煌。但是，历史上大运河与长江交汇处有多次变化。唐代开元之前，大运河是从今天仪征入江的。开元二十五年（737）之后，大运河变成从瓜洲进入长江。在陆上运输少慢差贵的古代，水上运输效率就显得特别有优势。所以长江和运河在此交汇之后，使得瓜洲成为水上交通枢纽、漕运集散中心，富商巨贾、文人墨客往来于此，络绎不绝。

瓜洲自唐代开始繁荣。唐代是一个盛产诗歌的时代，所以唐代诗人从此经过的时候，大多留下了脍炙人口的诗句。据不完全统计，产生于瓜洲的诗词不下万首之多，曹锡恩先生所编《瓜洲诗词》就收录了三千多首，所以瓜洲享有"诗渡"的美名。

在与瓜洲有关的众多诗词中，有一首大家都熟悉的《春江花月夜》，这首诗被后人称之为"孤篇盖全唐"。就是说一首《春江花月夜》，可以把整个唐代的诗词风采全部掩盖了。这首诗是在哪里写的呢？就是以瓜洲为中心的长江北岸一带。由于这首诗艺术水平超高，被后来的艺术家们披之于管弦，于是就有了十大古曲之一《春江花月夜》；绘之以丹青，于是有了以《春江花月夜》为主题的绘画、书法、雕塑、剪纸等各种各样的艺术作品。可以说，《春江花月夜》已经形成一个相对独立的文化艺术现象与系统。其形式多种多样，其内容丰富多彩。

为了弘扬古代优秀文化，增强文化自信，扬州市邗江区文化体育旅游局与瓜洲镇人民政府，决定利用《春江花月夜》的艺术效应，在瓜洲镇建张若虚纪念馆暨"春江花月夜"艺术馆。这个艺术馆从 2018 年 8 月份筹备，到 2019 年的 9 月

22 日正式对外开放，历时一年多。该馆总建筑面积约 2000 平方米，共分为：序厅、张若虚与"吴中四士"、歌辞缘起、画意乐韵、艺魂匠心、瓜洲记忆、千年对话七大展区，采用声、光、电及音、诗、书画和非遗技艺，全方位、立体式介绍张若虚其人，解读《春江花月夜》这首经典古诗的魅力，展示以"春江花月夜"为题材的古代文学作品、近现代音乐作品和扬州非遗技艺作品，为市民和游客献上了一场精美的文化盛宴。

这是我为"春江花月夜"艺术馆写的前言：

> 大唐初肇，春江潮涌，万象更新。中华民族，山河一统，强盛空前！文坛艺坛，一洗六朝萎靡之气，而呈现一派青春景象。其时与贺知章、包融、张旭并称"吴中四士"之扬州人张若虚，调用旧弦，辞翻新声，于扬子江畔，古津渡口，吟咏出千古绝唱《春江花月夜》，被后世誉之为"孤篇盖全唐"。其境界阔大而高远；其情思高古而深邃；其辞语清俊而绚丽。故而被后人披之于管弦，绘之于丹青，以《春江花月夜》为题材之诸多文学艺术形式，千峰竞秀，蔚为大观。为纪念先贤，传承文化，邗江区文化体育旅游局与瓜洲人民政府，共同打造成张若虚纪念馆暨"春江花月夜"艺术馆。历时一年多，工程乃竣，遂为瓜洲又添一文化之大观也。

诗渡文脉，于是为盛。信矣。

这里是"序厅"，以电影宽银幕的形式来展示《春江花月夜》的意境。充分利用现代声光电技术，在有限的空间内，最大尺度地展示无限空间，是该艺术馆在设计与陈展上的最大特色。此时此刻，我们仿佛穿越在江海交汇之处的古瓜洲入海口，这里可以放声朗诵：春江潮水连海平，海上明月共潮生。滟滟随波千万里，何处春江无月明……

这是明代书画家祝枝山书写的《春江花月夜》。祝允明（1461—1527），字希哲，长洲（今江苏吴县）人，因长相奇特，而自嘲丑陋，又因右手有枝生手指（六个手指），故自号"枝山"。祝允明的科举仕途坎坷，十九岁中秀才，五次参加乡试，才于明弘治五年（1492）中举，后七次参加会试不第。甚至他儿子祝续都考中了，他还是没考中。于是祝允明放弃了科举念头，正德九年（1514），授为广东兴宁县知县，嘉靖元年（1522），转任为应天（今南京）府通判，不久称病还乡。

祝允明擅诗文，尤工书法，名动海内。他与唐寅、文徵明、徐祯卿并称"吴中四才子"。又与文徵明、王宠同为明中期书法家之代表。楷书早年精谨，师法赵孟頫、褚遂良，并从欧、虞而直追"二王"。草书师法李邕、黄庭坚、米芾，功力深厚，晚年尤重变化，风骨烂漫。其代表作有《太湖诗卷》《箜篌引》《赤壁赋》等。所书"六体书诗赋卷""草书杜甫诗卷""古诗十九首""草书唐人诗卷"及"草书诗翰卷"等皆为传世墨宝。这是我们发现的历史上著名书法家书写的《春江花月夜》唯一传世作品。

二

张若虚的《春江花月夜》全文 36 句，每四句换一个韵，有三层意思：一是写景，二是说理，三是抒情。

第一部分写景，是诗人所见。"春江潮水连海平，海上明月共潮生。滟滟随波千万里，何处春江无月明？"用电影术语来比喻，作者开篇就给了我们一组长镜头，万里江流，浩瀚大海。一轮明月，冉冉升起。明月清辉，照耀天地。水波滟滟，潮水接天。这是一幅无比壮丽的画面，如果我们给这幅画命名，那就是《江海明月图》。同时，这四句还给我们透露了一个重要的信息，什么重要信息呢？它告诉我们，《春江花月夜》这首诗就是在扬州附近长江边上写的。张若虚是扬州人，他当时就站在长江岸边，看到了江海相连、明月升起的情景。因为唐代的时候，扬州地理位置是襟江连海，这里就是长江的入海口，在唐代诗人笔下称之为"海门"。所以在这里，看着一轮明月从大海上升起，这不是文学想象，而是当时的实景。

"江流宛转绕芳甸，月照花林皆似霰。""芳甸"是开满鲜花的岛屿。月亮照在树林上，照在花叶上。霰，就是细细的露滴。月光下的花叶，如滴滴露水，反射出点点清辉。"空里流霜不觉飞"，夜空中净白如霜，却感觉不到夜霜的飞动。"汀上白沙看不见"，汀，就是水边。长江岸边上白色的沙滩，此时也与月色浑然一体，而难以分辨。"江天一色无纤尘"，那时候空气好啊，没有空气污染。江天上下，一粒灰尘都看不到，只看到"皎皎空中孤月轮"。那月亮在天上，就像在你跟前一样清清楚楚，又圆又亮，这就不由得使人产生了与它对话的冲动。

于是，诗就进入第二部分，写诗人所想——天人哲理。

"江畔何人初见月，江月何年初照人？"诗人站在长江边上遐想，在这长江之畔，是谁最先看到这一轮明月的？而这一轮明月又是哪一年初次照见人们的？不要小看这两句看似幼稚而又天真的问话，其实由来已久，而且源远流长。屈原在《天问》中就曾问过："夜光何德？死则又育。"夜光，就是指的月亮。意思是，月亮有什么特殊的功能，死了（落下去）又能复生？更重要的是，张若虚的这一问，对后来文坛的影响太大了，比如李白"青天有月来几时？我今停杯一问之"；苏轼"明月几时有，把酒问青天"。这些都已成为千古名句。但是，无论是李白还是苏轼，他们都在张若虚之后，就是张若虚发出了这惊人的一问，才有了后来那么多关于"问月"的金句。而面对永恒的风月与短暂的人生，谁到此能不发出无限感慨！

感慨什么呢？感慨"人生代代无穷已，江月年年只相似"。人生是一代一代地更迭繁衍，而江月只此一轮，永恒不变。此处伤感中有坚强，失落中有希望。感伤，在于人生短暂，"譬如朝露，去日苦多"。而希望则在于"人生代代无穷已"，永远有人在凝望明月，月亮也永远向人间播撒清辉。

"江月年年只相似"和"江月年年望相似"是两个版本。我赞同"只相似"的版本。

"不知江月待何人，但见长江送流水。"江边上来来往往，人客匆匆，而一轮明月却总是亘古不变。江月啊，你是在等待谁吗？没有人知道。只见长江东流，注入大海。江水浩荡，永不停息。于是人的内心也生出波澜。由天空的孤月，联想到人的孤单，再由人的孤单，联想到相思与相待。这样，全诗由哲理思考过渡到情感描写，也就顺理成章了。

"白云一片去悠悠。青枫浦上不胜愁。"水流分汊的地方叫"浦"。河水分汊，就暗示着人的分离啊。古人说"黯然销魂者，唯别而已"；"送君南浦，伤之如何"。分别的时候最痛苦！"谁家今夜扁舟子，何处相思明月楼。"分别之后人在哪里？在今晚的江面上，是谁家的风流公子独自驾一叶扁舟在江上飘荡？而他心中的佳人又是在何处绣楼上独自诉说着相思？接下来就话分两头，各表一枝。

先说思妇。"可怜楼上月徘徊，应照离人妆镜台。"可怜天上月光不仅在楼头徘徊，而且照在梳妆台上，它照出了离人的一腔思念！佳人对着镜子梳妆打扮，可打扮得再美也没人欣赏啊。月光啊，能不能求求你离开我家，你让我思念太深，难以自已啊！可是"玉户帘中卷不去，捣衣砧上拂还来"。这满载着相思的月色，洒在窗户上，洒在捣衣砧上，它总是挥之不去！"此时相望不相闻，愿逐月华流照君。"亲，此时的你我，同在一轮明月照耀之下，我们能同时看到明月，却相互之间听不到声音，不能对话。那时候人没有手机，不能视频，只能请月色带去相互的问候。"鸿雁长飞光不度，鱼龙潜跃水成文。"鸿雁、鱼龙，都是古代为人传递信息的生物，可此时也失去了作用，因为我们之间的距离太遥远了，鸿雁、鱼龙也不能到达。

现在说游子。"昨夜闲潭梦落花，可怜春半不还家。"眼看着这个春天又过去一半了，花开花落，可是我仍归期未定。我什么时候才能回去呢？"江水流春去欲尽，江潭落月复西斜。"暮春时节，又是一个难熬的夜晚过去了。月亮已经西沉，天快亮了，可是，我犹相思难眠。"斜月沉沉藏海雾，碣石潇湘无限路。"再思念也没有用，太遥远了，太渺茫了！

"不知乘月几人归，落月摇情满江树。"后两句很精彩！诗人此时的情绪升华到一个高度——今天晚上不是我一个人在相思啊。茫茫人海中，今夜能有几家团圆呢？那真是"人有悲欢离合，月有阴晴圆缺，此事古难全"。月亮落下去了，人间的真情却留在了满满的江上、满满的树上、满满的天空、满满的大地。

所以，这首诗写景、写思、写情，但最后不悲情，而在一种理解悲欢离合的情绪中结束了。为什么这首诗能够"孤篇盖全唐"？因为它的气象大，格局大。

三

张若虚是扬州人，生活在初唐时期，后世只留下他的两首诗，一首是《春江花月夜》，另一首叫《代答闺梦还》。广为人知的是《春江花月夜》，并且"孤篇"就盖了全唐。

史书上留下关于张若虚生平的介绍不足300字，只知道他是扬州人，当过兖州兵曹。他的《春江花月夜》在唐代并没有人注意到它的艺术价值。到了北宋，郭茂倩编了一本《乐府诗集》，因为《春江花月夜》是用乐府旧题中的"相和歌辞"，所以把它编进去了，但也没有注意到它的艺术价值。一直到明代嘉靖年间，独具慧眼的李攀龙编辑《古今诗删》时，从浩如烟海的唐人作品中发现此作，如获至宝，果断收录其中。接着，明万历年间的文学家胡应麟，在其名著《诗薮》一书中，从艺术上提及张若虚这首诗，《春江花月夜》才抖落历史烟尘，如女神一般华丽惊艳于世人面前。

《春江花月夜》被发现其价值之后，便是一片赞叹。明代文学家钟惺说："浅浅说去，节节相生，使人伤感。未免有情，自不能读，读不能厌。……将春、江、花、月、夜五字炼成一片奇光，分合不得，真化工手。"到了清代，著名学者、岳麓书院的山长王闿运说《春江花月夜》"孤篇横绝，竟成大家"。所以，"孤篇盖全唐"就从此而来。

那么唐朝人没有重视，宋代人也没重视，后人就曾经产生了一个疑问，什么疑问呢？《春江花月夜》是不是后人伪托之作？这在历史上也有争论，但是后来达成共识：不是后人伪作。为什么？因为从这首诗的内容看，只有盛唐时期的诗人，才有这种气象，才有这种风度，才有这种情怀。所以，王闿运对此诗评价之后，后来怎么样？后来是顶礼膜拜。再后来是怎样？再后来是更加地顶礼膜拜。到了近代文艺评论家闻一多先生讲《春江花月夜》的时候，称之为"诗中的诗，顶峰上的顶峰"。

关于张若虚，还有一则重要史料：他与贺知章、张旭、包融并称为"吴中四士"。吴中就是今天江浙一带。这四个人中，我们最熟知的是贺知章，因为他的两首诗：

其一

碧玉妆成一树高，万条垂下绿丝绦。

不知细叶谁裁出，二月春风似剪刀。

其二

少小离家老大回，乡音无改鬓毛衰。

儿童相见不相识，笑问客从何处来。

贺知章的知名，还因为他与李白的关系。当年李白初到长安造访贺知章，给他看自己的诗作《蜀道难》，贺知章看后赞叹不已，说李白不是世间人，是太白金星被贬谪下凡的。故李白有"谪仙"之称。

书法家张旭，苏州吴县人，擅草书。唐代艺术有三绝：李白的诗、裴旻的舞剑、张旭的草书。张旭平时温文尔雅，可一旦喝起酒来便性情亢奋，率性而为，往往笔下龙飞凤舞，如有神助，人称"草圣"。杜甫《饮中八仙歌》说"张旭三杯草圣传，脱帽露顶王公前，挥毫落纸如云烟"。他无视权贵的威严，在显赫的王公大人面前脱下帽子，露出头顶，以发作笔，自由挥洒，字迹如云烟般舒卷自如。这是何等的倨傲不恭、不拘礼仪。表现了张旭狂放不羁，傲世独立的性格特征。

张旭在书法爱好者中圈粉无数，文艺界的大咖名流也毫不掩饰地跟在他的身后追捧。如唐代大书法家颜真卿，曾两度辞去官职，专门拜到他的门下请教笔法。

张旭不仅是中国的伟大书法家，他的诗也轻盈飘逸，充满仙气。请看：

《山中留客》：

> 山光物态弄春晖，莫为轻阴便拟归。
>
> 纵使晴明无雨色，入云深处亦沾衣。

包融是润州延陵（丹阳）人，他和他的两个儿子都是唐代诗人。

张旭、包融二人都曾依据陶渊明《桃花源记》的意境写过绝句，你觉得谁写得好呢？

张旭《桃花溪》：

> 隐隐飞桥隔野烟，石矶西畔问渔船。
>
> 桃花尽日随流水，洞在清溪何处边。

包融《武陵桃源送人》：

> 武陵川径入幽遐，中有鸡犬秦人家。

先时见者为谁耶，源水今流桃复花。

四

公元六世纪的中国，山河分裂，南北对峙。长江以南先后更迭了宋、齐、梁、陈四个偏安王朝。这是中国政局最混乱的时期之一，城头变幻大王旗，你方唱罢我登场。然而，从文学史上考察，南朝却是中国文学发展的重要时期，萧统编选的《文选》为重要标志之一。

对诗歌来说，南朝更是诗运攸关的时期。清代学者沈德潜说："诗至于宋（刘宋，编者注），性情渐隐，声色大开，诗运一转关也。"与魏晋诗人不同，南朝诗人更崇尚声色，追求艺术形式的完善与华美。梁萧子显所说"若无新变，不能代雄"（《南齐书·文学传论》），就是这种追求新变趋势的理论总结。谢灵运开创的山水诗，把自然界的美景引进诗中，使山水成为独立的审美对象。他的创作，不仅把诗歌从"淡乎寡味"的玄理中解放了出来，而且加强了诗歌的艺术技巧和表现力，并影响了一代诗风。鲍照是南朝的一位文学家，他曾经写过一篇游扬州的辞赋《芜城赋》。他的乐府诗，唱出了广大寒士的心声，他在诗歌艺术上的探索与创新有着十分积极的意义。

山水诗的出现，不仅使山水成为独立的审美对象，为中国诗歌增加了一种题材，而且开启了南朝一代新的诗歌风貌。继陶渊明的田园诗之后，山水诗成为一种文学样式，标志着人与自然进一步沟通与和谐，标志着一种新的自然审美观念和审美趣味的产生。

吴声歌辞，正是在这样丰富的文化艺术背景下产生的一种普遍流行于官方与民间的艺术形式。《春江花月夜》乐曲和诗词便属于吴声歌辞类，曾流行于以建康（今南京）为中心的古吴地区。

与其他吴声歌辞一样，《春江花月夜》早期的内容，属于南朝宫廷乐曲，大多表现男情女爱。据说第一个写《春江花月夜》的人是陈叔宝，陈叔宝是陈朝的最后一个国主，史称"陈后主"。陈叔宝是个昏君，在位期间不谋朝政，耽于酒色，整天沉湎于美人歌舞之中。杜牧有诗讥讽云："商女不知亡国恨，隔江犹唱后庭花。"但陈叔宝的《春江花月夜》歌词没有流传下来，他创作了此曲之后，有很多人依曲赋词。

我们现在能见到最早的《春江花月夜》是隋炀帝杨广的二首：

其一

暮江平不动，春花满正开。

流波将月去，潮水带星来。

其二

夜露含花气，春潭濯月晖。

汉水逢游女，湘川值二妃。

《春江花月夜》起初的歌词长短不一，隋炀帝留下的两首诗，一首只有20个字。

隋炀帝对扬州很有感情，他早年在扬州任职十年。登基之后，开通了大运河，曾三巡江都（扬州）。但由于用民过甚，奢侈无度，而导致了国破家亡，最后被部将杀死在扬州。所以，隋炀帝与扬州有着生死情缘，他的《春江花月夜》就是在扬州写成。

历史上写过《春江花月夜》的诗人有很多。宋人郭茂倩在他编辑的《乐府诗集》中，收录了多人的作品，包括杨广、张子容、温庭筠等。

现存唐宋所有《春江花月夜》歌词，张若虚写得最长，当然知名度也最高。如果不是张若虚，或许我们一般人还不知道"春江花月夜"为何物。

张若虚留给后世的另一首叫《代答闺梦还》：

关塞年华早，楼台别望违。

试衫着暖气，开镜觅春晖。

燕入窥罗幕，蜂来上画衣。

情催桃李艳，心寄管弦飞。

妆洗朝相待，风花暝不归。

梦魂何处入，寂寂掩重扉。

《代答闺梦还》是张若虚写一个边关将士的妻子思念丈夫的情形。因为被《春江花月夜》的光芒所掩，多数人不了解这首诗。它的意思是：

丈夫很年轻的时候就去驻守边关，妻子伫立于楼台之上遥望久别的丈夫。穿上了新衣服才感觉到了一丝春天的温暖，梳妆打扮之后推开窗户寻觅春光。飞燕仿佛透过丝罗帐幕在偷偷地看她，衣上的绣花引得蝶舞蜂飞。浓浓的春意让桃花李花争奇斗艳，她的心随着悠扬的乐声一起飘到远方，每个清晨她都盛装打扮，希望有一天丈夫能从边关归来。可是春去秋来，花开花落，丈夫却还没有归来的信息。夜渐渐深了，她渴望能早早地入梦，在梦中能够与丈夫相会，可是孤单寂寞，被相思折磨的她，又怎么能安然入梦呢？你可知道，每个寂寞的夜晚，只有她一个人孤单把门扉关上。

诗的主角是思妇，诗中有现实、有梦境，故名《代答闺梦还》。看得出，这首诗还有六朝宫粉的影子。

但张若虚的《春江花月夜》，绝对是一首划时代的杰作。它沿用陈隋乐府旧题，运用富有生活气息的清丽之笔，以月为主体，以江为场景，描绘了一幅幽美邈远、惝恍迷离的春江月夜图；抒写了游子、思妇真挚动人的离情别绪，以及富有哲理意味的人生感慨；表现了一种迥绝的宇宙意识，创造了一个深沉、寥廓、宁静的境界。通篇融诗情、画意、哲理为一体，意境空明，想象奇特，语言自然隽永，韵律宛转悠扬，洗净了六朝宫体的浓脂腻粉，具有极高的审美价值，故有"孤篇盖全唐"之誉！

五

《春江花月夜》原本就是音乐，只是后来乐曲失传，只剩下歌词流传。那么我们今天所听到的古典名曲《春江花月夜》又是怎么来的呢？

二十世纪二三十年代，国事纷乱，但文化人救国之梦不死。上海一批音乐家致力于民族音乐的研究与普及，组成了一个民间音乐组织——大同乐会，牵头组织者叫郑觐文。

郑觐文，字光裕，江苏省江阴县人，自幼父母双亡，由保姆抚养成人。他幼年爱好音乐，擅长江南丝竹，后拜师学习琵琶、古琴。在古琴名家唐敬洵先生的精心培育下，琴艺高超，讲究韵味。他弹奏的《秋鸿》《平沙落雁》《水仙操》《胡笳十八拍》《梅花三弄》等名曲，古朴典雅，苍劲有力，技艺精湛，感人至深。他当过小学音乐教师，后又应聘上海私立仓圣明智大学讲授古典音乐。他先发起组织了"琴瑟乐社"，在此基础上发展并成立了"大同乐会"。大同乐会的成员名家如云，如琵琶大师汪昱庭、昆曲大师杨子永、胡琴大师陈道安等。早期会员程午嘉、柳尧章、胡昕、程庄、王超琴、郑克强，以及后期加入的会员金祖礼、卫仲乐、许如辉、秦鹏章、陈天乐、许光毅、龚万里、黄贻钧等人，后来都成了我国民乐界的知名专家。

支持和关心大同乐会的文化名人更是群星灿烂，有著名教育家蔡元培，著名政治活动家叶恭绰，著名京剧演员梅兰芳、程砚秋、周信芳等。大同乐会会址最初设在上海爱多亚路（现延安东路）1004 号，有一个 30 余人的乐队，是当时上海规模最大的民族器乐队。大同乐会培养了一大批民族音乐专业人才，其中有前述的卫仲乐、柳尧章、许光毅、陈天乐和郑觐文之子郑玉荪等。抗日战争爆发后，大同乐会迁往重庆，不久停止活动。

大同乐会整理出版了很多中国古代名曲，其中有一支古曲原名叫《夕阳箫鼓》，这本是一首琵琶曲，又名《夕阳箫歌》，此外还有《浔阳琵琶》《浔阳夜月》《浔阳曲》等不同版本流传于世。有人认为，《夕阳箫鼓》的立意，来自白居易的长诗《琵琶行》。如《浔阳琵琶》的曲名，即取自《琵琶行》中第一句"浔阳江头夜送客"。但是，从意境上分析，乐曲《夕阳箫鼓》与诗歌《琵琶行》有较大差异。音乐史上更多人认为，《夕阳箫鼓》的音乐内容和其展示的意境，原本就来自张若虚的《春江花月夜》。所以，大同乐会将《夕阳箫鼓》改编成管弦乐曲，更直接取名为《春江花月夜》。此一改动大获成功，音乐借着诗歌的影响力，诗歌乘着音乐的翅膀，一起飞了起来。

《春江花月夜》乐曲，以恬静、甜美、安适、流畅的旋律，鲜明地塑造出一幅山水画卷和一首抒情长诗，淋漓尽致地描绘了春江月夜的动人美景与真情。

六

张若虚的《春江花月夜》，自明代被人发现其价值之后，知名度迅速提升，不仅在文学界引起轰动，同时在书画艺术界也持续形成了一股"春江热"。

明代画坛上，《春江花月夜》成为文人绘画题材之一。流传下来的有沈周《京江送别图》卷、胡玉昆《春江烟雨图》卷、谢时臣《春江独钓图》轴，以及佚名《春江聚禽图》等。

清代画坛，《春江花月夜》已成为画家笔下十分重要的题材，其作品形式多样，精彩纷呈。清初"四王"之一的王翚，有《仿惠崇春江晓景图册页》传世。惠崇是北宋僧人画家，其作品《春江晓景图》描绘的是长江下游的春江风景，苏轼曾为此画题诗：

> 竹外桃花三两枝，春江水暖鸭先知。
>
> 蒌蒿满地芦芽短，正是河豚欲上时。

此外，蔡嘉《春江叠嶂图》、吴庆云《春江煌雨图》、张宏《春江深翠图扇面》、王寅《春江细雨图》等都是传世佳作。清代著名画家袁江，被称为"界画山水"领域中承前启后、继往开来的一代宗师。其笔下多展示扬州江天风物。

袁江早年学明代画家仇英的画法，由此可见，他主要是继承了唐代李思训、李昭道父子的传统，这在袁江为其子袁耀（待考证，一说为叔侄）所起号"昭道"中，亦可见一斑。袁江中年"得无名氏所临古人画稿，技遂大进"，从袁江的作品中可以看出，他对范宽、郭熙、李成、李唐、萧照、马远、夏圭、阎次平等宋代山水画家的画法都有所吸收和采纳，正是宋代的院体山水激发了他们在楼阁山水上丰富的想象力和创造力。袁江、袁耀的作品也受同时代李寅与颜峰的影响，开创了把山水与楼阁有机结合而浑然一体的新风格，展示了广阔的生活图景。历史上著名的宫阙殿宇和民间传说中的阆苑琼楼，村居、野渡、古栈、关隘、城池、坊桥、寺塔、园林等应有尽有。同时注重各种生活场景的展示，如帆樯、海舟、行旅、秋涉、农夫、棋子、牛羊、耕畜、车马、田畴、谷场等均以点景的形式出现于不同的画面中，充满田园情趣，赋山水以风俗画的气息。

袁耀的风格与袁江基本相同，晚年曾受邀赴山西富商家中以作画为生，却多含故乡扬州的元素，亦不乏春江花月风情。他们二人均以画风严谨的山水楼阁界画独树一帜于清朝画坛，艺术史上称之为"二袁"。

在当代艺术家中，用绘画形式表现"春江花月夜"，而卓有成就者，张孝友先生是其中佼佼者。他是浙江宁波人，1935年生于上海，1959年毕业于中央美术学院，现为清华大学美术学院绘画系中国画教授。幼秉家学，于文史、诗画、金石深有造诣。二十世纪八十年代后专攻中国工笔画，其白描《敦煌礼佛图卷》等多种为国内外广为流传，国外多有美术馆专藏。其工笔山水、楼阁界画、人物画，结构宏大有气势魄力，又精细入微，传统功力深厚，结合西画明暗色彩及透视学，融贯中西。其主要作品有《吴苑宫观图》《阆苑避暑图》，山水画《李白秋浦高会》《洞仙歌》等。其长卷壁画《春江花月夜》被多种媒体誉为惊世之作、数十年所罕见。

再从书法上看，当代书坛名家很多人都书写过《春江花月夜》，江苏省书法家协会主席孙晓云女士所书《春江花月夜》，娟秀的书体，流畅的笔墨，给人以至精至美的享受。

孙晓云，当代著名女书法家。1955年生于南京书法世家，三岁起便执笔习书，孜孜不倦五十余载。身为女书法家，孙晓云始终将"女红"作为书法艺术的境界，不懈追求，逐渐形成潇洒自然、恬静淡雅、秀敏灵动的艺术风格。自二十世纪八十年代中期开始，她在全国书法展赛中屡屡获得大奖，在海内外产生重大影响。经过不懈的努力，她以坚实的传统帖学功底与鲜明的个人书法面貌，成为当今书坛重要领军人物之一。

扬州书法家对《春江花月夜》更加情有独钟，可以毫不夸张地说，没书写过《春江花月夜》的书法家，算不上扬州书法家。而徐正标先生更是《春江花月夜》的超级爱好者。

徐正标，字一之，中国古代文学硕士，文艺学博士生，中国书法家协会会员，扬州大学书画协会会长、扬州大学书法研究所负责人、扬州大学美术与设计学院硕士生导师，全国第八届书法篆刻展36名行书获奖者之一，而他的获奖作品，正是书写的这首《春江花月夜》。徐正标写过多少幅《春江花月夜》已难以计数，扬州大学图书馆大厅、瓜洲古渡公园等场所，其标志性的书法作品，都是徐正标先生书写的《春江花月夜》。

七

《春江花月夜》艺术馆有一处扬州世界非遗项目展示——雕版印刷。

雕版印刷起源何时？根据现有资料，自佛教传入中国之后，信佛的人越来越多。信佛就要念经，起初信佛者是手抄经文。手抄经文至少有两大缺陷，第一速度慢，第二容易产生错误。所以，到唐朝的时候，人们就想了个办法，把经文刻在木头板子上，再用墨印出来，这就是雕版印刷的起源。雕版印刷起源之后，由最初专印佛经，到用于为文人墨客印诗词文章，后来又用于印官府文件和书籍。

现在世界上唯一的雕版印刷博物馆在我们扬州，而雕版印刷在扬州最经典的成就之一就是刻印《全唐诗》。

所以，我们用这个雕版印刷来展示《春江花月夜》艺术。首先看到的是雕版印刷的工艺流程，先是制版，就是把字反刻在木头板子上，然后印刷。用于布置这个环境的文字，都是《春江花月夜》这首诗中的字。这是活字印刷，活字印刷是北宋毕昇发明的。

艺术馆还有一个互动环节，我们可以拿一张宣纸，用雕版印刷的方式，自己印一张《春江花月夜》全文带回家，这很有趣，而且有纪念意义。

这里是《春江花月夜》音乐板块。运用了电子触摸屏、"天书"呈现、幻影成像、乐曲点播、乐器展示等手段，来介绍和展示乐曲《春江花月夜》的历史源流与艺术魅力。

自从《春江花月夜》乐曲问世以来，以各种艺术形式呈现的《春江花月夜》很多，除了器乐独奏曲之外，还有民乐合奏、管弦乐、合唱、昆曲、音乐灯光秀以及综艺节目。

《春江花月夜》的艺术呈现，不仅在扬州，而且在全国各地很多地方都有，比如上海、杭州、九江等地。

不仅音乐，其他艺术形式也紧紧跟上，扬州的非遗作品中，有许多以《春江花月夜》为题材，如玉器、漆器、剪纸、雕塑、盆景、制花等。这里陈列的就是部分作品。

八

古代瓜洲地处长江与大海交汇之处，长江流经此处，江面开阔，流速减缓，长江从上游带来的泥沙与大海涨潮时顶托上来的海沙在此汇合、沉淀，而逐渐形成江底暗沙。日积月累，暗沙浮出水面，成为江心岛屿。这就是瓜洲形成的过程，时间大约在晋代，因"形状如瓜，故称瓜洲"。

但唐代之前的瓜洲，只是长江中的一个小渔村，并且与镇江仅仅隔了一条夹江。所以，唐代开元年间之前的瓜洲属于润州（今天的镇江）管辖。

自唐开元二十五年（737）伊娄河（瓜洲运河）开筑之后，瓜洲成为南北襟喉之处。作为长江与古运河交汇之处的重要枢纽，历史上曾经历过千年繁华。及唐末，渐有城垒。宋乾道四年（1168），瓜洲作为宋金战争前线，开始筑城，名"簸箕城"。明代，正式筑瓜洲城。瓜洲在元代曾短暂设置行省，明代设同知署，清代设巡检行署、漕运府、都督府等。

瓜洲南临长江黄金水道，东临古运河，水陆交通发达，作为南北交通枢纽，人流、物流旺盛，地方富庶，城内大型建筑、私宅花园、庵庙、楼、亭、厅、堂等多达数十处。位于古城上的大观楼曾是长江沿线名楼之一，锦春园成为乾隆南巡时的行宫。瓜洲历来有"江淮第一雄镇"之称。《嘉庆瓜洲志》称："瓜洲虽弹丸，然瞰京口，接建康，际沧海，襟大江，实七省咽喉，全扬保障也。且每岁漕舟数百万，浮江而至，百州贸易迁徙之人，往返络绎，必停泊于是。其为南北之利，讵可忽哉？"

但是，由于长江水流的物理作用，瓜洲一带的长江北岸自宋明以来出现了坍江现象，这种现象到清代愈演愈烈。虽然朝野上下高度重视，但终于无力回天。到光绪二十二年（1896），之前繁华的瓜洲完全坍入长江。昔日商贾云集、帆樯如林的瓜洲，仅仅成了文史资料中令人不堪回首的痛苦记忆。清末民初之后，在四里铺重建瓜洲镇，形成江口街、青石街等一批老街，老街至今仍保留着一批清末民初历史建筑以及乾隆御碑等历史遗存。伊娄运河被列为世界文化遗产——中国大运河的遗产点；高旻寺被列为国家重点保护寺院……

为了重现瓜洲历史之真实，在这次设计中，我们又将瓜洲的繁华鼎盛和瓜洲坍江的场景用现代声光电手法复活了。

九

瓜洲，享有"诗渡"的盛誉，在众多诗词中，除了"孤篇盖全唐"的《春江花月夜》之外，还有很多历代流传、脍炙人口的名篇。在此给大家介绍三位诗人及其他们的作品。

李白是宣传瓜洲的第一人

初唐之前，瓜洲只是长江边上一个普通渔村，毫无名气可言。

唐开元二十五年（737），大唐名臣齐浣来做润州刺史。齐浣是个好官，他特别热心于为人民群众做实事。当时他视察漕运时，发现一个非常严重的问题。大江南北的漕船，要向西绕道六十多里。而且那时候的长江很宽，江面风高浪急，有时候漕船为风浪所吞没。齐浣看到这个问题，立即向朝廷报告，并建议在对着润州江南运河河口的瓜洲，开一条河直通扬州。朝廷批准了齐浣的报告，于是齐浣就开了一条河，这条河取名为伊娄河。这样一来，漕船在扬州与镇江之间的航行距离，缩短了六十里路程，而且大大减少了过江的风险。

唐代天宝六载（747），大诗人李白第二次游扬州。行到瓜洲一看，大为惊讶。他第一次来扬州时，原来名不见经传的小渔村瓜洲，此时竟帆樯林立，舟楫往来，成为水上交通枢纽、漕运集散中心。正好此时他在为他的族叔李贲送行。于是挥笔写下了这篇《题瓜洲新河，饯族叔舍人贲》：

> 齐公凿新河，万古流不绝。丰功利生人，天地同朽灭。
>
> 两桥对双阁，芳树有行列。爱此如甘棠，谁云敢攀折。
>
> 吴关倚此固，天险自兹设。海水落斗门，潮平见沙汭。
>
> 我行送季父，弭棹徒流悦。杨花满江来，疑是龙山雪。
>
> 惜此林下兴，怆为山阳别。瞻望清路尘，归来空寂蔑。

我们将此诗译成现代汉语：

润州刺史齐公开凿新运河，将会万古长流不绝。

这是一座丰碑，丰功伟绩将使后人受惠，与天地同在。

河上有两座桥梁，正对着两座阁楼，河边树木苍郁，花朵盛开。

这树木就如同周召公办公事的甘棠树，深受人民喜爱，谁会去攀折呢？

吴国地界将因此固若金汤，从此这里就是天险。

水闸将海水阻拦，宽阔的人工湖使沙岸的河流交汇处显现。

现在我送我们家长排行最小的叔父李贲外出，因为分别心里很不痛快，刚才的兴高采烈都是假装的，所以把船停下，多待一会儿。

你看着满江漂荡的柳絮，像龙山的雪花，仿佛也依依不舍你的离别。

让我们珍惜在这里的聚会，就像七君子在竹林聚会一样情谊深厚，此别也像是他们的分别一样郁闷怆恻。

望着你即将飞马绝尘而去的身影，我可以料想，我回家以后会是多么清冷寂寞。

现在来说齐浣。

齐浣，字洗心，20岁中进士，为唐玄宗李隆基撰写诏书旨令，颇受侍中宋璟、中书侍郎苏颋器重，还被唐玄宗任命为编修使，相当于今天新闻出版局局长。

后来齐浣到地方任职，开元二十五年（737），任润州（今江苏镇江）刺史，就开了这条伊娄河。但是这么一个好官员，却被奸臣李林甫劾奏罢官。

天宝初年（742），齐浣重新被朝廷起用，任员外少詹事，任职东都（今洛阳），其间与绛州刺史严挺交往甚密，李林甫为防齐浣有谋，天宝五载（746）将其调任平阳郡（今山西临汾）太守，齐浣死于任所。唐肃宗即位后，褒赐齐浣为礼部尚书。

齐浣任职之地甚多，所到之处，政声颇好，但只有瓜洲开河之事让他名留千古。这毫无疑问是得益于大诗人李白。李白不仅赞扬了齐浣，也是历史上宣传瓜洲的第一人！

白居易苦吟《长相思》

白居易是继杜甫之后唐代最伟大的现实主义诗人。他29岁中进士，人生比较顺利，仕途也相对平坦。后世人评论他"生于诗，多于情"。白居易58岁任职洛阳，过着半仕半隐的生活。白居易的爱情诗写得超级棒，最经典的作品当然就是《长恨歌》。《长恨歌》是写唐明皇李隆基与杨贵妃的爱情，如果白居易写自己的爱情，又是什么样的情形呢？

汴水流，泗水流，流到瓜洲古渡头，吴山点点愁。

思悠悠，恨悠悠，恨到归时方始休，月明人倚楼。

这首与瓜洲有关的《长相思》，可谓白居易自身爱情的倾情独白。

白居易中年之后，曾经有侍妾樊素相伴左右。白有诗云"樱桃樊素口"，就是对樊素长相的赞美。樊素陪伴着白居易生活了十年左右，到白居易 69 岁的时候，他患了足疾、眼疾、风痹（中风）等多种疾病。于是，白居易开始安排他的身后事了。他先卖掉了自己心爱的坐骑，而后决定放樊素回故乡杭州。《长相思》就是为他与樊素离别之情而作。

"汴水流，泗水流，流到瓜洲古渡头，吴山点点愁。"词的上片，一口气点出了四个地名，这与普通的送别诗不一样。一般的送别诗，就是送别的起点与终点。比如"故人西辞黄鹤楼，烟花三月下扬州"，起点是黄鹤楼，终点是扬州。再比如"劝君更尽一杯酒，西出阳关无故人"，起点是阳关，终点是西域安西都护府。白居易为什么要在有限的文字中一连串点出了四个地名呢？因为这四个地名，都是樊素离开洛阳返回杭州所必须经过的地方。从这四个地名所串联出的路径看，樊素从洛阳回杭州，走的是水路，也就是唐代的大运河。汴水、泗水，是构成通济渠的两条旧河道。白居易曾数度在江南（杭州、苏州）为官，他对这条水上线路太熟悉了。而樊素正是由洛阳出发，经汴水、泗水，再转道古邗沟，而后到达瓜洲。过了瓜洲，去往江南，便是"吴山点点愁"了。表面上看白居易只是将这条线路上的几个地名串在一起，而表达的却是对樊素的依依不舍。樊素的船行到哪里，白居易的思念就跟到哪里。白居易人在洛阳，心却跟着樊素的船，一直飘到吴山，飘到江南……

这一次白居易与樊素的离别，虽不是生死之别，却也是人生的永诀。此时白居易的生命已快要走到尽头，今生不可能再见，唯其如此，他才更加思念归途中的樊素，所以才有"思悠悠，恨悠悠，恨到归时方始休"。爱有多深，分别就有多难。更因为所爱之人不可能再有归期，所以恨才更加难以释怀。

"月明人倚楼。"我们可以想见，那是一个老来无助，百病缠身的诗人，在他心爱的侍妾离他而去之后，白天倚楼而望，夜来对月相思的凄美情形。

樊素离去后，白居易整天怅然若失，写过多首思念樊素的诗，其中有《别柳枝》：

两枝杨柳小楼中，袅袅多年伴醉翁。

明日放归归去后，世间应不要春风。

白居易的《长相思》虽然不是写于瓜洲，但千年古渡，却因白居易这首词而备增风情。

十

清人王闿运《湘绮楼论唐诗》云："张若虚《春江花月夜》，用《西洲》格调，孤篇横绝，竟为大家。"近代文艺评论名家闻一多先生在《宫体诗的自赎》中赞道："在神奇的永恒面前，作者只有错愕，没有恐惧，只有憧憬，没有悲伤……有限与无限，有情与无情——诗人与永恒猝然相遇……全诗犹如一次神秘而又亲切的晤谈，有的是强烈的宇宙意识，被宇宙意识升华过的爱情，又由爱情辐射出来的同情心。这是诗中的诗，顶峰上的顶峰。"

是啊，若虚，若虚，他和他的大作，就像他的名字一样，差点被时光化为了虚无。好在，最终只是一场虚惊，他和他《春江花月夜》的诗魂，至今仍翱翔在中国人的精神世界，并将永远照耀着中国诗的天空！

玉龙花苑游记

玉龙花苑在汤汪乡境内，此处地名叫九龙湾。一个名叫朱玉龙的园艺师，在此辟地造园，名曰玉龙花苑。初秋的一个下午，我和好友一同去欣赏了这个建造于现代的仿古园林。

来到花苑大门口时，主人已在门口等候。朱玉龙，50多岁年纪，中等身材，结实中透着一股张力。方脸，棱角分明，穿一身咖啡色香元纱夏日套装，圆口布鞋，手执折扇，一副散淡隐逸之气。

园门坐西朝东，门厅为歇山厅棚。步过门厅入园，只见亭台楼阁从四面布置下来，中有一庭。从门口向里看，有一巨型柏树桩盆景置于眼前作屏风，是为园林中常见之障景法，同时也彰显了主人的职业身份——园艺家。

此处庭院布局，正屋三间，南向，为主人居所，曰安居堂。安居堂西延，有客舍两楹。南折为主人办公之所，南而东，正对安居堂之南，有池沼一塘，池沼上有亭翼然，名"待月亭"，无疑是取意于"待月西厢下，迎风户半开"。庭院中绿树掩映，嘉木参差，安居堂—办公室—待月亭之间以一曲廊相连，呈半月形的大门口敞开。有朴树四株，高大繁茂，其中一棵朴树长在安居堂屋檐处，已有合抱之粗，然过檐之后，此树即向檐口外倾斜，这一现象，民间谓之"树让屋"。其实这个园子才七年时间，树之于房子还没有到"树让屋"的争抢，这是主人在移栽这棵树时，有意为之，从而增加园子的历史沧桑感。这应该是园主人匠心独运的效果。安居堂前还有一特色之构，即天井中的地砖，主人介绍说，这是天安门广场1995年大修时换下的花岗岩地砖。朱君为此专立一牌："此砖上印有伟人的足迹、英雄的足迹和劳动人民的足迹，用此砖为镇园之宝也。"

步出安居堂西边走廊，朝西南看去，门如满月，额曰"玲珑"。进入月洞门，又有曲廊逶迤，廊之中途，有天仁乐苑之间，内置名人字画，门前有榆桩一株，岁有数百年矣。缘廊南行，又有盆景数碗，置于道边，皆造型古拙，意境悠远。廊而尽，有"听雨亭"，今人马家鼎名额，吕政澄刻竹为联。"听雨"之意，取宋人蒋捷之词《虞美人·听雨》：

> 少年听雨歌楼上，红烛昏罗帐。壮年听雨客舟中，江阔云低，断雁叫西风。　而今听雨僧庐下，鬓已星星也。悲欢离合总无情，一任阶前，点滴到天明。

用此词意命亭，可谓得人生三昧！

廊至此断，越路而西，有壶门通之，上额"洞天"，寓"壶中洞天"之意。进壶门，又有曲廊而北而西，廊左为池，南窄而北宽，南向通往黄石假山，北向流入池沼，给人以水源于山而流入海之感，这是理水的妙法。北边池沼长宽丈盈，湖石驳岸，藤萝纠缠，水中植葭荇数缀，荷藕半池。此时正值葭荇花开，莲蓬结籽之季，一泓碧水，满眼葱绿，不由人诗意盎然，"户庭虽云窄，江海趣已深"。

沿廊南折，有厅一楹，三间五架，曰"香兰雅室"。由北门进厅，内陈红木桌椅，古屏彩瓷，此为延宾之所。主雅客来勤，茶香已醉人！出厅南之门，为一开阔地，广有二亩，门边各有朴树一，围可抱。东有深井，名曰"龙泉"。西对门南院墙边有黄石山子，西高东低，如龙腾飞。龙首在西，施尾东迤。西南角有楼房二层，曰"景曦楼"。文人墨客多会于此，往往袭香玩芳，嘉宾如林。黄山龙头上有亭高踞，曰"风兰杨香"，龙尾处有二层小楼，曰"凝玉楼"。

院内各式盆景争奇斗艳，列次有序，扬派盆景之"缩龙成寸，一寸三弯，片片如云"，此处为大观也。

余观乎玉龙花苑，构思精巧，营造得法，尤以花草树木栽培适当为佳。王维所云："落日松风起，还家草露晞。云光侵履迹，山翠拂人衣。"可与其谓也。园主人朱玉龙者，扬州人氏，早年搏击商海，以花木经营为主业，山石盆景犹爱焉。构建是园，虽无名师规划，大师指导，然一石一木、一花一树、一亭一阁，皆处置有度，盖长期玩赏盆景，已养成自家胸中丘壑，故能成此大构也。

余专注扬州园林三十余年，大小园林均能熟于心而表于口。然每叹扬州园林盛于乾嘉而止于民初。即便其后修复者，也是本着"修旧如旧"之规则，以复旧日之观而已。自最晚园林余继之的冶春花园之后，百年沉寂的扬州再无具规模之私家花园。今得观玉龙花苑，吾释怀矣！扬州私家造园之风，于当今承平之世，终有传人！

于是在玉龙花苑我作诗一联二，以志此游。

题玉龙花苑：

初秋时节赏玉清，邗水城外听龙吟。

山石玲珑春花界，调续乾嘉闳苑新。

联一：胸有丘壑玉山秀；眼无浮云龙淖清。

联二：月满西楼云如水；花盈东阁雨似烟。

（注：2019 年，玉龙花苑已并入扬州三湾公园）

回眸

——参与扬州平山堂廉政教育基地建设记事

一

2017 年 3 月 20 日，我突然先后接到扬州蜀冈—瘦西湖风景区纪委书记郭坚和旅发集团公司副总经理张瑛的电话，他们要以扬州蜀冈欧苏遗迹为载体，建一个廉政教育基地，邀请我作为文化顾问加入他们的团队。因为老朋友之邀，我不假思索便一口答应了。

景区工作效率真高。20 日下午，约我去平山堂进行了实地考察，21 日，便由扬州市纪委常委赵志宏带队，率我们一行七人，奔赴四川眉山和江西吉安去考察。这个突如其来的任务降临到我的头上，令我措手不及，定下神来一想，真有点后悔我的仓促应承。因为平山堂是扬州人民心目中的文化圣地，要在这样的千年名胜上做出新文章，谈何容易？稍有不慎，便会画蛇添足，贻笑大方。但同时我又认为这是一个难得的机遇，这个机遇并非属于我个人，而是以平山堂为主体的这一带景观。

平山堂，自北宋庆历八年（1048）欧阳修建成以来，曾经数次重建与修葺，这里是扬州的文枢之地，虽处于千年古刹大明寺之一隅，但在历史上它的知名度远胜于大明寺。四十年前，扬州很少有人知道大明寺，却无人不知平山堂。因为在二十世纪八十年代之前，这里叫法净寺，直到 1980 年，鉴真和尚在日本奈良唐招提寺的坐像回故里"探亲"，才恢复大明寺之名。1995 年，栖灵塔的恢复建成，更成为扬州城的新地标，鉴真作为中日交往史上的友好使者，越来越受到各方面的重视，大明寺香火旺盛，佛事频繁，钟磬鼓乐，声名远播。

相对于鉴真文化的兴起，以平山堂为核心的大明寺西部景区相对逐渐式微了。当然，导致平山堂式微的根本原因，还是由于国人对传统文化的弱化。中国百年近代史，一方面是社会现代化的发展史，但从另一个方面上说，也是中国传统文化的衰落史。君不见，人们来到大明寺，往往手持香火，求神拜佛，祈求的是一己私利。巍峨壮丽的栖灵塔，香火缭绕的大雄宝殿，以及唐风洋溢的鉴真纪念堂，一再修葺出新。而平山堂、谷林堂、欧阳祠等却备受冷落。我每次登临平山堂上，见到那门窗上剥落的油漆，因年久失修而破损摇晃的阑槛，心里都不免生出些悲凉。我常常发问：平山堂，你还是扬州人民心目中的精神高地，文化圣地吗？！故而，这次景区要建设平山堂廉政教育基地，乃是提升平山堂景观文化的一次最佳机遇。想到此，我又为能够参与其中的工作而感到荣幸。

二

赴四川、江西考察队伍从扬州机场出发。银鹰腾空，扶摇直上。客舱里的喧闹逐渐安静下来。以往坐上飞机，我一般是以"驾鹤西游"的心态，不久便会昏昏睡去。这一次却例外，毫无睡意。是因为在家中蛰伏时久，而有了这次远行的机会激动吗？好像是，也不完全是。更多的原因是这次旅行意义的特殊。我手执一本《苏轼传》，尽管这本书我已经读过数遍，但今日读来感觉殊异，因为我们此行的首个目的地，就是前往四川眉山去拜访三苏祠。

如果在中国历史星空中选择一个文化全能冠军，那一定是苏轼。他是一个天才式的人物，集儒、佛、道三学于一身；中国文化中"棋、琴、书、画、诗、酒、花、茶"八大雅事，无一不通，无一不精；在诗文、书画方面，更卓然成峰，名冠千古。苏轼一生高傲自负，但对他的老师欧阳修则是无限景仰。欧阳修于庆历八年（1048）知扬州，筑了平山堂。三十多年后，苏轼来知扬州，在平山堂后面筑谷林堂，以永志老师的知遇之恩。不仅如此，苏轼在其宦游生涯中，曾十度往来江淮间，数次凭吊平山堂，并留有多篇诗文。

重温着苏轼的人生轨迹，感悟着欧苏的师生之情，掂量着欧苏在扬州历史文化中的厚重感，更感觉此次任务压力山大！

终于走进了三苏祠！

之所以用如此感叹的语气，来表达我走进三苏祠的心情，是因为此前有故事。

对三苏祠的向往，是与我对文学的爱好同生共长的。然少时维艰，无力远游，只能在《古文观止》等经典中领略三苏风采。十年前，我与艺术学院的同人们游川西，在领略了亚丁、稻城、四姑娘山、贡嘎雪山等奇异风景之后，返回成都的途中，经过眉山。眉山，这不是"三苏"故里吗？这不是我心中向往已久的人文圣地吗？我想在三苏祠的门口停一下，哪怕看一眼也好。可是，我被告知，这是既定的旅游路线，三苏祠不在我们此次游览的景点中。无奈，我眼巴巴地看着眉山的地名牌从我身边掠过去，掠过去。身后，洒下我一路遗憾。

2014 年，我到峨眉山脚下参加一次学生聚会，聚会结束后，学生问我还有什么要求。我说，我想去看看三苏祠。学生 Y 君自告奋勇，亲自驾车，从峨眉山径往三苏祠而来。可是万万没有想到，三苏祠此时正在修缮，闭门谢客。学生一脸歉意，为了安慰我，特地在三苏祠的边上找了一家饭店，点了几份菜，其中当然有一份东坡肉。我心里生出无限感慨。三苏父子啊，是我太渺小了吗？我两次不远万里，过你家门而不得入。

今天，我终于能走进你高深的门墙！

趟过一段古色古香的街道，抬头便见到三苏祠大门，门楣上悬挂黑底金字横匾，上镌清代大书法家何绍基所书"三苏祠"三字。门柱楹联曰："北宋高文名父子；南州胜迹古祠堂。"入得门来，只见红墙环抱，绿水萦绕，古木扶疏，翠竹掩映。屋宇典雅，堂廊相接，匾额楹联，缤纷耀彩。千年庭院，几许深深，苏宅古井，绿苔映人。现存的三苏祠建筑，大多为清代修建。前厅为悬山式屋顶，抬梁式梁架，三楹四柱二室。前厅之后是一四合小庭院，穿庭院正中石权路，上三级垂带式台阶，进入飨殿，殿内塑有三苏父子像，正中悬挂一匾"养气"。正殿前廊两侧，置放有铁铸钟一口，大鼓一架；殿两侧各有一方墙门道，西为"文渊"，东为"学数"。绕正殿后房廊，下三级踏道，顺石板路前行十余步即到启贤堂，为苏家供奉祖先、神位的祭堂。堂前有正殿、东厢房和快雨亭三间构成不规则的四合庭院。

启贤堂后为木假山堂，据说，苏洵偶得木假山峰，购置于家中，并撰写《木假山记》，叹其"不幸而为风之所拔……漂沉汩没于湍沙之间……拖泥沙而远斧斤"之幸者。赞其"中峰魁岸踞肆，意气端重，若有以服其旁之二峰。二峰者，庄栗刻削，凛乎不可犯，虽其势服中峰，而岌然决无阿附意"。显然，木假山峰隐喻着三苏父子不朽的人格精神和高风亮节。

三苏祠的廉政文化做得很成功，已被列为全国廉政教育基地。但它的廉政文化是有机融合于"三苏"文化之中的，以历史文化为本，提炼出廉政文化的精髓，并使之相得益彰，这是给我们的最好启发。

踏过瑞莲亭、百坡亭、披风榭，我在东坡盘陀塑像前驻足，东坡坐于盘石上，面带微笑，三绺胡须飘洒胸前，形态若仙。三苏祠内，楹联匾额，琳琅满目。碑刻文表，龙飞凤舞。其中，罗池神庙碑、醉翁亭记碑、丰乐亭记碑、表忠观碑，为三苏祠馆藏四大名碑。我们在旅游纪念品商店购得《醉翁亭记》和苏轼当年知扬州时所临颜真卿《争座位帖》拓片两张，这两件宝物，后来在布置"两堂一祠"中果然派上了大用场。

后世文人无不带着崇敬之心来瞻仰三苏的。"一门父子三词客，千古文章四大家。"清代进士张鹏，高度评价了三苏父子的文学成就及其在文学历史上的地位，联语立意深远，简约严明，有强烈的感染力。"萃父子兄弟于一门，八家唐宋占三席；悟骈散诗词之特征，千变纵横识共源。"当代著名学者郭绍虞从文学史的角度肯定了苏洵父子一家，占据了"唐宋散文八大家"中三个大家的地位。

走出三苏祠，回望门墙之高，景仰斯文之盛，乃成五言诗一首，以抒吾胸臆。《丁酉春分后日赴眉山访三苏祠》：

> 春分到蜀中，瞻仰老坡公。
>
> 郁郁眉山竹，青青蜀冈松。
>
> 岂因名利故，乃为古今融。
>
> 堂下一低首，襟怀玉宇空。

三

离开三苏祠，回到成都，我们马不停蹄地又赶往欧阳修的祖籍地——江西永丰考察。

永丰县，位于吉（安）泰（和）盆地东缘，境东南为山地，中部和北部多丘陵，西北为平原，地势由东南向西北倾斜。西汉在此设庐陵县，经过晋至唐的开发，吉泰盆地成为江南最富庶的地区之一，并孕育了璀璨夺目的庐陵文化。所以，欧阳修写文章喜欢署"庐陵欧阳修"。其实欧阳修既非生于斯，也非长于斯。欧阳修的父亲欧阳观是一位小官员，欧阳修出生时，他父亲正在四川绵阳做军事推官，欧阳修的母亲当时也就"随军"了，故而欧阳修出生在四川绵阳。四岁时，他父亲调泰州任职，不幸染病，殁于任所。

欧阳修是家里的独子，父亲去世后，与母亲郑氏相依为命，只得去随州投奔在那里为官的叔叔欧阳晔。欧阳修在为欧阳晔所作的墓志铭中写道："修不幸幼孤，依于叔父而长焉。尝奉太夫人之教曰：'尔欲识尔父乎？视尔叔父，其状貌起居言笑皆尔父也。'修虽幼，已能知太夫人言为悲，而叔之为亲也。"叔侄情深，父子之情跃然纸上。叔叔家也不富裕，好在欧阳修母亲郑氏是受过教育的大家闺秀，用荻秆在沙地上教欧阳修写字，总算没有让童年的欧阳修失去儿时应有的基本教育。

五岁时，为了安葬父亲，欧阳修第一次回到他的祖籍庐陵。办完父亲葬礼之后，不谙世事的他，又跟家人回到了随州，连户口都迁走了，所以欧阳修参加科举考试时，是随州的生源。天圣七年（1029）春天，欧阳修就试于开封府最高学府国子监。同年秋天，参加了国子监的解试。欧阳修在国子监的广文馆试、国学解试中均获第一名，成为监元和解元，又在第二年的礼部省试中再获第一，成为省元，那就是连中"小三元"。所以，欧阳修自我感觉超好，他以为在即将到来的殿试中，自己肯定能夺得状元，于是特意做了一身新衣服，准备考试的时候穿。欧阳修在广文馆有个同学，叫王拱辰，才19岁，也获得了殿试资格。一天晚上，王拱辰调皮地穿上欧阳修的新衣服，得意地说："我穿状元袍子啦！"没想到，殿试结果，王拱辰居然真中了状元，欧阳修却位列二甲进士及第。据欧阳修同乡、那个"无可奈何花落去"的晏殊后来说，欧阳修未能夺魁，主要是锋芒过于显露，众考官欲挫其锐气，促其成才。

从南昌到永丰，汽车在曲折的山路上行驶了两个多小时，到达了欧阳修故里——沙溪镇西阳宫。

西阳宫原为一所道观，叫西阳观，因欧阳修父亲叫欧阳观，为避观字之讳，故改西阳观为西阳宫，欧阳修纪念馆便设于此处。现存建筑为清康熙十年（1671）

维修，其正面门楣上方刻塑"西阳宫"三个大字，刚劲有力，相传为康熙帝亲书。门坊北面刻"柱国冢宰"四字，相传为文天祥所书。西阳宫右侧是泷冈书院，左侧是欧阳文忠公祠，以及《泷冈阡表》碑亭。进门后，一对方石柱上刻有一副楹联：

亮节失青春，叹离莺苦唱，别鹄凄吟，五夜怆神深渗澹；
恩伦褒丹陛，忆弋雁失群，丸熊课读，卅年回首尚辛酸。

这是对欧阳修母亲郑氏夫人自誓守节，教子成才的赞美。欧阳修纪念馆内陈列的资料和实物并不丰富，唯《泷冈阡表》石碑是珍贵历史文物。少时丧父的欧阳修，对母亲的情感之深，是可以想象的。母亲去世后，他饱含深情地写了一篇祭文，这就是被收录到《古文观止》里的《泷冈阡表》。祭文写好之后，他在青州托人买了一块上好的石料，勒刻其上，而后由水路运往庐陵故里。不料行至鄱阳湖，突然狂风大作，白浪滔天，舟船随时可能沉没。船老大说："这是鄱阳湖的龙王在讨要买路钱，有金银财宝，赶快丢到水里去，龙王得了财宝就安宁了。"可是欧阳修是个清官，哪里来金银财宝呢？船老大说："没有金银财宝就把这块石头扔下去吧，好歹也算打发了龙王！"于是，为了保全一船人的性命，欧阳修只得忍痛割爱，将石碑投入湖中，这才躲过了一劫。但是，欧阳修对石碑沉湖之事一直耿耿于怀，后来这事在同僚中传开了，有个叫黄庭坚的人，没错，就是那个大书法家，听了之后气炸了肺：这龙王真是岂有此理，居然敢夺了欧公一片孝心。于是写了篇《檄龙文》，将龙王臭骂一通，而后将此文投入鄱阳湖中。

据说，龙王被骂得羞愧难当，当即派一神龟，背着那通石碑，送到了欧阳修的祖茔上。神龟说：不是龙王贪财，而是欧阳修名气太大了，想欣赏一下他的文采，于是才兴风作浪。龙王看了石碑上的祭文，果然敬佩不已，尤其是对那句"厚葬之不如薄养之"备加欣赏，特地在这句话上用龙爪抓了两把。所以，今天我们看到石碑上这句话的铭文显得有些模糊。

这故事当然是后人编出来的，意在说欧阳修孝心隆厚，祭文感人。

走出西阳宫，但见群山苍莽，烟雨蒙蒙。

四

由我执笔的"平山堂廉政教育基地"初步策划方案已经成稿。为了充分听取各方面的意见，7 月 27 日召开了扬州市文史专家论证会。专家们的建议，给了我们极大的启发，但也提出了新的课题。平山堂廉政教育基地建设中，既要尽可能保持"两堂一祠"的原貌，又要植入新的元素，能给人以耳目一新之感，这似乎是一个两难选择。经过反复思考，决定修改原先刻意强调廉政主题的设计，而回归到突出欧苏"文章太守"的主题，围绕传统文化做设计。

具体方案是：平山堂中堂内的陈设基本不变，在东厢房增加了欧阳修吟咏扬州的诗词，西厢房增加了北宋名人梅尧臣、王安石、刘敞、苏辙登临平山堂时吟咏扬州的诗词，以突出欧阳修为北宋前期文坛领袖的地位。为了体现设计感、文物感，所有诗词均由中国当代书坛名家书写，并以木刻形式呈现。

谷林堂内原先的陈设极其简单，只有一幅中堂图和苏轼的一尊泥塑像。这次设计，保留了中堂书画轴，去掉了泥塑像。在厅堂两侧的山板上增加了由名家书写的苏轼《西江月·平山堂》和五言诗《谷林堂》全文。东厢房内陈列的是苏轼临写的颜真卿《争座位帖》拓本。西厢房则以"嘉祐贡举"图画、"苏门四学士"诗词陈列于此，前者表现欧苏师生之情，后者则彰显了欧阳修之后，苏轼作为文坛领袖的形象。

欧阳祠的空间较大，原先除了欧阳修石刻像和"六一宗风"的匾牌之外，几乎"别无长物"。因此，丰富欧阳祠的陈设，乃是重头戏。我在前期对欧苏文化研究和收集整理资料过程中发现，欧阳修石刻像是一个很值得研究的课题。于是，我查阅了大量资料，并专程去阜阳、滁州二地进行了实地考察，彻底厘清了滁州、扬州、颍州（今阜阳）三地欧阳修石刻像的来龙去脉和相互关系。我撰写的论文《欧阳修石刻像源流考》，入选了 2017 年 9 月在阜阳召开的欧阳修国际学术研讨会论文集，并在会上做了交流发言。所以，欧阳祠的东厢房，主要展示滁州、扬州、颍州三处的欧阳修石刻像拓片，并说明其源流关系，辅之以平山堂内的部分碑文拓片。这样的布置，既突出了祠祭主题，更给欧阳祠增添了高古和历史厚重感。

扬州历史上曾多次修缮或重建平山堂，并留下了一些平山堂图谱，故而西厢房以陈列历代绘制的平山堂图谱为主。扬州当代著名书法家陈社旻先生，得知要提升平山堂景观，特地用楷书抄写了平山堂的部分碑文，这是当代扬州人敬重欧苏的又一生动事例。

在"两堂一祠"工程实施过程中，工作小组聘请了扬州大学美术与设计学院徐邠教授加入团队。徐教授是中国美协会员，擅工笔，画风清逸雅致，又精于室内设计和漆画工艺，是一位德艺双馨的全能型艺术家，在后期"两堂一祠"的谋划和布置中发挥了重要作用。特别是他创作并制成的大型漆画《康熙拜欧图》《乾隆拜欧图》具有较高的史料价值和艺术水准。这两幅漆画，现陈列于欧阳祠大堂北壁两侧，与欧阳修石刻像在美学风格上相得益彰，高度和谐。使人能够通过画面，形象直观地了解康乾两代帝王对欧阳修的景仰之情。

工作小组参观三苏祠时购得的苏轼所书《醉翁亭记》拓片，陈列于欧阳祠大厅两侧，既契合主题，更给祠堂增添了浓郁的书卷气。欧阳修石刻像两边原没有对联，我集句成联：

> 万卷图书集成部；
> 千秋风雅始欧阳。

上联集自清乾隆皇帝《再题文汇阁》。文汇阁为清代扬州《四库全书》藏书楼，建于乾隆四十四年（1779），毁于咸丰四年（1854）兵火。今人又花重金，影印了一部《四库全书》，现陈列于扬州天宁寺万佛楼。下联集自清代林廷和《和吴颖长广文〈平山堂怀古〉原韵》。林廷和，字致中，高邮人。乾隆十八年（1753）举人，官福建大田知县。清正廉洁，乐善好施，性聪敏，博览经史，雅爱诗文，有《石竺山房诗集》传世。此联由中国著名书画家康宁先生书写。

五

贤守清风馆，是平山堂廉政教育基地的主题馆，也是整个廉政教育基地工程的时代亮点，馆名出自康熙皇帝御赐给平山堂的一块匾额。康熙皇帝六次南巡，五次驻跸扬州，其中第六次来到了平山堂，瞻仰了欧阳修遗迹，并作有诗《平山堂》一首：

> 宛转平冈路向西，山堂遗构白云低。
>
> 帘前冬暖花仍发，檐外风高鸟乱啼。
>
> 仙仗何尝惊野梦，鸣镳偶尔过幽栖。
>
> 文章太守心偏忆，墨洒龙香壁上题。

康熙四十四年（1705）诏令御赐给扬州三块匾额。《清宫扬州御档》载：丙申，御书"正谊明道"匾额，令悬董仲舒祠；"经术造士"匾，令悬于胡安国书院；"贤守清风"匾，令悬于平山堂。

贤守清风馆，坐落于平山堂西园西北角，是一座楠木厅。此楠木厅原本是老城区的古建筑，后来在老城区拆迁改造中，移建于此。从欧阳祠西南面的真赏亭沿阶而下，是大明寺西花园，此处佳木繁荫，池水清涟。松柏参天，五泉汲地。通往贤守清风馆的小道两侧，置有几块廉政警句石刻，其内容主要选自欧阳修和苏轼的诗文。如："功废于贪，行成于廉。"选自苏轼《六事廉为本赋》，意为成功的事业往往因一念之贪而废，而事业成功的前提是自身的廉洁自律。"忧劳可以兴国。"选自欧阳修《五代史·伶官传序》，意思是，为政者常怀忧心与辛劳，方可使国家兴盛。"守其初心，始终不变。"选自苏轼《杭州召还乞郡状》，意为守着自己的初心，始终保持不变。

贤守清风馆的东山墙有巨幅砖雕《荷花图》，是此次工程的新创作。伫立于前，使人情不自禁地吟诵起周敦颐的《爱莲说》：

> ……予独爱莲之出淤泥而不染，濯清涟而不妖，中通外直，不蔓不枝，香远益清，亭亭净植，可远观而不可亵玩焉……

走进楠木厅，一股清气扑面而来。表现欧苏二人师生之情的青铜雕像迎门而立，既庄严肃穆又和蔼可亲。贤守清风馆的陈展内容由"文章太守、风骨天下、贤守清风、遗泽后昆"四个板块构成，主题集中，内涵丰富。将欧苏的人品、文品、官品，以及主政扬州时的政绩、对扬州后世文明风气的影响，直至今天扬州城市建设的主要成就标志图片等融汇于一堂之中，使参观者能在有限的时间内穿越无限的历史空间，从而感受欧苏二人的人文风范、为官品德，以及当代扬州的日新月异。

贤守清风馆的陈展方式也有别于"两堂一祠"，除了传统元素之外，还充分利用了现代科技手段。如利用电子触摸屏，展开关于欧苏事迹的延伸阅读，以及饶有趣味的互动问答题等，使参观者在接受廉政教育的同时，产生愉悦感。贤守清风馆，无论在内容和形式上，都充分体现了"古代文化与现代文明交相辉映"的扬州气质。

六

平山堂廉政教育基地，是一项政治性很强的文创项目，其组织领导、请示汇报、讨论审批等是必不可少的环节。好在南京大学中文系毕业的赵志宏先生，是我们这个项目的头，深厚的人文底蕴，多年的从政经历，以及不疾不徐、张弛有度的工作风格，使这个团队有了核心。他最初提出的平山堂廉政教育基地建设的六项原则，成为此次项目工程一以贯之的总体指导方针。景区纪工委书记郭坚，南京师范大学中文系毕业，长期从事文化宣传工作，又喜文艺，擅丹青。作为景区领导人之一，他对此项工程的运作计划，先人一步，成竹在胸。扬州市级机关纪检组长徐茂生，是军旅出身的大笔杆子，生得方面大耳，虎背熊腰，性情爽直，声如洪钟。他曾主持或参与过包括"扬州市警示教育中心"等数个廉政教育项目的策划与建设，具有丰富的理论水平和实践经验。景区旅发集团公司副总经理张瑛女士，曾长期从事过政府接待和园林景点领导工作，经验丰富，知识面广，尤其具有极强的执行力。她在整个项目实施过程中，具体负责协调落实，事无巨细，尽心竭力，为确保平山堂廉政教育基地项目建设的顺利按时完成，发挥了不可替代的作用。

在此次廉政教育基地建设中，还有一个特别值得敬重的人，他就是大明寺方丈能修大和尚。能修大和尚主持大明寺二十多年，曾主持过包括扬州文化地标——栖灵塔在内的寺庙许多重大建设工程，并且是享誉海内外的著名僧人。听说要建平山堂廉政教育基地，他顾大体、识大局，十分赞同和支持。除了放手听任设计小组对平山堂、谷林堂、欧阳祠等场馆进行改造之外，还特地让出了位于西花园西北角的楠木厅，作为廉政教育主题馆。

平山堂廉政教育基地建设的策划方案确定之后，有关工程技术人员便开始了方案的设计工作。为了收集史料，博采众长，工作小组又先后奔赴福州、滁州等地历史文化与廉政教育相结合的纪念堂馆参观考察。同时数次讨论修改设计方案，并多次向景区领导、市纪委主要领导和市委主要领导汇报工作进程，得到了各级领导的充分肯定和支持。省纪委有关领导也亲临视察，充分肯定了平山堂廉政教育基地建设的构想和意义，同时提出了一系列指导性意见。省纪委于 2017 年 9 月，批准平山堂廉政教育基地为省级基地。

七

2017 年 12 月 9 日，是联合国定案的第 14 届国际反腐日。这几天扬州城刚进入一次寒潮，上午蜀冈之上的平山堂大门口却春意融融。扬州市委、市政府、市人大、市政协四套班子全体成员以及市纪委常委齐聚于此，平山堂廉政教育基地揭牌仪式即将举行。八时三十分，揭牌仪式正式开始，市纪委书记李航主持仪式，并发表讲话。市委书记谢正义，市长张爱军面带微笑，满心喜悦，共同将平山堂廉政教育基地匾牌上的红绸布轻轻揭开。历经大半年时间建成的平山堂廉政教育基地，正式开门迎客。接着，参加揭牌仪式的全体人员参观廉政教育基地，扬州市各大媒体聚焦于此。参观者对廉政教育基地工程给予了高度评价。参观结束后，在随后召开的市委扩大会议上，市委书记谢正义指示相关部门，对廉政教育基地要加大宣传力度，细化解说深度，提升认识高度。扬州电视台、《扬州日报》《扬州晚报》等主要媒体，连续数天对平山堂廉政教育基地进行了全方位的深度报道。紧接着，扬州市各机关、企事业单位、各级各类学校，纷纷组团前来参观。往年冬天游客稀少的平山堂景区，一下子变得热闹起来，人气满满。

平山堂廉政教育基地建成并如期开放，使参与这项工作的全体人员，一颗悬着的心暂时落地了。他们感到欣慰，以平山堂为主体的"两堂一祠"文化景观，自清代同治年间方濬颐重建平山堂以来近 140 年后，首次得到了全面提升；他们感到自豪，有幸成为这个历史性文化工程的亲历者和参与者。但同时他们更感觉到了新的压力，如何进一步发挥平山堂廉政教育基地的社会意义？如何在景观文化基础上衍生出更多的廉政教育文化新产品？如何进一步细化平山堂廉政教育基地的日常管理？这一系列新问题都随之摆到了他们面前。真是"才下眉头，却上心头"。

但是工作小组的同人们信心满满，这份信心来自文化自信；来自"不忘从来，吸收外来，面向未来"的方针指导；来自"不忘初心，砥砺前行"的精神动力。可以预见，平山堂廉政教育基地必将越建越好，必将以更加丰富的内涵载入扬州文化的史册！

那园情

那园，扬州西郊捺山脚下一个农庄。农庄主人李国庆是我一好哥们儿，于是，那园成了我的田园居，并偶有诗文记之。

踏雪捺山

2016 年 1 月 23 日，农历丙申腊月十四，早晨起床朝窗外一看，立刻傻眼了：昨晚开始的一场雪，一夜之间覆盖了街道，冰冻了路面，从楼上看下去，汽车如蚂蚁般在路上爬行着。我心里一急，今天可是"扬州乡村旅游推进年"启动仪式暨"捺山那园稻草艺术节"开幕式，我是被邀嘉宾之一。更重要的是，几十年来，我一直关心并呼吁扬州旅游走出城区，着眼乡村，构建大旅游格局，今天终于盼到扬州旅游向乡村发展的信号，真是太兴奋了，哪怕寒风刺骨，冰封路滑，踏着雪，顶着风，我走也得一直走到捺山去。

好不容易拦住一辆的士，听说要去捺山，司机一脸的惊讶，仿佛我说的不是捺山，而是昆仑山。但是见我既着急又诚恳的样子，司机稍稍犹豫了一下，才说："好吧，上车。"

汽车沿文昌西路一路缓缓行驶，路面滑得如玻璃镜面一般，稍有不慎，便可能发生事故。然而，缓慢的车速，倒给了我仔细欣赏郊外这银装素裹景色的难得良机。气象预报说，今年是几十年未遇之寒冬。真的有好多年没见到这样的雪景了，田野里白茫茫一望无际，路边的树枝、芦苇上沾挂着雪球，恰如"千树万树梨花开"。这一带又是低矮的丘陵地区，白雪覆盖下的大小山陵，此时显示出的柔和起伏的线条，煞是优美。我不禁一喜："扬州乡村旅游年"在这样优美的雪景中启动，绝对是个好兆头！

说到旅游，扬州是一个值得骄傲的城市。因为历史留给她的遗产太多、太丰厚了，因此，她得以成为全国首批历史文化名城，这些年来，关于旅游方面的桂冠有一大串。然而，比起苏南，比起浙江，比起全国很多地区，扬州旅游的规模还是太小，主要景区就那么几个，大多局限在城区，而且季节性很明显，春秋旺季车水马龙，夏冬两季门庭冷落。一个以旅游为永久性基本产业的文化名城，旅游收入却远远落后于文化底蕴与扬州相差甚远的常州。而这其中最重要的原因之一，就是扬州的乡村旅游至今还处在零起步阶段。可见，今天这个乡村旅游年的启动仪式意义有多重大。

这么看看雪景，想着事儿，不经意间，我的目的地捺山那园也就到了。

捺山那园的主人李国庆是我的好朋友。他本是农家子弟，后来通过读书，在国企端上了一份"铁饭碗"，并升任中层干部，这应该是很幸运的人生了。但是这兄弟天生是个"不守安分之人"，有点人文情怀，又兼点布尔乔亚式的浪漫。他早在上世纪九十年代初就扔下"铁饭碗"经商去了，手头有了些闲钱，前几年又头脑一热，在捺山东南坡包下了一块地，打算拾掇拾掇建个农庄，说是要如五柳先生般回归田园生活。

说实话，仪征后山区的地从种田的角度看还真不是什么良田，土壤中含有大量盐碱成分，好在李国庆是学地质的，有改造土壤的专业知识。传说捺山得名与愚公移山的故事有关，而李国庆却是真正以愚公移山的精神来改造这片土地的。几年来，他已投资数百万，先是土壤改造，然后植茶栽树，莳稻疏园，几年下来，竟然将一片荒地打造成了一个美丽的世外桃源。如今的捺山那园，已成为春有新茶夏有瓜、秋有棠梨冬有梅的美丽花果山。最近，我又得知，他想联合捺山周边的农户，一起组织起来，从建设美丽乡村入手，打造一个扬州乡村旅游的新品牌。宋代文人王禹偁曾有诗云"北山种了种南山，相助力耕岂有偏。愿得人间皆似我，也应四海少荒田"。这不正是今日李国庆捺山实践的真实写照吗？

李国庆开荒造园的故事在朋友圈中传开了，于是一个个、一批批地前来探访，在领略了田园风光、品尝了农家美食后，无不赞赏他的垦荒牛精神，然后一传十，十传百，以至如今的捺山那园竟成为远近闻名的乡村游一景了。这里背倚新开发的捺山地质公园，那园中有四时鲜花，四时果蔬，清泠泠的池水，游鱼可数。池边的小茅屋收拾得干净舒适，在这里瘫坐下来，把一本书，有心没心地看着，沏一杯茶，深一口浅一口地抿着，便足以安放你那一捧莼鲈之思呐！这不，今天尽管冰天雪地，天寒地冻，那园里却依然人声鼎沸，一派生机。几堆熊熊燃烧的篝火，释放着春风般的暖意，采茶女圆润的茶歌，仿佛让人嗅到了春茶的芳香。一排边的土特产品陈列有序，烘托出浓浓的年味。再踏着雪到园子里转上一圈，仰望捺山，银蛇舞动；近看那园，白雪皑皑。尤其是满园的稻草人，在风雪过后的那园里争奇斗艳，各展风采。门口一只高大英武的雄鸡，昂首啼鸣，热情迎接着八方来宾；《西游记》西天取经的故事，又将你一下子带入了童话世界；"摄影师、狙击手、大力士"；"大象、熊猫、垦荒牛……"无不栩栩如生，惹人喜爱。"稻草节"是李国庆在那园一个极富创意的设计。稻草人最初是农民扎在田间地头用来吓唬偷吃庄稼的鸟类的，后来演变成与农事相关的一种民间手工艺。在西方，稻草人的英文是"Scarecrow"，即"Scare"（惊吓）加上"Crow"（乌鸦）。它曾经出现在《世界漫画精选》中，并与著名的"蝙蝠侠"故事联系在一起。可见，稻草人是集传统农耕文化与现代审美情趣于一体的艺术种类。李国庆选择稻草人作为那园的"形象代言人"，还真的是动了一番脑筋。

在一艘用稻草制成的"乡村旅游号"帆船旁，扬州市旅游局领导、新成立的扬州乡村旅游协会领导和捺山那园主人李国庆，共同徐徐升起了一片金色风帆，风帆上"扬州市乡村旅游年"几个绿色大字，在白雪与艳阳的映照下显得分外抢眼。

老话都说"瑞雪兆丰年"，此刻我置身于几十年方得一遇的冰雪天地，再一次环顾热闹红火的捺山那园，我从心底里祈愿这一片热土越发兴旺，越发怡人，祈愿扬州的乡村旅游由此破冰起航，一直驶向远方。

那园听瀑

一场急雨，把那园冲刷得鲜鲜亮亮，树叶格外的油绿、花儿格外的鲜艳。尤其那水，格外的肆意多姿！

那园的水源在捺山。

在中国的名山大川中，捺山实在名不见经传，它海拔才不足150米。但正所谓"山不在高"，在一马平川的江淮平原苏中段，它已是仅次于旁边铜山的第二高峰。而且它更是地理学上的分水岭，大致捺山以北为淮河流域，以南为长江流域。再一查捺山的简历，更令人惊讶，500万年前，这里是古长江入海口，并不高大的捺山竟曾经傲视茫茫大海数百万年！一天，平静的江底突然不安分起来，产生烈动而导致火山爆发，喷发出的炽热岩浆尚来不及溢流，即遭受到四面汹涌而来的江水海潮的扑击，岩浆沿着地壳裂缝侵入沉积岩中，并迅速冷却，在缓慢降温的过程中结晶成有序的玄武岩六方柱体。由于火山活动的反复进行，岩浆多次涌动侵入，已冷凝成形的玄武岩柱受挤压呈多姿多态的垂直状、斜插状和平卧状，于是形成了现在捺山奇特的柱状岩石。

愚公移山的传说，更为捺山披上了一层神秘的面纱。

我最喜欢那园，春天来此踏青苗，夏日来此乘风凉，秋日来此就菊花，冬日来此嗅梅香。

那么雨后呢？那一山人告诉我，昨日一天的雨，农庄几成汪洋，煞是壮观。今我来时，雨势虽减，但山洪涌出，水流湍急，捺山积水，倾泻而下，流到那园，汇入山涧，高水下落，挂为白练，其势若奔，其声若雷。

雨后的那园，出奇的安静。冠盖如云的大树挺立着，无言地对着苍天，倾诉着它对云的依恋；苍鹰从树头飞过，悠闲地巡游着那园的天空；碧绿的茶园，在奉献了一春的清香之后，此时正酝酿着秋的梦想；新荷浮出水面，羞答答地打着朵儿，正静静地等待明日如火的骄阳。此时，只有那飞瀑，在万籁俱寂中，营造出一派山鸣谷应的回响。

山人与我，在飞瀑边相对而坐。沏来一壶茶，沏茶的水，便是这飞瀑从九天携来，抿一口，便有升仙之念。

我曾经在云贵高原欣赏过壮观无比的黄果树大瀑布；也曾经在"飞流直下三千尺"的庐山瀑布前流连忘返。但都不及今日那园观瀑这般地从容，这般地宁静，这般地优雅。此刻，我心随水流，流出山溪，流出那园，流向长江，流向大海，仿佛自己已幻化成了沧海一粟。

此刻，我心随水流，流向了书本，流向了文字，流到了唐诗宋词中。"独怜幽草涧边生，上有黄鹂深树鸣。春潮带雨晚来急，野渡无人舟自横。"想必一千两百年前的韦应物，也如我今天一般的清闲，也如我一般的对水观瀑，方有如此清词丽句随流水喷薄而出。

思绪牵动着天幕低垂下来，山人预备了农家小菜，于瀑边设席小饮。于是，泉流飞瀑又化作樽前的美酒，一口下去，炼成诗句：

> 昨夜大神过江淮，弄云作雨洗天街。
> 瀑声助兴情酣处，忽见愚公斟酒来！

那园立春

无论人类如何糟践自己，大自然的节律都始终不变。

就在新冠肺炎病毒肆虐，人心惶惶的日子里，庚子年，今日立春了。立有开始之意，立春也预示着一年农事活动的启动。《月令·七十二候集解》关于立春说：正月节，立，建始也。五行之气，往者过，来者续，于此而春木之气始至，故谓之立也……

虽然在这个春天，人类被大自然的血口狠狠啃噬了一下，但大自然是无辜的。这么多年，人们打着一片浸满了鸡血的旗号，在一条道上盲目狂奔。但因为方向偏了，更因为跑得太快，搞得林教头赶跑了山神爷，孙悟空占领了龙王庙。款爷们开着私人飞机遨游太空，靓女们在奢侈品商店疯甩钞票。就连那些本该最接地气的农家乐，也竞相攀附，大开洋荤，楼堂馆所，高宇华屋。人们全然不理会山的呼救，不理会水的哀号！

于是，我才特别青睐那园这座普通农庄。农庄主人本有一个很大的名号，叫李国庆。但为了体现农庄之魂：农庄姓"农"，他特将自己的网名唤作"那一山人"。曾几何时，有人讥笑他的网名太土，鬼使神差，他换了一下。然而新网名才一露头，便遭到更多朋友们的炮轰。朋友们喜欢他的山名、山号、山性格！

山人打理的农庄，农字当家，满园的绿树茶园、庄稼菜地，连花花草草的都很少，以至于园内一架蔷薇，几乎成了爱花者心目中那园的图腾。

但是，你可别因此便认为那园没有文化。恰恰相反，那园的文化是完全接地气的农耕文化。你看，漫步在农庄的田间小道上，那用稻草扎成的各种有趣的造型，会随时扑入你的眼帘。有的会令你开怀大笑，有的甚至会逗你说话。当初有人提出将它叫作稻草人文化，但山人硬是将"人"字去掉了，就叫"稻草文化"。

是啊，稻草是有根的啊，而草根文化才是农庄最本真而又最富有生命力的文化。

走进那园客栈的中庭，有一道文化风景线特别显眼，那就是二十四节气的诗文图画。二十四节气是中国农耕文化中最经典的符号，它体现着中国文化至高至美的境界——天人合一。

山人坚持在每一个节气来临的时候，举行相应的祭祀仪式。这不是作秀，更不是为了招徕顾客，而是出自山人内心的那份文化坚守。山人祖辈是农民，高考改变了他的命运，"下海"改变了他的生活。可是正如农庄的每一棵大树一样，长得再高大再粗壮，但根的意识始终很牢固。因此，我们时常见到这位身家千万的老总，赤脚板手地操持着家伙在农庄干最粗的农活，甚至在一堆民工中，他显得最土气。

这不，今天虽然疫情仍然很紧张，山人的"祭春"却一如既往地进行着。没有隆重的仪式，没有喧嚣的场面，但毫不含糊的是山人敬天畏地、友睦神灵的那一颗虔诚之心。

我小诗赞曰：

鼠年春节恶天时，落莫无心作小诗。

西望那园遥遣兴，山人今日试新犁。

蔷薇架下的弦歌

"那一山人"李国庆朋友多，朋友中的文人多。所以，打园子一建起来，便有人慕名前来参观游览，并且时常"谈笑有鸿儒，往来无白丁"。院子中，传统文人字画、现代雕塑造型，应有尽有。这两年又有一些音乐界的朋友们看上了这个世外桃源，纷纷来到那园雅聚，或抚琴吹箫，或引吭高歌，正是"众人熙熙，如登春台"。

三年前的那个初夏，正是那园蔷薇盛开的季节。见过很多蔷薇，却没有那园的蔷薇这般可人，它开得那么恣肆，一朵一朵竞相绽放，好似一个不让一个。所有的花，造型成一个半圆形的拱门，穿行其下，恍如进入了花仙子的时光隧道。

我陪同著名歌唱家刘秉义夫妇做客那园。一个为石油工人唱了一辈子歌的老艺术家，遇上了曾经是石油工人的李国庆，双方都很激动。两人相见，热情相拥，用一见如故、相见恨晚、亲上加亲这些词形容当时的情景便很恰当。尤其令人感动的是，那园有一名员工，原本也是石油工人，而且是一位"铁杆刘粉"，用他的话说，我是听着刘老师的歌成长的。他得知刘老师要来那园，居然网天罗地般地搜寻了刘老师所有的歌在那园播放。那天，整个捺山的天空，都飘荡着刘老师那雄浑的男中音，甚至有些歌连刘老师自己都记不清什么时候唱的，时而问他的夫人：这首歌咱们家有录音吗？这首歌是哪年唱的？

山人张罗了一桌富有农家特色的山肴野蔌，刘老师激情豪迈，即席清唱了一首《鸿雁》，优美的旋律，缥缈的歌声，将我们的思绪带到了北国草原。

一天的时光在蔷薇花下度过，那么地美好，那么地温馨，但又那么匆匆。回程的路上，我与刘老师相约，何时再来那园？刘老师借了孟浩然的两句诗来回答我："待到重阳日，还来就菊花。"

然而，那年的菊花时节，刘老师以八十高龄，在北京中山公园音乐堂举行了独唱音乐会，我专程赶往北京祝贺。

前年春天，我和刘老师夫妇又相约那园，时节尚在仲春，蔷薇未开，但满山菜花金黄，新茗飘香。晚餐席间，刘老师用纯正的京腔京韵，高歌一曲《前门情思大碗茶》，听得我们如痴如醉……

又是一季蔷薇盛开的时候，我在那园与张美林不期而遇。张美林，就是扬州人民都熟悉的那个"大胡子"，曾任扬州大学音乐学院院长，中国著名男高音歌唱家、音乐教育家、微信慕课《美声之林》的版主，美声传万家，粉丝满世界。除了音乐之外，美林爱好广泛，兴趣多样，喜欢书法，米元章书体为他的最爱；喜欢诗歌，曾出版现代诗集《野菊》，赢得扬州文坛一片叫好。

我们曾经是工作中的搭档，今日他来那园采风，我来那园放松，此时相见，分外亲切。

午餐时刻到了，国庆本是好客之人，今天有如此众多的高朋聚集到他的园中，更是喜不自禁，仿佛每个细胞都散发出热情。

那园的农家菜极有特色，食材新鲜，环保有机。土法烹饪，原汁原味，尤其那道红烧肉，油光透亮，肥而不腻，据说是那园食谱中的第一当家"花旦"。而我却对山肴野蔌格外钟情，我以为这些野生蔬菜中蕴含着山水的灵气，指望吃下去成仙哩。

当然少不了酒。山人用山果浸泡的酒，喝起来甜滋滋的，山楂酒、枇杷酒轮番上，一巡又一巡，一壶再一壶。

同聚的朋友中有一对伉俪，是和敬琴邑的主人郑先生和苏女士，今天适逢他们的结婚纪念日。酒到酣处，张美林亮开他那金色男高音的嗓子，为大家倾情演唱一首意大利歌曲《我的太阳》。美林说，《我的太阳》原本就是一首情歌，于是，他一反往日的昂扬高亢，而将此歌演绎得含情脉脉、婉转悠扬，令人耳目一新，听得大家停箸忘饭。

国庆一直在笑，一笑，那本来就小的眼睛几乎眯成了一条缝，但丝毫不影响喝酒豪情。不断地劝酒，不停地斟酒。我知道，他个子不高热情高，酒量不大胆子大。经我再三劝止，今方免了一醉，但个个已面若桃花。

午餐既毕，移步换景，又品茗于蔷薇花下。座中有一架钢琴，张美林随手揭开琴盖，美妙的旋律立即从他的手指间流淌出来，于是一场即兴音乐会就地上演了。悦耳的琴韵、优美的歌声、和谐的舞步、感情真挚的配乐诗朗诵次第登场。

"又是一年春好处。"

三年前寓居扬州的刘秉义老师，在北京蛰伏了一个冬天之后，伴随着三月烟花的盛开，如约而至，回到扬州。在城里赏过了桃红柳绿之后，初夏，还是那园蔷薇盛开的时节，我又邀请刘秉义夫妇相聚于那园，应邀参加这次雅聚的还有京剧表演艺术家赵志远夫妇；扬州大学音乐学院教授方光耀夫妇。

早晨，阳光灿烂，通往那园的文昌西路，一路鲜花，一路芬芳。那一山人李国庆，早就迎候在蔷薇花开满的山门口，眯着小眼睛，满脸洋溢着笑。

老友相见，分外亲热。那园的天空中，又飘荡着那浑厚的男中音。《革命人永远是年轻》《我为祖国守大桥》《回延安》《我为祖国献石油》《草原之夜》《莫斯科郊外的晚上》……一首首熟悉的老歌，经典的旋律，瞬间将大家的思绪带进了那个激情燃烧的时代。

是啊，革命人永远是年轻。刘老师年轻时代，与中国人民志愿军百万雄师一起，"雄赳赳，气昂昂，跨过鸭绿江"。在炮火纷飞的战场上，他用歌声给战士们鼓劲加油，为伟大的抗美援朝助威呐喊。

三年前，刘老师年届八秩，为了回报寓居的第二故乡，他在扬州音乐厅举办了独唱音乐会。那天晚上，音乐厅内座无虚席，人们都在全神贯注地聆听着一位八旬老人那雄浑铿锵，刚劲有力的优美歌声。

……

餐厅里飘出的饭菜香味，将我从回忆中唤醒。饭菜依旧是淳朴的农家滋味。酒过三巡，艺术家们的激情开始迸发了。刘老师一首充满着新疆风情的《祝酒歌》，仿佛把我们带到了"风吹草低见牛羊"的天山脚下。

赵志远先生，是京剧花脸裘派传人，十七岁拜侯喜瑞、裘盛戎、侯宝林等高人为师，上世纪六十年代曾在扬州京剧团工作，在样板戏《智取威虎山》中扮演李勇奇，唱红了大江南北。八十年代调回北京京剧院工作。退休后，他毅然决然地选择了扬州作为养老之地，并且携来了他的老朋友刘秉义作邻居。两位老艺术家老来结缘，在扬州相邻为伴，此非天作之合乎？！

今天的宴席上，七十五岁的赵志远先生以一段曹操戏的念白，震惊四座！

方光耀教授是北方竹笛的传人，十年前从新疆艺术学院调到扬州大学，我们的友谊是在音乐声中与日俱增的。方教授是蒙古族人，他用他带来的笛子，与刘秉义老师完美合作了一首草原情歌《鸿雁》。他的夫人欧阳，曾是舞蹈教师，她那婀娜的舞姿伴随着乐曲，把午宴的氛围推向了高潮。

时光如诗，岁月如歌。友情温馨，往事生香。相遇的美，溢满笔触，和着歌的旋律，应着诗的韵脚，吟咏捺山情韵，歌唱那园之恋。尽舞繁华，挥洒大爱。凝眸间，对视真情；轻语处，虔诚祈愿。唯愿，笑守光阴，唯愿，友谊永恒。

古城园林好传书

清代文史大家钱穆先生说："瓶水冷而知天寒，扬州一地之盛衰，可以觇国运。"扬州城近 3000 年的历史，较之于其他城市的特殊之处，就在于它的盛衰与中华民族盛衰惊人的一致性。即中国兴则扬州兴，中国衰则扬州衰。城市历史如此，作为城市历史主要文化标志的园林当然也是如此。

中国园林文化史，最早可追溯到先秦时期，但其时的园林概念并非今日之人工园林。大规模的人工造园活动，始自秦汉园囿，而扬州园林历史也不例外，扬州自汉代起已有了一定规模的造园活动，此后两千年，代有高峰，以至形成了唐代的"园林多是宅"，清代的"扬州以园亭胜"，从而积淀了极其丰厚且享誉海内外的扬州城市园林文化。

虽然历史上扬州园林几度兴盛，却无系统的园林志书流传后世。直至今年，一本皇皇巨著横空而出，这就是由扬州市园林局组织编写、广陵书社出版的《扬州市园林志》。

我有幸成为本书撰稿阶段的最早读者之一，当本书的作者之一徐亮先生，将散发着清新墨香的书稿送到我手中时，我欣喜不已，几乎不舍昼夜地认真看完了全书的每一个字符，并发表了自己的相关意见。

我是在十分激动的心情中阅读书稿的，之所以激动，有如下几个原因：

其一，这是扬州首部园林志书。

扬州城市文化既丰富多彩，又博大精深。许多文化现象，在中国文化史上都有举足轻重的地位。而作为城市文化重要窗口的园林，无疑是记录扬州兴衰史的重要载体。直至今天，扬州仍然是一个以风景园林优美而著称于世的城市。但是由于多种原因，对扬州的园林历史，从未有人做过如方志式的系统记述。即便清代大才子李斗的《扬州画舫录》，给我们留下了关于扬州古典园林的大量信息，但它也只属于旧时文人的笔记型文体，而不属于史志。

近代百年，扬州凋敝，园林多遭毁圮，除了一些文人墨客对扬州近代落伍与沉沦发出的声声叹息，更无史传问世。中华人民共和国成立之后，百废俱兴，扬州园林有所增益和发展，扬州也涌现出一批研究园林的学人并各有著述，但同样没有可列入史志之类的著作。改革开放之后，我国经济、社会、文化发生了翻天覆地的变化，扬州园林也迎来了又一个发展高峰。盛世修史，既是时代前进的迫切呼唤，更是历史发展的必然要求。今天，扬州园林界的有关学人们，经过一年多时间的紧张工作，《扬州市园林志》终于成书出版了，这不仅是扬州园林界献给改革开放四十周年的一笔厚重礼物，更填补了扬州园林无志书的历史空白。

其二，全面性与权威性。

《扬州市园林志》全书共 116 万字，正文部分共九章，包括了古典园林、公园、城市绿地、园林植物、扬派盆景、造园技艺、园事活动和海外工程、园林管理、人物著作等。此外还有综述、大事记和附录三篇。全书从时间与空间上最大限度地概括了扬州园林历史与现实等方方面面的内容，既具有全面性，更具有权威性。宏观述史，客观允正，脉络清晰，力求呈现出历史的真实面貌。如大事记部分关于现代园林的历史，已具体到年月日，可据、可考、可信；微观描写语言平实，以真入史。整部文稿中极少使用"相传""据说""疑似"之类的词语，而是依据现有史料如实陈述。例如瘦西湖中的叶园，在诸多关于瘦西湖的著述或者文献典籍中都很少涉及。但《扬州市园林志》依据地理位置、建造年代、涉及人物、建造缘由、历史变迁等史料元素，仅用数百字，就清楚地说明了叶园的来龙去脉。再如第三章第一节"扬州市花"中，对扬州琼花的记述，作者摒弃了几乎所有介绍扬州琼花都绕不开的众多传说故事，而是言简意赅地介绍了宋人发现琼花、观赏琼花的史实与诗文，从而还琼花以清白之身。同样，在本章"古树名木"一节中，作者没有用大段的文字铺陈状写，而仅仅是用大量的具体数据，表述了扬州市古树名木的现状，除了数据翔实之外，毫无多余赘语。再如，在对瘦西湖徐园的表述上，作者一改过去用阶级斗争观点解读徐园的传统写法，而是用史家语言客观表达，从而还原了徐园的历史真实。而对编者来说，要做到这一点，就不仅是编写技术层面的要求了，而是需要作者有深厚的学养和秉笔直书的勇气，还要具有敢于担当的胆识。唯其如此，这部志书才令人可信，也才禁得起历史的检验。

其三，强烈的时代精神。

《扬州市园林志》编写的时间下限到 2016 年。众所周知，近十年是扬州园林发展史上又一个成就卓著时期。自 2007 年扬州市获得联合国最佳人居奖城市之后，扬州市委市政府及其相关职能部门将园林化城市建设提高到一个前所未有的高度，其核心理念是"为民造园""还园于民"。其标志性事件是 2007 年扬州市五届人大常委会第 29 次会议全票通过《关于建立城市永久性绿地保护制度的决议》。此决议出台之后，扬州市新一轮造园如火如荼。近十年间，形成了"园在城中、城在园中、城园一体化"的新格局。同时，传统园林的升级改造也步上新台阶，尤其是瘦西湖活水工程的启动，带动了全市河流的活水工程，为扬州人民带来了福祉，再现了"园林多是宅""绿杨城郭是扬州"的当代辉煌。为了让扬州城新的公园体系永远保持下去，2018 年，扬州市又以立法形式出台了《扬州公园体系建设与长效管护方案》。对于扬州在新时代加强园林建设的各项举措和显著成果，《扬州市园林志》不吝笔墨，用第二章和第三章两个大章节，详细进行了记述。在"公园篇"中，共记述了扬州城数百个公园的历史与现状。作者以翔实的史家笔法，忠实记录了扬州这十多年致力打造公园城市的伟大实践，并展现出当今扬州"城在园中"恢宏画卷。从而使这本志书突破了传统志书的陈腐之气和故纸之态，立足于为当代人做传书，进而彰显出了扬州城市崭新的时代风貌和当代精神。

其四，浓郁的人文气息。

扬州是一座历史文化名城，有着丰厚的人文积淀。扬州园林作为城市的文化符号，厚重的人文精神是其最大特色。同样，《扬州市园林志》的编者们紧紧扣住了扬州"人文园林"这一特色，在体现人文精神方面不惜笔墨。第一章"古典园林"记述自不待言，第四章"园林植物"，第五章的"扬州盆景"，第六章的"造园技艺"，第七章的"人物著作"等章节的写作，无不充分展示了扬州园林深厚的历史文化渊源。最后的附录，收录了扬州园林史上的相关诗词、文章、碑刻、匾额，等等，可谓洋洋大观，翰墨盎然，从而进一步增加了本书的历史人文含量。此外，书中还使用了大量的图片，其中很多图片都是选自珍贵的历史史料，例如《平山堂图记》《江南园林胜景图册》《广陵名胜全图》《南巡盛典》，等等。这些图片的选用，大大增加了本书的历史厚重感。至于本书古朴典雅的装帧设计，同样与扬州园林深厚的文化底蕴相得益彰。当然，本书人文精神的实现，说到底是编著者们自身学养的体现。本书的撰稿者，有的是长期从事园林工作的老同志，但更多的是出生于上世纪七十年代的中年人，他们有一个共同特点，那就是对扬州这座城市充满了感情，更兼平时善于学习，热爱园林工作，所以才能厚积薄发，在不到一年时间内，完成这部皇皇巨著，委实是功在当代，利在千秋之大工程、大业绩。

但也正因为时间仓促，工作量大，书中难免会留下一些缺憾。在我看来，最大的缺憾是对扬州所属县市区园林记述的缺失。因此，我更期待扬州园林修志工作，能以《扬州市园林志》为"领头羊"，引领出各县市区的园林志相继问世，而汇成扬州园林史志之蔚然大观。诚如斯，岂不妙哉！

园林多是宅

——贺《扬州百家新园林》出版

扬州是一座诗词之城，皇皇数万首的《全唐诗》，竟有百分之一的数量与这座城市有关。我们从牙牙学语时代就开始吟诵的那些脍炙人口的诗句，很多都与扬州有关。比如"鹅鹅鹅，曲项向天歌。白毛浮绿水，红掌拨清波"；"床前明月光，疑是地上霜。举头望明月，低头思故乡"；"春眠不觉晓，处处闻啼鸟。夜来风雨声，花落知多少"；"锄禾日当午，汗滴禾下土。谁知盘中餐，粒粒皆辛苦"……这些诗句的作者，或者在扬州生活过，或者来扬州观光过。然而在现存数百首与扬州有关的唐诗中，我以为最能体现唐代扬州城市特征和市井生活情趣的，是晚唐诗人姚合的那一组《扬州春词》，而其中"园林多是宅，车马少于船"，又是最能引发人们向往大唐扬州的清词丽句。如果我们能够"身得彩凤双飞翼"穿越到唐代的扬州去看一看，那是一个洋溢着中国古典意蕴的园林之城，那是一个清流环绕、碧波荡漾的东方水城。这样一个以园林为主的化园城市，直到康乾盛世，依然风华不减。故有清人刘大观之说："杭州以湖山胜，苏州以市肆胜，扬州以园亭胜。"

然而近代以来，扬州城经历了一段痛苦的历史。城市凋敝，园林荒芜。百年扬州，长夜无歌。我经常手捧着扬州老一辈学人朱江先生的《扬州园林品赏录》而陷入沉思。扬州这座历史上数度繁华的都市，何时才能再现辉煌？那曲折幽长的小巷深处，何时才能再现"园林多是宅"的昔日风光？

最近十几年，"忽如一夜春风来"，扬州，这座沉寂了一百多年的千年古城，又掀起了城市园林建设的热潮。今天的扬州城，大大小小的公园已有三百多处，扬州人能够在出门五分钟之后，随意进入一个城市公园。

在此大背景下，更为可喜的是，扬州的私人造园活动也春潮涌动。在古城区，在新城区，在城市郊区，一家家不事张扬却又精美绝伦的私家园林，如雨后春笋般地破土而出。其气象雍容者，有韩园、玉龙花苑、陈园；其小巧精致者，有梅庐、静庐、赏真园、逸庐……

更令人高兴的是，扬州城还出现了这样一个民间组织，这个组织叫"扬州庭院艺术研究会"，其成员大多是具有一定艺术素养的庭院艺术爱好者。

我有幸认识会长徐鹏志先生，徐先生天生是个"文艺范"，原先的本职工作是金融行业，年轻时却对摄影、摄像情有独钟。退休之后，虽然患过重病，并多次进行手术，却醉心于庭院园林艺术，且乐此不疲。他串联起了扬州诸多文友和庭院艺术爱好者，或奔走于政府部门，或联络于民间人士，一直在为振兴扬州的庭院艺术忙碌着。我经常在手机上读到他们生动活泼而饶有趣味的活动，令我在欣赏的同时而生出向往之心。

2019 年国庆前夕，我收到徐鹏志先生的微信，他们要馈赠一本编辑出版的《扬州百家新园林》与我，我欣喜若狂，立刻驱车前往老徐家。翻阅着这本厚重的、凝聚着老徐及其同好们心血的大作，我被深深地感动着。这本书，6 万文字、456 幅图片、35 首诗词、38 幅建筑图纸，200 多人参与编撰及采访，更有数字不小的资金投入……而在这背后，是这位七旬老人——徐鹏志先生奔忙的身影。

感动之余更是激动！我激动于这座城市的人们文化自觉精神。在我看来，扬州新私家园林的崛起，不仅仅是部分园艺爱好者的个体行为，更不是有钱有闲者一时附庸风雅之举，而是这座城市自康乾盛世衰落近二百年之后，城市人文精神的又一次觉醒的标志。虽然扬州曾数度作为国际大都市的风光已一去难返，但历史给了这座城市以深厚的文化积淀，其中私家园林艺术更是皇冠上的明珠。今天，有这些有识之士们先行一步，将自家庭院打造成精致园亭，必有更多人因羡慕、学习，进而身体力行。诚如是，未来的扬州人出则园林，入则庭院，这样的生活将是多么地富有诗意？岂不是唐人姚合笔下"园林多是宅"的风华再现！

《扬州百家新园林》收录了当代扬州人新造的一百多家私家园林，其中有的我曾经欣赏过，甚至我还留有欣赏时的诗文。兹录部分如次，以表达我对《扬州百家新园林》出版的欢喜之心。

其一，《玉龙花苑游记》（节选）：

余尝每叹扬州园林盛于乾嘉而止于民初。即便其后修复者，亦是本着"修旧如旧"之规则，以复旧日之观而已。自晚清民初后，百年沉寂的扬州再无略具规模之私家花园。今得观玉龙花苑，吾释怀矣。扬州私家造园之风，于当今承平之世，终有传人。

于是为玉龙花苑作诗一联二，以志此游：

题玉龙花苑（嵌字）
时令金秋赏玉清，古邗城外听龙吟。
玲珑山石伴花艳，调续乾嘉阆苑新。

联一：胸有丘壑玉山秀；眼无浮云龙淖清。
联二：月满西楼云如水；花盈东阁雨似烟。

其二，访梅庐：

深巷隐梅庐，拳石松竹疏。
朝迎阳旭启，暮看月光浮。
诗赋临窗读，琴弦对酒抚。
一曲广陵散，幽思满绿芜。
（注：乙未仲春，永波同窗来扬，艺友相聚，其乐融融。品淮扬美味，饮沭阳佳酿。又于古城梅庐听马公维衡抚琴，即兴而赋。）

其三，丁酉仲春与友人访逸庐留记：

高人结逸庐，大隐寄明珠。
泉涌千年韵，石藏万卷书。
古藤牵凤盖，新竹出龙图。
云影邀诗酒，幽情在玉壶。

第 三 辑

江 湖 夜 雨 十 年 灯

赋得深情满故乡

中国人民大学原校长纪宝成先生，是中国当代著名的经济学家和教育家。但纪先生对中国传统文化也钟爱有加，他长期为中国优秀传统文化的继承与发展大声疾呼，并力排干扰，在中国人民大学率先设立了国学专业。同时，纪先生身体力行，广泛涉猎中国文化，并且经常作诗填词，以抒情怀。著有个人诗词集多部。作为扬州大学工作人员，我曾在扬州多次接待纪先生，并深得其教诲。纪先生也经常将他的诗词新作通过手机短信发给我。2011 年 8 月 20 日清晨，我收到他发来的新词《念奴娇·梦回扬州》：

> 夜来思远，又幽梦邗上，清明时节。柳绿桃红欺碧水，一棹轻舟怡悦。楼榭亭台，塔桥山石，曲岸玲珑迭。秀城精致，赏心天下奇绝。　自古名胜繁华，文昌业茂，曾九州扬一。不朽运河通五水，多少神州年月！芍药琼花，箫声月色，千古离人别！披衣南眺，倚窗无语凝噎。
>
> （纪先生自注：2011 年 8 月 18 日晨草稿于北京百旺家苑乐斋，8 月 19 日晨定稿于黑龙江兴凯湖饭店。）

此词我诵读再三，深为先生热爱故乡的赤子之情所感动，亦敬佩先生大作构思之精巧，文辞之隽永，故不揣浅陋，特撰此文赏析之。

"夜来思远，又幽梦邗上，清明时节。"词作以"夜来思远"起笔，以"幽梦"入题，思绪直奔邗上"清明时节"，为整个作品定下了婉约风格的基调。邗上，是今扬州城的古称。纪宝成先生是扬州人，他出生在扬州近郊一个普通农民家庭。浩荡的长江与悠悠古运河一同滋润了这片美丽而富饶的沿江平原。就在这片如诗如歌的土地上，纪先生度过了他天真的青少年岁月。但是，他年少丧父，家境贫寒，母亲含辛茹苦、忍辱负重地抚育着他们姐弟俩。1962 年，纪先生在家乡完成了高中学程，以优异成绩考取了北京商学院，毕业后分配到湖北宜昌工作。

1978 年，研究生恢复招生，纪先生又以优异成绩考取了中国人民大学，毕业后留校任教。后来，又分别在商业部、教育部担任过教育行政领导工作。2000 年回到中国人民大学任校长直至逾龄卸任。今天的纪先生已是名满国内的专家学者。但是，几十年的宦游生涯，始终未能减弱他的故乡情怀和思乡情愫。在离开故乡的几十年中，他经常回扬州省亲。我有幸读过纪先生的诗集《岁月诗痕》，粗略统计一下，有关思念故乡和思念故乡亲人的诗有十数首之多！

"烟花三月下扬州"几乎是所有向往扬州人的梦想，纪先生也不例外。作为游子，有莼鲈之思是人之常情，但纪先生也最喜欢在烟花三月的春天回扬州，一来可以回乡祭拜先人，二来更可以领略故乡迷人春色。在《岁月诗痕》中，即有两首记游瘦西湖的诗词。而过去很多年，纪先生欲在清明时节回乡时却往往与公务相冲突，身不由己。作为学者的纪先生由此引发了对一个问题的深层次思考：在我国法定节假日中，长期忽略了清明、端午、中秋等传统节日。他认为这不仅仅是一个休假问题，而是关系到我们以什么样的态度对待中国优秀传统文化的大问题。于是，作为全国人大代表的他，积极提议并广泛呼吁，让中国传统节日成为我国的法定节假日。在他的努力下，2008 年全国人民代表大会终于通过了一项法案，将清明、端午、中秋、春节列为国家的法定假日。故而，纪校长对清明时节，对清明时节回扬州便又多了一份特别的情感。

2008 年的清明节，是我国将传统节日列入法定节假日的第一个清明节，纪先生怀着格外愉悦的心情回到了扬州，出现在如诗如画、游人如织的瘦西湖中，这一次清明节他曾兴而赋诗：

> 草色青青柳线长，清明时节好还乡。
>
> 从容淡定炎黄祭，都说今年胜往常。

"柳绿桃红欺碧水，一棹轻舟怡悦。"扬州之美，美在碧水，美在水边的杨柳与桃花。从唐代文人到当代墨客，留下了许多脍炙人口的好词佳作，如李白的"烟花三月下扬州"，清代费轩的"杨柳绿齐三尺雨，樱桃红破一声箫"。纪先生之

"柳绿桃红欺碧水，一棹轻舟怡悦"，与前人之名句当有异曲同工之妙。

"楼榭亭台，塔桥山石，曲岸玲珑迭。"扬州之美，美在以瘦西湖为代表的园林艺术。瘦西湖自清代康熙年间成为冶游之所以来，一直是文人墨客的雅集之地。清代有人评说："杭州以湖山胜，苏州以市肆胜，扬州以园亭胜，三者鼎峙，不分轩轾。"扬州园林艺术最大特色在于"虽然人工，宛若天成"。扬州没有山，但用石头堆砌假山的艺术在国内堪称一流，在国际上也很有影响。1991年5月，纪先生曾赋《七律·扬州个园》：

> 个园个性个中魁，慧眼奇思妙境开。
>
> 石笋尖尖春意漾，池山透透夏凉来。
>
> 秋光浓烈黄岩染，冬景依稀白石胎。
>
> 四季风光皆石就，精工巧配等闲材。

故而纪先生在此阕词作中将扬州的楼榭亭台、塔桥山石等作为吟咏的对象也就更为顺理成章了。

"秀城精致，赏心天下奇绝。"扬州之美，美在灵秀，美在精致。近年来，扬州市政府明确提出了建设"三个扬州"的口号，即"精致扬州、幸福扬州、创新扬州"。纪先生作为一名有着强烈故乡情结的学者，在词的上阕结尾处用"秀城精致，赏心天下奇绝"来收笔，既是对家乡风物满怀激情的赞美，同时也是极富时代气息的诗人情怀表达。

如果说词的上阕，作者以特写式的镜头聚焦于"清明时节"，用浓墨重彩的笔调讴歌了扬州"天下奇绝"的醉人春色，读来给人以满目灿烂之美；那么词的下阕，作者则将思路一转，以厚重的笔墨、宽广的镜头，为我们展示了一幅"人文扬州"的宏大历史画卷。

"自古名胜繁华，文昌业茂，曾九州扬一。不朽运河通五水，多少神州年月！"扬州自开埠以来，就成为古代中国极其重要的交通要冲和漕运集散中心。汉代的广陵，已为全国知名的名埠大镇；唐代的扬州则成为天下第一繁华都市，历史上有"扬一益二"之说；康乾盛世时再度以经济与文化重镇蜚声中外。在数度繁华的城市历史中，这里文化昌盛、百业兴旺。在以农耕文化为主体的中国社会历史中，这里却数度创造了城市文化的灿烂与辉煌。而追根溯源，扬州的兴衰与一条河有着密切的关联，这就是贯穿中国南北五大水系（钱塘江、长江、黄河、淮河、海河）的京杭大运河。大运河不仅是我国交通运输和水利方面的重要生命线，更重要的是它在融合中华民族，融汇中华文化的过程中起到了极其重要的作用！而扬州正处于沟通南北的大运河与横贯东西的长江交汇之处，作为历史上的中心城市，作为东南沿海的经济文化重镇，在运河的功能发挥上，则起到至关重要的作用。因而，纪先生在热情赞颂了"自古名胜繁华，文昌业茂，曾九州扬一"之后，又无限深情地发出"不朽运河通五水，多少神州年月"之感叹！

"芍药琼花，箫声月色，千古离人别！"芍药、琼花都是扬州的市花。前者曾在历史上有与洛阳牡丹齐名的美誉，所谓"广陵芍药、洛阳牡丹"。宋代"四相簪花"的故事，是扬州历史上流传了千年的美谈。琼花则是扬州历史上传说的一种"仙花"。史书记载其"硕大无比，洁白无瑕，海内无双"。宋代文豪欧阳修任扬州太守时曾为琼花建"无双亭"，并有诗赞曰："琼花芍药世无伦，偶不题诗便怨人。曾向无双亭下醉，自知不负广陵春。"芍药、琼花以花卉的身份，成了扬州文化的重要象征物。

唐代徐凝有诗云："天下三分明月夜，二分无赖是扬州。"美丽的扬州夜色曾引起了多少文人骚客的无限神往和深情讴歌。其中最有代表性的则是杜牧笔下的《寄扬州绰判官》："青山隐隐水迢迢，秋尽江南草未凋。二十四桥明月夜，玉人何处教吹箫。"从此，箫声月色便成为扬州夜色之美的两个最重要的因素，也成为扬州游子思乡思亲时挥之难去的情感寄托。瘦西湖有联云："胜地踞淮南，看云影当空，与水平分秋一色；扁舟过桥下，问箫声何处，有人吹到月三更。"如此唯美之景、幽雅之境，谁不愿亲临亲赏？但游子在外，奔波在途，又常常是身不由己，只能在他乡的朦胧月色中，遥闻着故乡的隐隐箫声，只能在异地厚重的夜幕下，渴求温一温那甜美的扬州梦。"千古离人别"，别后情更浓啊！

"披衣南眺，倚窗无语凝噎。"在上阕浓墨重彩的特写转入了下阕穿越历史时空的沉思之后，作者将笔触轻轻一收，由悠远的遐思中回到了眼前的现实。此时作者正在遥远的北国，但思绪中的故乡故土亲情挥之不去，拂了还来。他只能打开那扇门窗面南眺望。然而眼前是望不尽的天涯之路，"平芜尽处是春山，行人更在春山外"。此时，作者将对故乡的思念之情、对故土的眷恋之情、对家乡的赞美热爱之情，化作一句听似无声，却惊如霹雳，看似轻言慢语，却又力透纸背的结语："倚窗无语凝噎。"

此刻，我猜想作者的心情只有唐人高适那首《除夜作》可堪比拟："旅馆寒灯独不眠，客心何事转凄然？故乡今夜思千里，霜鬓明朝又一年。"

作为知名高校的领导和著名的专家学者，纪先生给人们留下的总体人格风范，是"执铁板铜琶，唱大江东去"的豪放型性格，其诗词作品亦大多写得雄奇奔放，恣肆淋漓。但纵览先生有关思乡题材的诗文作品，则多以阴柔含蓄，深婉隐微风格为主，此词尤甚。我们注意到，纪先生这首词的写作时间是八月十八日，此时乃是辛卯年立秋后的第十天。定稿的地点又是在遥远的东北兴凯湖畔。正所谓"多情自古伤离别，更那堪，冷落清秋节"！

我为祖国献石油

五月扬州，捺山那园，苍翠欲滴，万物生机。又是一年蔷薇盛开的季节，我陪同著名歌唱家刘秉义先生第四次来到那园赏花。

"那一山人"李国庆早早迎候在山庄门口，他身后还站着一群身着红色工作服的年轻人，他们是来自华东石油工程公司钻井队的"90后"——我策划的"刘秉义歌迷见面会"就此拉开了帷幕。

虽然《我为祖国献石油》这首歌已经唱过了半个世纪，但这首歌从未过时，而且常唱常新，直到今天，它仍然是石油工人们为之感到自豪的精神源泉。因此，这批"90后"新石油人见到了刘秉义老师十分激动，他们簇拥着刘老师，刘老师拉着他们的手漫步在那园的林荫道上。

走到园子的深处，动人的一幕出现了，在今天那园的游客中，有一批"老石油"，年龄最长的88岁，有的来自青海油田，有的来自新疆油田。尤其是来自大庆的那位老工人，让刘老师更加激动，因为《我为祖国献石油》这首歌，就诞生在大庆油田。此刻，刘老师的思绪也穿越到五十年前……

1964年3月中旬，沈阳音乐学院青年教师秦咏诚接到一个任务，陪同时任该院院长的著名作曲家李劫夫去进行一次"特殊采风"。虽然当时秦咏诚正在发高烧，已经卧床三天了。但听说出差去深入生活，秦咏诚二话不说，便与李劫夫登上了北去的火车。在火车上，他好奇地问李劫夫："我们去什么地方？"李劫夫悄悄地告诉他："萨尔图，是个大油田，叫大庆油田，现在还保密呢！"一晚上秦咏诚都在想，这个神秘的地方到底是什么样。

到了大庆，秦咏诚才知道，这是中央组织的一次全国文艺家集体赴大庆的采风活动。从到大庆的第二天开始，他们每天上午听大课，了解石油知识，从勘探、钻井到采油、炼油，一天一个内容。整整十天之后，大庆党委安排艺术家们下基层体验生活。巧了，秦咏诚被安排在 1205 钻井队，也就是铁人王进喜为队长的钻井队。为开发大庆油田，在极其困难的条件下，是这个井队打出了第一口油井。

秦咏诚在钻井队待了三天，满怀着对石油工人的崇敬之情回到了招待所。秦咏诚回想着井场见到的一幕幕，心情久久不能平静：简陋的设备设施、恶劣的气候条件、艰苦的工作环境……但工地上，井架旁，到处洋溢着高昂的情绪、冲天的干劲，一切"不可能"，在这里都成为可能！石油工人离乡背井，就是为了给新中国创造一个传奇，创造一个属于我们自己的石油王国。

第二天，大庆党委宣传部拿来一摞歌词，这些歌词都是石油工人们自己创作的。官方希望，经过体验生活的作曲家们能为石油工人的歌词谱曲。在一大摞的歌词中，秦咏诚看到了石油工人薛柱国写的《我为祖国献石油》，越看越喜欢，脑海里浮现出"铁人"井队从玉门慷慨北上的情景，这首歌词，正是对这些可爱的石油工人优秀品德和精神的诠释，他们离妻别子，转战南北，不就是为了祖国的石油事业吗？不就是能为祖国献出他们自己开采出来的石油吗？歌曲应是列车奔驰、勇往直前的快速节奏，旋律应是石油工人豪迈、有力的昂扬情绪。秦咏诚越想越激动，若干个音符已经在脑海里跳动，整个曲谱呼之欲出！他赶紧找了个地方把灵感写出来，这天下午，在招待所的饭堂里，仅用了 20 分钟就把这首歌的曲子谱成了。

1964 年，刘秉义还是中央音乐学院声乐系的青年教师。一天，他在中国音乐家协会主编的《歌曲》杂志上发现了《我为祖国献石油》这首歌。便试着唱了一下，感觉无论歌词还是曲调都有一种昂扬向上的力量，刘秉义喜欢上了这首歌。

当时正好有一个演出任务，刘秉义便邀请了学校管弦系的一位老师用手风琴伴奏，第一次演唱了《我为祖国献石油》。回想起当时的情景，刘秉义依然历历在目："让我没想到的是，从开始唱一直到结束，观众一直在鼓掌，不停地鼓掌。这种热烈的效果，之前我在各种场合、唱各种歌曲时都没有发生过。"

从 1964 年到现在，半个多世纪过去了，这首歌刘秉义老师不知演唱了多少次，不论在何种场合，只要一开始唱，观众从来都是自始至终全程鼓掌。刘秉义先生却诚恳地说："这首歌之所以有这样的效果，是当时曲作者秦咏诚在大庆油田王进喜的钻井队深入生活，石油工人那种为了祖国石油工业发展舍生忘死的精神鼓舞着他，他想到以王进喜为代表的石油大军，火车载着他们从全国各地聚集到大庆。他的心中回荡着车轮滚滚的节奏。正是这个节奏和这个节奏中蕴含的精神，奏进了人们的心坎里。"什么是大家风范？刘老师就是！

转眼半个世纪过去了。今天，这些老石油人紧紧握着刘老师的手，还是激动不已。当年，他们唱着歌，豪迈地"头戴铝盔走天涯"。"天不怕，地不怕，头顶天山鹅毛雪，面对戈壁大风沙"，将青春年华献给了祖国的石油事业，为我们国家甩掉贫油的帽子做出了不可磨灭的贡献。如今，他们虽已年届耄耋，但一个个精神矍铄，正如刘老师唱的另一首著名歌曲《革命人永远是年轻》。刘秉义老师与老少石油人热情相拥，促膝交谈，仿佛与家人团聚似的。这时，一个年轻人给刘老师送上了一套石油工人的工作服，刘老师更开心了，立即就穿在身上，不大不小正合身。在大家的邀请下，刘秉义老师健步走上那园的露天舞台，与老少石油人一起唱起了那首不朽的经典《我为祖国献石油》。铿锵的歌词，雄壮的旋律，从一个85岁高龄的老人口中唱出，依然那么刚劲有力，那么震撼人心。我注意到，在刘老师唱歌的过程中，台下有很多人已热泪盈眶……

听说有此项活动，新闻记者们闻讯赶来，面对着记者的采访，刘秉义先生动情地说：我虽然不是石油工人，但是石油工人影响了我的一生，因为我在歌颂石油工人的过程中，同时看到了石油工人为祖国的建设与发展而吃苦耐劳的精神和天不怕地不怕的勇气；我为他们这个英雄群体而深受感动。就像歌词中所写的，"我当个石油工人多荣耀"，他们那一身红色的工作服就是一片红色的旗帜。

为了让刘秉义老师了解现在石油工人的工作情况，年轻的石油人还专门为他准备一段视频，刘老师观看之后感慨万千。他在给年轻人的留言中写道：

祝愿年轻的一代石油工人再为祖国献石油。

在那园的蔷薇花下，大家争相与刘老师合影留念。刘老师和石油工人们的脸上都洋溢着幸福的笑容，于是我又想到了《我为祖国献石油》的最后一句歌词："石油滚滚流，我的心里乐开了花！"

韦师领我读扬州

三十年前，我在扬州师范学院求学，美丽的瘦西湖成了我读书的后花园。每日晨曦初现，垂柳滴露之时，我和小伙伴们一起手捧着唐诗、宋词、《古文观止》等，来到瘦西湖公园中，在美景中赏读美文，实在是一种绝妙的享受。

大学毕业时，我本是一心想去做教学工作的，可不料我竟被分配到了江苏商业专科学校校长办公室工作。校办工作，千头万绪，其中有一项重要内容是接待。举凡领导视察、学术交流等活动，往往都涉及接待工作，而扬州又是历史文化名城，于是，陪同客人游览扬州的风景名胜，便成了我经常性的工作之一，我成了瘦西湖、大明寺、个园、何园等景点的常客。

去的次数多了，我发现，景区导游对扬州文化的解说太浅显，甚至还存在许多常识性的错误。对此，作为中文系毕业的我，竟有些"是可忍，孰不可忍"。

于是，我便决定找一些扬州文史方面的书来研读，并尝试着对景区进行讲解。最初找了几本导游词一类的书，依然觉得太浅显，对扬州文化的介绍不够系统，更遑谈理论深度。直到有一天，我读到了一本叫作《扬州文化谈片》的书，才真正引起了我对扬州博大精深之历史文化的浓厚兴趣，而该书的作者，便是著名学者韦明铧先生。

我将这本书一口气反复读了多遍，并且做了详细的读书笔记。该书对扬州文化虽然只是"谈片"，但每一个"片"都谈得非常系统，有对历史事实的陈述与考证，也有对历史文化现象深入细致的辨析，更有作者自己鲜明的观点和独到之见解。且语言轻松活泼，可读性强，确实是一本既具有斐然文采，又特别接地气的扬州文化入门读本。

此时的我并不认识韦先生，但读着他的书，渐渐地，韦先生竟成了我心中的"老熟人"。此后，但凡去书店，一定停留在"扬州文化专柜"上去寻找他的书。

如先生之《两淮盐商》《绿杨梦访》《扬州瘦马》《二十四桥明月夜》《风雨豪门》《风流扬州》《扬州掌故》《瘦西湖》《个园》等大作，都一一进入了我的书橱。阅读《扬州日报》《扬州晚报》等地方性报刊时，凡是看到韦先生的文章，我总是把它剪下来，重要内容，将其抄录在日记中。如此日积月累，我成了韦先生的忠实粉丝，只是，韦先生却不知有一位后学在默默追随他！

直到十年前，我调到扬州大学艺术学院工作。艺术学院有音乐、美术、设计等多种专业及专业方向。我却发现，学院的教学、科研等工作，与社会严重脱节，尤其是与扬州本土的文化艺术实践严重脱节。我和我的同人们决定改变这一状况，于是，学院对外聘请了一批兼职教授，韦明铧先生当然名列其中。而后又相继成立了"扬州大学青花瓷艺术研究所""扬州大学民族民间音乐研究所""扬州大学八怪研究所""扬州大学漆艺研究所"等一批与扬州地方文化艺术紧密结合的科研机构。因为韦先生的学术成就，他便成了我们艺术学院的常客与座上宾，于是我们俩也就开始真正熟识起来。

初识韦先生，应该是在学校组织的有关活动上。其时印象虽已模糊，但前日读到鲁晓南先生之文，称韦先生："长得至为亲切，秀发覆额，双眼皮，白净脸，目光澄澈而面容温润，眉眼嘴角常带笑意，是易招女人欢心的那种……"对对对，就这感觉，哈哈！

有了接触，就有了相知。

韦先生出生于扬州世家，可谓满堂儒风，一门书香。深厚的家学渊源，养成了韦先生勤奋而严谨的治学精神。他早先学习的并非文史专业，而且又不在扬州工作，但由于其醉心于扬州文化及浓厚的故土情怀，他义无反顾地从省城调回扬州，一头扎进了寂寞的书斋里，遨游在浩瀚的扬州文化海洋中，孜孜不倦地在扬州文史园地上辛勤耕耘。半个世纪的沧桑岁月，化作了著述等身的翰墨飘香。

如今我常常对别人说，我是读着韦老师的书认识扬州、了解扬州、热爱扬州并且宣传扬州的，我是一个扬州文化的"布道人"。我也常常对韦老师说，扬州文化，如一座蕴藏丰富的矿区，而在这个矿区中，他是奋战在一线的"掘进工"，而我则是一名"搬运工"。我在给学生讲授中国文化史的时候，将韦先生的研究成果，写进了我的教案，融入了我的课堂。

扬州建城 2500 周年前后，我应邀给扬州各界做了上百场次关于扬州文化的讲座，其中，我讲授的内容和素材大部分来自韦先生的著作。我出版的第一本散文集《烟花三月下扬州》，书中同样汲取了韦先生的许多研究成果与学术见解。有时候我写作关于扬州文化的文章，碰到资料上的困难，一个电话向韦老师求教，他定能准确地告诉我，可以到哪个图书馆，哪本书里边去找。

于是，想起了平山堂上的一段故事。

欧阳修离开扬州九年之后，名臣刘敞知扬州。刘敞是著名的经学家、史学家、文学家，学问渊博。作为翰林学士的欧阳修每有疑问，便写成书信派人向刘敞求教，刘敞当即挥笔作答。欧阳修在《集贤院学士刘公墓志铭》中称刘敞"于学博，自《六经》、百氏、古今传记，下至天文、地理、卜医、数术、浮图、老庄之说，无所不通"。因此，刘敞被北宋同僚们称之为"活字典"式的人物。且"日试万言，倚马可待"，故而欧阳修才尊称他为"文章太守"。

今天的扬州，有一批从事文史研究的专家学人。但如果有人问我，谁是当今扬州文化的"活字典"与标志性人物。我以为，那只能非韦明铧先生莫属。只不过，韦先生始终是一介布衣，未登"文章太守"之位，但称他为扬州文化界的"文章泰斗"，乃属当之无愧！

2017年入秋时节，包括韦老师在内的几位文友，在近郊搞了一次秋游雅集。这次活动中，韦老师赠给我一本他的新书——《风从四方来》，是讲述扬州对外交往史的大作。午餐时分，众文友兴致盎然，击箸而歌，其乐融融。韦老师一曲《板桥道情》，声情并茂，沉郁婉转。

游罢归来，我一口气读完了韦老师新著。如果说当初那本《扬州文化谈片》将我领进了扬州历史文化的大观园，那么，这本《风从四方来》则又以更丰富的内涵、更广阔的视野将我引向了扬州文化的诗与远方……

我说傅明鉴

认识傅明鉴先生，是我在扬州大学校长办公室工作的时候。那时常有兄弟院校的领导和专家来学校交流，作为高校，把扬州文化特色介绍给客人，这是我接待工作中的一个重要内容。而扬州是琴筝之乡，老傅又是古筝专家，所以，有时少不了请他出山。

与老傅真正熟悉，是在2005年春天，我调到艺术学院工作之后。为了尽快了解学院情况，我先找一些教师谈话，老傅是我约谈的第一个人。为什么第一个约他？因为艺术学院的人都称他"老杆子"，"擒贼先擒王"，我得先搞定他！果然，那天谈得很愉快，老傅对学院管理的看法、对艺术的理解，都给我扫了盲。最后，归结到一个核心问题，老傅提出了"凝聚人心"四个字。可以说，我到艺术学院工作的思路，第一时间是老傅让我脑洞大开的。

转眼就是暑假，为了凝聚人心，学院决定组织一次集体旅游，赴甘肃、新疆采风。教师们一闻此讯，无不欢欣鼓舞。8月上旬成行，而此时兼任学院工会主席的傅明鉴，正患带状疱疹，他如提出请假，那是天经地义。但是为了组织好这次教职工采风之旅，他硬是带病参加了，十二天的行程，他忍着病痛坚持下来。事隔十多年，至今艺术学院的同人们谈起此次旅行，仍然充满着美好的回忆。

为了重塑艺术学院在全校师生员工心目中的形象，2006年下半年，我们排练了一台合唱节目，作为扬州大学迎新年音乐会。而这台节目的开篇，就是由老傅亲自编排和指挥的两首曲子。舞台上帷幕才拉开，全场观众就震惊了，没想到艺术学院以往给人一盘散沙的形象，站到舞台上是那么地整齐，那么地抢人眼球，居然还能组织这样一台精美的合唱节目！这台音乐会彻底改变了艺术学院在扬大人心目中的散漫形象，看完音乐会，大家无不交口称赞。而我对老傅也有了新的认识，他不仅在古筝上有很高的造诣，而且，在大型演出的组织指挥上也极有才能。后来，扬州大学105周年和110周年两次校庆大型演出，舞台总监都由老傅担纲，而且演出效果好评如潮。此后我们还应国家汉语办公室之邀，多次出国演出，老傅是当然的"台柱子"。他编排的融古筝、竹笛、书法、舞蹈于一体的《出水莲》大放异彩，曾在中央电视台音乐频道播出。

不久，傅明鉴拿出了一叠书稿放在我面前，这本书叫《唐筝逸韵》。写这本书的缘起是因为他在访问日本的过程中发现，日本人有一种叫作"KOTO"的古筝，被普遍叫作日本筝。老傅经过认真考证，确定了日本的"KOTO"或者叫日本筝，其实就是中国唐代的古筝，简称唐筝，是唐代由中国传到日本去的。傅先生用大量的史料，论证了唐筝的来龙去脉，并且亲自制作复原了一张唐筝，此后还举办了唐筝培训班。不仅从理论上还原了唐筝的本来面目，而且在实践上进行了推广，因此，傅明鉴先生在这个课题上，堪称中国古筝界里程碑式的人物。

2009年，音乐系原主任辞职了，谁能将音乐系这个摊子撑起来呢？这个难题摆到了我面前，我想到了傅明鉴，因为只有他的学识与组织才干，方可与几位教授沟通，同时他与青年教师的关系也很好。于是我请老傅出山，担任音乐系主任。老傅家在南京，扬州、南京两头奔波成了他生活的常态。但是，老傅还是顾全大局，服从了组织决定，担起了系主任的重任。系主任这活儿，是标准的吃力不讨好差事，但老傅任职期间尽心尽力，认真负责，努力为师生员工服务。记得当时负责教学的副院长在院办公会上说过这样的话："如果所有系主任都像傅老师这样，我的工作就轻松了。"

傅明鉴先生豁达大度，为人宽厚。古筝厂家有什么技术难题，请他去指导，他从不推辞，也从不谈报酬，所以他在扬州古筝界的人缘极好。同时他从不与人争名利，如今，在江苏古筝界，傅明鉴的许多徒子徒孙都成了非遗传承人，而傅明鉴却不是。傅明鉴只是扬州大学唯一登过中国音乐学院、西安音乐学院、四川音乐学院、厦门大学等著名学府讲学的教授，是《唐筝逸韵》等专著的著述人，是几十首古筝曲的作曲者，是对学生有慈父般关爱的好教师，是古筝厂家碰到生产中疑难杂症就立即会想到的技术权威……

老傅幽默风趣，为人豪爽。爱好广泛，才华横溢。就古筝专业而言，他是集古筝制作、演奏、教学、科研、作曲以及营销等诸多特长于一身的专家。其对诸如书法、绘画、诗词乃至佛禅、茶道、香道等都有较高造诣，是中国古筝界难得的全才与奇才。

近前，老傅退休了。但他致力于传承并积极推广中国古筝文化艺术的热情丝毫没减退，大江南北、国内国外，到处留下了他优美的琴声和演讲风采。"傅明鉴古筝作品音乐会"巡回演出一场接一场，所到之处，场场爆满！

为了弘扬中国传统文化，傅明鉴先生组建了中国东方艺术研究会。研究的内容广泛，涉及中国文化的琴棋书画诗酒花茶等诸多雅事。虽然是民间组织，但办得很正规，活动很正常，编了一本《东方艺术研究会》会刊，居然发行到5000份，自媒体传播更是常常爆屏！

艺术家是人类文化的代表，要承担更多的人类职责、国家职责和社会责任，应该更多地去关注人类发展中的得与失，关注变迁中的利与弊，有一颗对外界敏感的心，这其中包括政治、经济、伦理、道德、生态、自然环境，而且要通过艺术的语言表达自己的认识和感觉。在今天人们疯狂追求物欲和情欲的年代，在自然生态、精神生态双重危机的态势下，艺术家更要勇敢地关注并表现现实生活中的另一面，那一面有普通群众，有道德、良知和价值；有对生命的敬畏和对自然万物的尊重。

傅明鉴正是在这条路上的前行者。

大道正行意标新

徐正标，字一之，中国古代文学硕士，文艺学博士生，中国书法家协会会员，扬州大学书画协会会长、扬州大学书法研究所负责人、扬州大学美术与设计学院硕士生导师，全国第八届书法篆刻展 36 名行书获奖者之一。2009 年，作为中国书协代表团成员访日。作品先后在由中国文联、中书协等主办的第八、第十届全国书法篆刻大展，第七、第八届全国书法中青展，中国二十世纪书法大展，千年书法大展，纪念改革开放二十周年全国美术、书法、摄影艺术大展，当代书坛名家系统工程·全国千人千作展，当代书坛名家系统工程·五百人书法精品展，第四届全国书法百家精品展，第 20 届中日自作诗书交流大展，纪念中国书法家协会成立 30 周年——中国书法家协会会员优秀作品展等国家级重大展览中入选、获奖。

徐正标是我的同事，也是我的系友、诗友。给我的印象，他总是从容淡定，总是充满自信，肩上总背着被我戏称为"诗酒行囊"的那只帆布包。

正标生在苏北，新沂河与潮河在他的家边交汇，清澈的河水滋养了他的艺术灵性，从小无师自通地痴迷上书法艺术，早年求学于江苏水利专科学校，因成绩优异而留校工作。为了提升自身文化修养，他又利用业余时间到扬州师范学院去读中文，从专科到本科再到研究生，直到现在，他还是扬州大学文学院文艺学的在读博士。

"问渠那得清如许，为有源头活水来。"矢志不渝的求学精神，使其人文素养不断提升，文化积淀日益深厚。他书法功底沉厚、内敛张扬、沉郁迭宕、取势得意。尤其是他的大字草书，笔墨飞扬灵动，章法气象万千，呈现出卓尔不群、超然高迈的美学情趣。今天的徐正标，不仅在书法创作上成就斐然，而且在文学、美学、文艺学等方面有着坚实的理论基础。他对书法史、书法技法等有着独到的理论见解。目前，他正对中国书法艺术的本体问题，进行着深入系统的探索与研究。同时，正标还擅长赋诗填词作楹联，他的很多书法作品，书写的就是他自己的诗词、联语。我俩常有唱和，由此，我们又多了一层关系——诗友。

"书法是我生命的全部。"正标说。是的，正标对书法艺术的执着与痴迷精神令我由衷敬佩。一次偶访他家，才进门，我便愣住了：在一幢上了"年纪"的旧楼里，小小两居室，陈设极简。不到十平方米的客厅中，用于写字的毛毡台竟占去了半壁江山，而用于吃饭的餐桌，仅仅是一张不足一米见方的木板桌。我甚为感慨，在当今广厦千万间的都市里，很多人都已改善了住房条件，而这个名满扬城的大书法家，竟然还蜗居在如此简陋的寒舍中。但也正是在此刻，我才真正理解了正标"书法是我生命的全部"这句话的真正内涵。正标先生心无旁骛地追求书法艺术，对自己的生活要求极其简单。然而你从他那博古通今的学养、仙风道骨的气质、气象磅礴的书风、挥洒自如的球艺中，却丝毫感觉不出一点点寒酸之气，他身上透出的总是一派大家风范与名师风采。

正标是一位书法事业的虔诚布道者。在扬州大学，他不但为艺术学院本科生开设书法课，还为全校学生开设书法公选课。他还是扬州大学研究生教育书法方向的第一个硕士生导师；筹建成立了扬州的第一个书法研究所。他是扬州城众多书法爱好者的良师益友。

正标还是一位书法活动的积极组织者与推动者。很早就多次组织过江苏省水利系统的书法展。以他为核心的"扬州七子"，是七位扬州中书协会员自发组合而成的书法群体。从自愿结合以来，就体现了积极的担当意识，经常组织一些重量级的书法活动。先后与青海省、长春市、宣城市、汕头市以及中国台湾书法界等进行过交流展。其影响所及，远出扬州。他担任扬州大学书画协会会长后，将师生员工的书画创作展示活动搞得风生水起；他担任负责人的扬州大学书法研究所，成立不久，便举办了两岸书法交流展、广陵春扬州大学书法大展等高层次、有影响的活动，惠及甚广，好评如潮。

正标还是一位古道热肠的书法家。从扬大校园，到扬州各县市区乃至全国，举凡有涉及书法的公益活动，如送文化下乡、艺术进社区、作品义卖、春节写春联、扶贫济困等，都能见到他义务书写的身影。

2016年10月，我与扬州七子同往汕头交流。才下飞机，徐正标就着急地辨认方向，这可能与他原来所学气象学有关——看天气首先要辨别风向。其实，一个人不仅是对自然界的方向要时刻把握清楚，对人生的走向也应该时刻把握清楚的，正所谓"失之毫厘，谬以千里"。什么时候该往哪儿走，该干什么事，都很清醒的人，就会生活得有方向、有目标，人生就会少走弯路，或许就能成就大事业。现在我懂了，正标之所以能成为书法名家，与他自己有明确的人生追求有关，更与他能够善于适时调整心理状态和生活状态有关。生活中的小细节，往往能折射出一个人的人生大境界。

近日，我又欣闻：正标成为扬州市首届政府文艺奖之书法奖的唯一获奖者。作为同事、朋友真为他高兴。正标无愧于"扬州七子"的"领头羊"，无愧于当今扬州书法界的领军人物。在此，我赋诗一首聊作贺礼吧：

道骨仙风博士袍，一囊诗酒自逍遥。

诗承李杜行行正，书出王颜字字标。

同事袁野

　　袁野，原来的名字叫袁爱红，不知什么时候改成了袁野。嫌爱红这个名字俗了，可以理解的。但一个女孩子家，取名用个什么华啊、萍啊不挺好？偏用个野字，可见是一个很有个性的人。确实，袁野不仅有个性，而且很有才气。生于教师之家，从小喜欢唱歌，陪同学去考剧团，老师却看中了她。考入扬州京剧团，攻花旦，是扬州京剧团最后一批学员，师从著名京剧演员陈正薇，演了不少梅派戏。正当青春年华好风采之时，改革开放了，把一切都推给了市场。京剧团很快偃旗息鼓，团员们作鸟兽散，各自重找饭碗。好在袁野那时还年轻，一鼓气，考上了南京艺术学院，后又继承了父亲的衣钵，分配到原江苏水利专科学校，当了一名音乐教师。再后来扬大合并办学，她并到了艺术学院。2006年我调入该院，于是我们成了同事。

　　袁野性格爽朗，说话的风格是"巷子里面扛木头——直来直去"。而且往往用的是花旦腔，尖尖的，有时候甚至觉得有点刺耳，但细细品味她的话，大多有道理。虽然是一介普通员工，却很关心学院事业的发展，举凡公共课、公益排练、到基层演出、学校重大活动，等等，总少不了她的身影。

　　袁野虽是半老徐娘了，但依然保持着花旦演员的苗条身材。改教民族声乐，却总是惦记着她的老行当——京戏。一有机会，就粉墨登场。特别是扬州大学110周年校庆演出，她的京剧彩唱《贵妃醉酒》赢得了满堂喝彩。此后，还在扬州音乐厅先后举办了八七版《红楼梦》歌曲和《梨花颂》京剧专场演唱会。那一场京剧演唱会，从古装戏唱到现代戏。年过半百，又不常练功，还能做到字正腔圆。特别是最后几段《智取威虎山》中小常宝那段"只盼着深山出太阳"，《红灯记》中铁梅的"打不尽豺狼决不下战场"最后的高音部分，我真替她捏了一把汗呢。但她居然平稳地唱上去了，可见当初入行时，真是下了一番苦功夫。她平时喜欢唱京歌《咏梅》，每次听，我总是想到那两句古诗："宝剑锋从磨砺出，梅花香自苦寒来。"

袁野的先生是干部，还蛮大的一个干部呢！但她似乎从不当回事。在她身上一点看不出那种官太太的做派。平时着装很随兴，一副家庭妇女的模样，有时甚至像个农村妇女的打扮。她虽生于城市，但似乎特别有农民情结。喜欢种菜，学校琴房的院子里比较荒芜，她居然刨出一块地来，种起了蔬菜，还常常分给你一份，他一份。我也吃过她的大冬瓜呢。

袁野身材虽好，但平时走路总是拖拉机似的，慢腰没劲的。可那一双眼睛始终灵动有神，似会说话。等她做起事来，又是风风火火，干一样是一样，做一样成一样。作为女人，不矫情，不做作。再大的领导，她都会直呼其名。学院开会，我在台上讲话，我的普通话不准，她会当场纠正……

艺高为师，身正为范。袁野的师德师风好，这是有口皆碑的。音乐家们很活跃，常常"疯过头"。她却始终能闹中取静，淡定处之，最多乘兴一笑而已。笑起来的时候，脸上大括号、小括号一道又一道，眼角的鱼尾纹也纠起来了。她有率真中的平和，急智中的缓慢，尖刻中的温柔，所以人缘极好。年纪比她小的教师，姐姐长姐姐短的，叫得特别亲热。学生呢，就直接叫她"袁奶奶"了。有时甚至省掉了袁字，喊"奶奶"。她在学生心目中，已超越了师生关系，而是亲人般的情感了，而这才是做教师的最高境界。

最近，袁野喜欢写点文字发在微信上。真是没想到，她的文笔原来如此之好。学院组织的几次旅游，她把游记写得生动有趣。有的事都过去十多年了，那些陈芝麻烂谷子，在她的笔下，粒粒新鲜，颗颗饱满。最近她写了一篇关于我的文字。短短千把字，很准确地写出了我的个性和行事风格。而且语言俏皮，饱含真情。发到微信圈里，一片赞扬声。

我这篇小文章，没有跟她打擂台的意味哦，更不是相互吹捧。只是觉得她确实是一个好人，好朋友，她写了我，我也写写她。或许这也可以称之为"以文会友"吧。

附：袁野散文《华爹》

华爹，微胖，大腹便便，走路冲冲的不太稳当，喜穿圆口黑布鞋赶脚，头发不搽油如同搽了二两油，两眼微突，炯炯有神，喜欢笑，狂野的笑，爽朗的笑兼而有之。刚到艺术学院便急忙忙召开全体教职工大会——就职演说，我记忆力不好，只记住了一句话："我会关心每一个教职工，一视同仁。"当官的容易发豪言，现实中能兑现不容易，我替他捏了把汗。

2006年，正是我带的音乐02班快毕业了，毕业晚会的串词，华爹欣然受命，又帮我们班邀请了校长。大热天，我正在台前忙着，忽见华爹三步并作两步向大礼堂前门冲去，我的眼睛顺着他的背影瞧过去，原来是大校长到了，我心里窃笑，到底是校办主任出身，这眼力劲儿，这风风火火的作风，这马腿儿拍的！可是，等这位校长退休了，华爹依旧热情不减。我对他刮目相看了，如今世风日下，有几个中层领导对退了的人热乎如旧呢？那些点头哈腰献媚取宠的人，也是变脸最快的人。所谓人走茶凉已经是不争的事实，可是老华对他的前任许晨友老书记真诚相待，大家有目共睹。人在做天在看，细节决定人品，关于雪中送炭、锦上添花的捧场助威，华爹真是没少做。

每年外省招生，各路人马褒贬不一，华爹总是善解人意，亲力亲为。有一年，早晨六点从扬州出发，司机开了导航"吭哧吭哧"摇到长沙，已是晚上七点，在一座高架桥上迷路了，导航"向左三百米到达目的地"，司机向左三百米未果。导航又命令"向右三百米到达目的地"，公鸡娶马妈——兜起了圈子。华爹大吼一声："停车，让我下车！"大步奔下车，惊呆了的司机不知所措，华爹拦下一辆出租车，命令呆头司机："导航关了，跟我走。"我大赞。隔天，华爹过生日，我、欧阳、小平、小凡买鲜花一束，敬献华爹。回程时华爹让大家乘飞机回扬，自己押车回去。从此，许多老师都知道，外出招生跟着华爹没错儿。

华爹是兴化华庄人，扬师院中文系让他摘掉了青年农民的帽子，曾在商学院工作过的经历，特别是做过旅烹专业的班主任，以及文学素养和对扬州历史的探究，让他得以被校领导荐为导游，胆子大、自信，促成华导胜过专业导游。可惜的是华爹的普通话始终带着兴化腔，但是，谦虚开朗使他普通话进步很大，当然也是我常常纠正的结果，所以被华爹尊为"一字先生"。开会，华爹对"一字先生"插话的"容忍"，现在想来让我感动，述职大会校领导来了，华爹开场白竟是一首仿古诗，"一字先生"在座位上"小声"嘀咕："听不懂，解释一下。"华爹果然认真解释一遍。许多建议也是"一字先生"半开玩笑半认真的"插话"内容，难能可贵的是华爹笑哈哈地予以采纳。华爹的演唱水平也在一字先生的激励下，从"红高粱"到"大吊车"，越吼越高，以至于《达坂城的姑娘》竟登上了大礼堂的大舞台。说实话，水平不咋的，但是，绝对原汁原味儿，特别是满脸的神韵弥补了嗓音的先天不足，这也为他作为艺术学院党委书记加了许多分。当然，他是有分寸的，在艺术上一直自称门外汉，只帮衬决不逾越。这也是门外汉领导的人品！

三八妇女节，华爹是当然的导游兼后勤，兴化垛田三月底四月初菜花烂漫水泽泱泱，华爹带领女教授们出发了。一路讲经，快到兴化时，华爹接听电话，一通下河腔刚完，中巴车前一辆小车打着双闪开道。华爹介绍："我同学，兴化旅游局局长。"快到目的地，踏春赏花的人已成海潮状，幸有小车开道，顺利进入花田，早有小船停泊岸边守候，大家鱼贯上船。华爹很兴奋，讲起当地人的趣闻轶事，无非是下田喂奶两不误，号子一打隔朵朵，卷起裤腿罱河泥，撑起小船讨生活之类的兴化水乡村风民俗。欧阳看中了垛田中央鲜嫩的韭菜："能不能割一把，把钱放地里？"华爹答非所问："我父亲一直不肯离开老家，最重要的原因是每年的菜籽油可以供应我们兄弟俩吃一年都吃不掉。"我赶紧接腔："我最喜欢菜籽油。""没问题，我送你两大瓶。"从此我的生活有了希望，可是那菜籽油一直在垛田上空飘荡，没见一滴油星子。兴化农庄的大南瓜让大家很开眼，华爹如进自家门，把大家安排得妥妥帖帖。

华爹许诺的菜籽油终于飘过村庄，趟过浑水，经过千辛万苦传到我手里，华爹很得意，觉得终于完成了退居二线后最伟大的壮举。

华爹已脱土久矣，最怕别人说他是农民，但凡与农村沾边的事儿，从内心抵制，偏偏他娶了宜兴城里有名的大家闺秀。他夫人喜种草栽花，只要有土，她一定要让这土地开花结果，可是花阁里长成的小女儿，岂有种地的能耐，买来钉耙大锹却只能干瞪眼："华干林，华干林……"老婆声声唤，华爹以为啥好事，忙不迭从书房奔到院儿里，见夫人手托铁锹满眼甜蜜："快来帮我松土锄地。"向来惧内的华爹此时气不打一处来，两眼怒火直冒："潘英你给我听着，其他任何事我都可以听你的，唯有种地，你休想让我挖一锹土！"他一边甩手转身，一边愤愤地说："我好不容易考上大学，摘掉农民的帽子……"可是，他家的花园儿并没有因此怠工，想必华爹气消了舍不得老婆，还是卷起裤腿当起了农民。

华爹爱好很多，兴化商会顾问，扬大青花瓷力推人，七子书法的活动每次都参加，无名指因拉京胡缺了一块肉，京剧唱得勒头暴眼，锡剧也能来上几段。一段时间为了唱好"大吊车真厉害"，每天坐三轮车到站南路无人处，对着芦苇丛大吼，企图把烟酒嗓子练出来。退居二线后，摇身一变成了扬州文化名人，讲座一场接一场；还充当了蓝湾国际的顾问；我的《红楼吟》《梨花颂》不费事就把串词写好了；古体诗一首接一首，回忆录从华庄到大学，从大学到学院；扬州美文也是一篇接一篇，从杨柳到杜牧，从早点到澡堂，据他本人讲："凌晨醒来就写，半夜三更也写，坐在车上写，出去寻游也写"，扬州文化人的帽子怎么可能不降临到华爹头上？

华爹犹喜揽事儿，对部下对学生也是帮在节骨眼儿上，团委的办公室的外聘的，甚至临时工，有困难找华爹，大都能解决。有些人事变动找工作的难事儿，华爹会主动过问。当然，学院的厕所、道路、画廊琴房也是华爹操心的事儿。夫人体质弱，家里家外华爹是一把手，父母兄弟也在他前后排住着，不容易，确实不容易！既是名人也是小工，身兼数职！当他掏钱给新疆禾木村牵马的中学生，在韶山自掏腰包买了最大的花篮敬献毛泽东，每年校运会用工资买来花园茶楼的包子给教职工当早餐……这个华庄地地道道的农民已经完成了质朴走向质朴加善良且有知识的修养蜕变——华庄的文化名人。

游于艺

一

人的一生有许多说不清的因缘关系，我少年时代一直梦想成为一名艺术家，启蒙教育就是从拉二胡开始的，后来笙箫管笛都玩过。可是，终因禀赋不够，至今一艺未成。

意外的是，十多年前，学校居然决定调我到艺术学院工作。至今还记得校领导找我谈话时，直截了当地说出了他们的疑虑："你既不懂美术，也不懂音乐，担心一时难以开展工作……"最后，可能实在是"蜀中无将"，我只得硬着头皮到艺术学院闯"虎穴"了。到任后，我如林黛玉初进大观园一般，时时小心，处处谨慎。注意向艺术家们学习，真诚地与他们交朋友。没承想，一晃十多年。今天的我，依然还是那个"一不懂美术，二不懂音乐"的我，然而，令我开心的是，我却拥有了一批艺术家朋友，而且吹拉弹唱、琴棋书画，品类齐全。其中书法界的"扬州七子"便是我的一个艺术家朋友群体。

"扬州七子"是扬州市区的七位书法家，他们是：徐正标、何业栋、霍宝华、朱洪林、袁立中、姜忠明、张军。其中徐正标是我的同事，我来艺术学院工作之前便已相识。那是扬州大学百年校庆时，我在校办工作，时任扬州大学书画协会秘书长的徐正标，承担了校庆中一场书画展览任务。由于他的精心策划和勤勉工作，这次展览获得圆满成功，为百年校庆增色良多。调到艺术学院工作之后，朝夕相处中，我和正标有了更多的接触、了解、相知。

2013年放暑假之前，正标与我谈起，当地书法界有七个朋友意气相投，常在一起切磋书艺。经友人牵线搭桥，欲联手扬州市的书法家们与青海省书协举办一次交流展，我当即表示积极支持。经过紧张而周密的筹备，"青海·扬州书法交流展"一切准备就绪，扬州有识之士欣闻此讯，亦以各种方式鼎力相助，2013 年 8 月 17 日晚，相关朋友专为七位书法家设宴壮行。趁着酒兴，我即席赋诗一首，以抒壮怀：

> 西行风雅告天知，未上征程先赋诗。
> 巨笔如椽书快意，云间青海作鹅池。

8 月 18 日，以时任扬州文联主席刘俊先生为团长的扬州书法代表团西行启程。从禄口机场起飞，目标青海西宁。

西宁，是有名的"夏都"，又是三江之源，素有"中华水塔"之美誉。人未登机，心已飞驰，正是"朝别绿扬村，暮归青海头。大鹏飞万里，共作逍遥游"。

晚上 9 时，在万家灯火的辉映中，我们抵达西宁，青海省书协相关领导已在机场迎候。刚从火炉般的长三角走来的我们，顿感气候凉爽，清风宜人。主人热情好客，虽然初见，宛如故人。吃过了富有地方特色的宵夜之后，下榻于西宁宾馆。

展览定于 20 日开幕，有一天的空余时间，主人便安排我们前去采风。

首先来到了塔尔寺，塔尔寺位于西宁市湟中县莲花山中，是青海省藏传佛教第一大寺院，也是藏传佛教格鲁派创始人宗喀巴的诞生地。与其他藏传佛教寺庙相比，它有三大特色：一是它在藏传佛教中的地位最高；二是它的大雄宝殿是用纯金瓦盖成，故有金殿之称；三是寺中有藏传佛教的"三绝"，即壁画、堆绣、酥油花。我怀着极其虔诚的心情，一边参观塔尔寺，一边任思绪穿越历史，遥想藏传佛教那辉煌灿烂的星空。

下午去看贵德黄河。贵德黄河之所以值得看，是因为它的河水清澈，有"贵德黄河天下清"之美誉。来到黄河边，只见河水清冷，水流湍急，河岸上湿地郁郁葱葱，一派江南式的清新风情。我是水乡人，见水就来神。来到中华民族母亲河边，一定要与她来一个亲密接触。于是脱掉鞋袜，挽起裤管，趟进水中。头顶虽是赤日炎炎，但黄河水依然寒冷刺骨。是啊，她是刚刚从白雪皑皑的高山上走下来的贵客，怎能不保持一份高傲的清冷！我躬身掬一捧黄河之水，抬头看天上的朵朵白云，心头竟有纤尘不染之感，乃成五言一首：

濯足黄河畔，心闲流更清。身离尘世远，独与白云亲。

8月20日早晨，微雨扑地，旋即转晴。上午10时，"青海·扬州书法交流展"在青海省博物馆举行开幕式，仪式隆重而热烈，此次交流展，共展出青海、扬州两地书家的作品近200幅。高原的雪山草地与江南的小桥流水，两种书风，交相辉映。

来到了青海，青海湖是必须游的。

青海湖离西宁约150千米。我们沿着青藏公路前行，山岭逶迤，草甸茫茫。蓝天白云下，时见毡房点点，经幡飘扬。青海省书协副主席王振宇先生告诉我们，这条路就是历史上的唐蕃古道——丝绸之路。说话间，便到了一处叫作日月山的景点。这是古道上的一个隘口，据说当年文成公主进藏时，行至此处，毅然将大唐朝廷赐予她的日月宝镜摔下了山崖，以示她赴吐蕃和亲的决心与信念。

青藏公路蜿蜒向前，左边是连绵的昆仑山脉，右边是一望无际的草原。时有成群的牛羊从车窗边掠过，一幅"风吹草低见牛羊"的美丽图画！突然间，天空乌云骤起，山岚雾障，满眼昏黑，山雨欲来。顿使我穿越千古，思在边关，油然想起王昌龄的《从军行》。于是化而用之：

青海暗长云，天山闻角声，

单于虽遁迹，胡马未宁尘。

钓岛欣狂浪，东京拜鬼魂。

龙城飞将在，岂可轻国门！

终于来到了神奇的青海湖边，放眼望去，空阔寥廓。雄鹰翱翔蓝天，鸥鸟上下飞翔，如此美景岂能无诗？我以一首五言直抒胸臆：

苍泸平湖阔，高原青海秋。

云遮山影远，水映波光流。

情纵千朋会，心期万里游。

遥寄晴空外，轻鸿一羽鸥。

看不完的奇异景，赏不够的青海湖。我们在青海湖畔逗留了两个多小时，才依依不舍地离开。

挥别青海湖，来到了金银滩草原。这是一处浪漫与雄壮完美融合的景点。说浪漫，这是著名的青海民歌——花儿的发源地之一，"西部歌王"王洛宾，当年就在这里谱写了全国人民广为传唱的《在那遥远的地方》；说雄壮，这里原为中国核工业基地，是研制第一颗原子弹的工厂遗址。后来工厂搬迁他地，此处便建成了爱国主义教育基地。参观过程中，我们回溯了中国核武器研制、生产的历史背景和艰难历程，深受教育。其中有一个细节，令我至今难以忘怀。当时在极其艰苦的条件下，将军们把新建成的宿舍让给科研人员，自己则住在帐篷里。我想，中国原子弹的研制成功纵然有很多因素，但在当时的条件下，精神因素是关键。有了这样和谐的官兵关系和干群关系，何事不成？两弹研制成功，不仅强大了我们的国防，更给我们留下了极其宝贵的精神财富。这是一种自强自立的民族精神；是一种置之死地而后生的壮烈情怀；是一种不达目的不罢休的矢志不渝；是一种牺牲小家保大家的高尚情操！

归途中，天高云淡，残阳如血。

青海五天，时光匆匆。这几天，我们收获了青海书法同道的真挚友情，领略了大美青海的奇山异水，畅饮了浓厚醇香的青稞美酒，遍尝了当地的美味佳肴……回程之前，主人还特地安排了一个叫泉儿头的地方，去品尝这家店里最有特色的牛羊杂碎汤。确实味道鲜美，名不虚传。直到扬州，仍在回味，故打油一首以记之：

泉儿头里滋味鲜，才嗅清香便欲仙。

千里归来犹怀想，此番难忘夏都行。

与青海朋友们相约，金秋十月，再聚扬州！

二

扬城十月，金风送爽。

10 月 7 日晚 11 时，青海省书法代表团，带着高原花儿的芬芳如约而至。

作为一次两地交流访问，这次青海省书法代表团派出的阵容真是高大上。以省书协主席王庆元为团长，副主席陈治元、蔡永峨、王振宇、高海源，书协秘书长牛库山……青海省书协核心班子成员差不多齐了。还有曾连任数届青海省原书协主席的王云先生、有"获奖专业户"之称的谢全胜等著名书法家，此次也都"满怀激情下扬州"了。

闻说远方来客，扬州书法界一时热潮涌动，秋波涟漪。10 月 8 日，"青海·扬州书法交流展"在扬州八怪纪念馆隆重开幕。这是十几年来扬州书法界少见的盛大展事，八怪纪念馆里高朋盈门，群贤毕至，观看展览的人如潮水般涌来。开幕式圆满成功。

下午又举行了两地书法艺术研讨会。研讨会上，两地书法家各抒己见，真知灼见，令人感佩，使本次书法展跃上了一个新的学术高度。青海省书法家原主席，著名书画家王云老先生抑制不住内心的激动，他说，我参加过很多展览，但像扬州这次组织得如此周密，理论层次如此之高的展览还不多见。

扬州各界得知此次书展盛况，纷纷邀请书法家们前去献艺。中国房地产五百强企业，扬州恒通建设集团，诚挚邀请两地书法家来到他们的品牌项目——芳甸做客。书法家们面对万里长江，遥望点点吴山，徜徉于亚洲十大豪宅的芳甸，创作激情如大江潮涌，一幅幅精品力作，从艺术家生花妙笔中神奇流出。2013 年 10 月 10 日，青海、扬州两地书法家，在扬州文化史上书写了浓墨重彩的一笔。我有诗赞曰：

> 金风拂古渡，浩荡见帆樯。
>
> 芳甸流诗韵，江潮带墨香。
>
> 一绝传千古，孤篇压全唐。
>
> 何以遣雅兴，挥毫就云章。

王云老先生对"芳甸流诗韵，江潮带墨香"一联尤为欣赏，主动挥毫书就。

青海书法家在扬期间，还参观了瘦西湖等名胜风景区，他们对扬州建设古代文化与现代文明交相辉映的城市理念赞不绝口。同时对扬州方面在这次回访展览过程中所做出的精心安排、热情接待给予了高度评价。

10月11日，带着对扬州的美好眷念，带着对扬州书法界同人的热诚谢意，青海省书法代表团圆满完成任务，踏上归途……

在此，我要专门介绍一下与"青海·扬州书法交流展"这件盛事密切相关的一个关键人物——王振宇。

王振宇，其人，其名，其性格，是那样的和谐统一。借用古人的描述，他是"身长八尺，方面大耳，气如雷霆，声若洪钟"。祖籍河南，后入伍从军，担任当时兰州军区青海军事法院院长。既有军人风度，又有法官气质。但正像清代文人王渔阳一样，他干的是正儿八经的法律活儿，业余时间却是舞文弄墨的文人雅士。其书风承二王，习米芾，鉴王铎，传统中有创新，创新中见功力，在书法界享有盛誉。这次"青海·扬州书法交流展"，他是一个特殊角色。他既是扬州人的乘龙快婿，又担任着青海省书法家协会副主席。所以，如果列出几个这次"青海·扬州书法交流展"的"始作俑者"，他便是其中最重要的牵线搭桥人。尤其是我们扬州书法代表团在青海期间，得到了他格外的关心。行程上精心安排，生活上细心照料，至今想来，许多细节还令我感动不已。

这次青海省书协到扬州来展出，他既作为青海书协方面的领导，同时又是扬州的东道主之一，于是他对这次展览倾注了更多的精力。几天忙下来，他已非常劳累。活动结束之后，留在扬州休养了一段时间。其间，我们翰墨交流，诗酒雅聚，不亦乐乎。

秋去冬来，习惯了北方生活的振宇兄，如候鸟一般，他要飞到西宁去过冬了。扬州朋友们怀着依依惜别的深情，为之设酒饯行，席上我赋诗三首以诉离情：

（一）

与君相识青海头，

戏墨广陵更一秋。

此去西宁风雪紧，

且凭杯酒赋离愁。

（二）

邗沟水瘦蜡梅寒，

把盏离人欲破颜。

我遣春风杨柳曲，

伴君直上昆仑山。

（三）

文昌阁下聚群贤，

遥念河湟大漠边。

堂燕春来归至日，

开怀共醉绿杨烟。

三

"青海·扬州书法交流展"的成功，使"扬州七子"提振了信心，更增强他们对扬州书法事业的使命感与担当意识。扬州自康乾盛世以来，一直是中国书画重镇，这里是诞生扬州八怪的地方，是艺术家们心目中的圣地。但时至近代，扬州失去了盛世光环，渐渐由一个文化大邦衰落成江北小城。但是历史留给了她一笔丰厚的文化遗产，近代百年，其书画艺术地位，在全国仍属翘楚。就书法而言，二十世纪中叶，尚有孙龙父、魏之祯、桑宝松等一批在全国书法界极具影响的人物。其中孙龙父先生，被尊为与林散之等一批大师齐名的"江苏书坛四老"。

然而，进入八十年代以来，扬州书坛局势每况愈下，书法组织涣散，队伍后继乏人。在国家各级各类展览中，扬州的成绩，与扬州曾经是书法大埠之盛名极不相称。扬州书坛，渐呈萧条之势。

这次"青海·扬州书法交流展"的成功举办，无疑令扬州书法界精神为之一振，"扬州七子"更加满怀信心。继此之后，他们又先后组织了"长春·扬州书法联展""宣城·扬州书法联展""汕头·扬州书法联展"等一系列重要会展活动。"扬州七子"，不仅以其书艺赢得了同行们的认可，更因经常组织各类业务活动，惠及广大书法爱好者，而受到拥戴。2016年6月4日，一位微友编发了一组"扬州七子"的书法作品图片，并在文字中特别说明"传说中的扬州七子"。我立即敏感地意识到，正式推出"扬州七子"的时机已经成熟。于是即兴而作《扬州七子序》：

古之隐者，有商山四皓、竹林七贤。古之文坛有建安七子、初唐四杰。古之艺苑有江左四王、珠山八友，皆一时之风流才子集聚而成大器也。今扬州书坛寂寞，气象萧条，实乃扬州为书画大埠之悲也。幸有扬州书坛七人，因缘而聚，因艺而合，其皆性情耿介，生性质朴，学养深涵，书艺精湛之辈也。常聚于虹桥之畔，饮于运河之滨，挥洒翰墨，切磋艺道，诗酒书印，快意人生。亦曾赴青海、走长春、游宣城，书艺同道交流，共襄书展盛举。扬州书坛，一时春水搅动，波澜惊起，影响所及，如广陵潮诵，春江涛声。天长日久，其名日显，艺道之人，坊间闾里，常以"七子"称之。

七子者，乃灌云徐氏正标、泗阳何氏业栋、广陵霍氏宝华、姜堰朱氏洪林、兴化袁氏立中、江都姜氏忠明及泰兴人张军是也。

千林感而序之，时在丙申芒种之日夜近子时。

6月8日我又作《扬州七子歌》一组，歌曰：

其一，题徐正标。徐正标，在读文艺学博士，善作格律诗。肩上不离一挎包，吾戏称之为"诗酒行囊"。

道骨仙风博士袍，一囊诗酒自逍遥。

诗承李杜行行正，书出王颜字字标。

其二，题何业栋。何业栋是七子中唯一大烟枪，常在吞云吐雾间挥毫，又清癯干练，良有苏轼之风也。

吞云吐雾舞蛇龙，狂笔不拘古法同。

悟得人生如大草，清泠风骨似坡公。

其三，题霍宝华。霍宝华篆刻入书，笔意古简，散文小品文采璨然。性耿介而耽酒。

> 千盏不辞是酒仙，刀锋如犁耕石田。
> 为文笔法多灵气，一醉倚松抱鹤眠。

其四，题朱洪林。朱洪林楷书结字娟秀方正，碑风盎然。酒量不大胆子大，席间常有惊人之举。

> 书风娟秀字如人，小楷出碑魏晋魂。
> 老酒三巡情激动，气凌太白对千樽。

其五，题袁立中。袁立中，兴化农家子弟。少时命途多舛，然能不懈其志，追文摹艺，而终成大器。

> 命出草根不自哀，勤学苦练竟成材。
> 隶书小楷金石味，疑是板桥转世来。

其六，题姜忠明。姜忠明，美男子也。草书汪洋恣肆，线条流畅。酒风正而饮有量。

> 玉树临风美少年，挥毫落纸起云烟。
> 怀神张意不泥古，举酒潇潇气薄天。

其七，题张军。张军儒雅好静，书风稳健。硬笔书法亦佳，为扬州领军之人。

> 谦谦君子少言谈，书法亦同人静闲。
> 软硬兼施皆妙境，性如止水气如兰。

《扬州七子序》和《扬州七子歌》在微信及各种自媒体上转发，点击量数以万计。一时间，扬州七子成了书画界热议的焦点。

为了进一步放大扬州七子效应，打造扬州书法品牌，七位书法家决定举办一次扬州七子书法专场展览。

2016 年 7 月 23 日上午，经江苏省书法家协会批准，由江苏省书法家协会、扬州市文联共同主办的"扬州七子书法展"，在扬州恒通集团兰亭墅隆重开幕。江苏省书协领导亲临开幕式。现场嘉宾云集，盛况空前。扬州七子，终于从"民间传说"而登堂入室，正式亮相。

扬州七子，愿你们是扬州当代书坛的一朵奇葩，越开越妍。

愿你们成为扬州书法跃上新台阶的一块奠基石，坚实牢固。

而我则特别感谢你们，这几年能带着我这个艺术的门外汉，在中国书法艺术的百花园中做了一名赏花人。

孔子曰："志于道，据于德，依于仁，游于艺。"

斯言妙哉！

扬州丁氏一指禅

我夫人被查出腰椎峡部裂，西医说要立即进行手术。她如雷轰顶，经历过两次大手术的她，再也不愿承受那份痛苦。无奈，只能寻求中医治疗。大江南北，求医问药，辗转多处，均无果而返，有时甚至越治越糟！到去年十二月中旬，她已不能行走，连坐卧都很困难，腰部皮肤局部出现水肿，痛苦不堪。正在我茫然无际时，偶然一念间，想到了扬州国医书院。于是便向国医书院宋总经理求援，宋总爽快，一口答应接受我夫人前往治疗。

扬州国医书院，坐落于风景秀丽、文化积淀深厚的蜀冈之上，东临唐城遗址，西对鉴真图书馆，千年古刹大明寺的晨钟暮鼓清晰可闻。苍松翠柏，绿草茵茵，古色古香的园林式建筑群散落其间，一派唐风宋韵。这里常年有全国著名的国医大师坐堂接诊，运营时间不长，却已声名鹊起。

我们来到国医书院的特聘医生丁开云面前求医。

丁开云先生是扬州"山字门"一指禅推拿流派的第四代传人。先生温文尔雅，短暂与之交谈，并感觉有一股仙风道骨之气扑面而来。他对我夫人进行了简单却又细致的检查，而后十分有把握地说："二十天见效果，四五十天可康复。"那语气坚定而自信。

按照丁先生制订的治疗方案，每两天推拿一次，于是这段时间我成了蜀冈上的常客。我每次在一旁陪伴，目睹了丁先生推拿的全过程，只见他的手法一如他的人格风范，轻重得法，张弛有度，尤其是拇指发力，功法直达病灶。仅仅三五次按摩，夫人腰腿部疼痛便有所缓解。

柳叶凋零，蜡梅花开。不知不觉，夫人在此治疗已经二十天。元月10日，正是丁先生所预言的"20天见效"之日，这一天，原先已几乎不能站立的她，果然能够在平地上自行行走。

丁开云先生出生于古城扬州的中医世家，祖父丁凤山，是清末民初著名中医，尤以推拿术名闻遐迩。曾与一高僧切磋医术，并将禅意与中医推拿手法相结合，开始形成了独具风格的"丁氏一指禅推拿法"。

1911年，大清王朝新上任的上海道台刘燕翼病倒了。经南京府举荐，丁凤山前往上海为刘道台疗疾，几番推拿后，手到病除。一时，扬州丁凤山与其一指禅推拿术名动沪上。1915年的《绍兴医药学报》第51、52期合刊中，有这样的一段文字记载："扬州丁凤山君，夙精按摩术。光复后，至沪行道，名噪一时。杭州钱砚堂君，见丁君迭次治愈亲戚各病，惊为仙技，遂委贽于丁君之门……"扬州一指禅推拿遂风靡上海滩，其门下传人众多，著名的有大弟子王松山，曾入民国《上海名医录》，创建上海"推拿研究会"，为丁氏一指禅推拿学派在上海的弘扬与发展做出了贡献；另一弟子钱福卿，曾为著名京剧大师梅兰芳治病，1958年，中央新闻电影制片厂，曾拍摄了钱福卿等人的"一指禅推拿"专题片；另一传人朱春霆，则是唯一登上毛泽东专机的推拿医生。

丁氏一指禅推拿传人，还有丁凤山堂侄丁树山、丁鹤山等名医。今天，以中医推拿科知名的上海岳阳医院，建有中医推拿博物馆，"扬州一指禅推拿"是其中重要的展陈项目。

丁开云先生自幼耳濡目染岐黄之术，1973年高中毕业后即随父亲丁鸿山先生学习一指禅推拿。八十年代又赴专业院校深造，系统学习了中医理论。从事一指禅临床工作四十多年，深得"扬州丁氏一指禅"之要义，现为苏北人民医院推拿学科带头人。

丁先生医德高尚，仁心厚润，对医术精益求精，对患者和蔼可亲。我夫人每次去就诊，他都笑脸相迎，就诊过程中轻松自如，就诊结束后，又将她送到电梯口并对其进行鼓励，以增强恢复健康的信心。

与丁先生聊天，我还得知了他行医过程中许多感人故事。他曾经两次将患有中风的扬州老一代书画大师李亚如先生治愈，并能登上黄山写生；他曾经多年为仪征后山区贫困女孩义务诊疗，为患者解决就医期间的吃饭问题，疏导患者心理，还为患者解决了学习和生活上的诸多困难；他曾经将一位脑瘫女孩治疗成为自立自强的典型……

当初夫人前来寻诊时，我感觉四五十天是多么地漫长！而如今一转眼，时间就过去了，而且过得如此地愉快！当初举步维艰的夫人，如今在平地行走已一如常人。按丁老师的计划，等到春天，将进入巩固和全身健康调理阶段。

己亥新年来临，我得诗一首、联一副，赠予国医书院和丁开云先生。

诗曰：

轻霜伴我访隋唐，冈上早梅带露香。

信有仙人游此处，松风竹语说岐黄。

联为：

此处真藏龙卧虎；斯人有道骨仙风。

横批：医者仁心。

孔先生

　　故乡方言中的"先生"，与普通话中的含义有别。偏僻的水乡农村人，过去并不知道将成年男子尊称为"先生"。被乡里人称之为"先生"的只有两种人：一是教师，二是医生，且无论男女性别。

　　孔先生是教师，我的母校兴化唐刘中学的语文教师，正宗的孔门后裔，属"庆"字辈。作为语文教师的他，却把"庆"换成了"沁"，后面跟一个"梅"字。这一换，使得先生仿佛生来便是清高雅洁之士。生活中的孔先生却是一个极健谈、极亲和，且语言极富感染力的人。他在家中行二，于是他一直自嘲为"孔老二"。

　　识得孔先生尊颜，算来已近半个世纪之久。那是 1972 年，我才上初中，一个农村"戴帽子"初中的学生。一次，语文老师布置了一篇作文，题目是《我爱家乡》，老师对我写的这篇作文给予了好评。有一天，公社视导组来我们学校检查教学质量，我接到通知，到老师办公室去。老师又让我拜见一位陌生的老师，他有着高挑的身材，清癯的脸庞，鼻梁上架着一副眼镜，他先开口跟我说话："你叫华干林吗？"那声音中带有一种金属感。我怯生生地点了点头。他和蔼可亲地说："你这篇《我爱家乡》写得很好啊，我要把它抄写了带到唐刘中学去。"然后又说了一些鼓励我的话。

　　过了些日子，忽然听唐刘中学的一位学长回来跟我说："华干林，你不得了啦！你的作文被放大了贴在我们学校的墙上。"我听了却是不知就里。

　　年底，我们初中毕业，正值邓小平第一次复出，国家决定在推荐工农兵学员上大学时增加文化考试。这是一个风向标，故而我们这一届的初中升高中，是"文革"期间唯一通过考试升学的。全公社十几所初中，300 多名毕业生，只招 60 人上高中，这是我人生中遇到的第一次竞争。我从初中以来就严重偏科，语文是我的强项。中考成绩出来了，果然语文考得很好，数学成绩却很差。但是，当时担任唐刘中学语文教研组长的孔先生对参与招生的人说："我只关心那个叫华干林的学生是否能录取，其他人我不问。"

进入高中之后，才渐渐知道孔先生的一些情况。他20世纪五十年代从师范学校毕业，曾在兴化几所著名小学任教。七十年代初，因照顾家庭回到了唐刘，参与唐刘中学的创始与建设，我们上高中时，他已经担任唐刘中学的教导主任。

那时候的孔先生正值壮年，满脸朝气，一身才情。尤其他的语文课，完全突破了一般语文教学的框范，课堂上汪洋恣肆，挥洒自如，文学典故信手拈来，不仅给学生以极大的信息量，同时更能激发学生强烈的求知欲。加之他声音洪亮，板书潇洒，他上课时，往往走廊上都挤满了蹭课的学生。先生的讲课风格对我影响极大，至今，我在课堂上还自觉不自觉地模仿先生当年讲课的神形呢。

上高中的那年5月，学校发起了"红五月征文"活动，那篇"征文启事"是孔先生亲手起草的，当时他在动员大会上宣读时，那文采，那激情，听得我们热血沸腾、心潮澎湃，结果我在这次征文比赛中获奖。

于是孔先生对我更加厚爱，我在唐刘中学读书的日子里，他如父亲一般地呵护我，甚至显得明显偏爱。比如我严重偏科，有关任课老师前脚批评我，他后脚就来安慰我。

正当我们埋头读书之时，1973年，"黄帅事件"发生了，刚刚恢复正常的教育秩序，又回归到了"文革"中的混乱状态。于是，我父亲不想让我继续读书了，要我去工厂当学徒。孔先生多次劝说我父亲，却毫无成效。我只得恋恋不舍地告别了可爱的校园，无可奈何地前往戴南镇一家工厂当学徒。

但是，校园生活始终是我的向往，在经过了与父亲几番较劲之后，特别是在孔先生等老师的直接关心下，我终于得以重返唐刘中学继续读书。

转眼高中毕业。

那时候时兴师生在日记本上写毕业留言。孔先生给我的留言是："生活是有远景和近景的，谁在近景区流连忘返，谁就将无法领略生活远景的无限风光。"孔先生的这段赠言，成为我一生的座右铭。我今已年逾花甲，在回顾自己的人生历程时，更加感到先生这段赠言所蕴含的意义之高远。凡是我人生发展顺利的时候，就是我怀有人生理想和长远目标的时候；凡是我在人生道路上受挫的时候，就是我失去前进方向和目标的时候。

先生伟哉！

高中毕业之后，我闯荡社会，做过农民、工人、工作队员、代课教师等。但无论走到哪里，无论干什么工作，我总与孔先生保持着密切联系，只要一有空，就走到他身边去汇报自己的思想和工作情况，而先生总是对我热情鼓励，耐心指导。

1977年高考制度恢复。当时，我正在县委"农业学大寨工作队"工作，年底回家去看望孔先生。先生见面第一句话就说："华学诚考上大学了，你也应该去考。凭你的天资，我认为有希望！"可是按照规定，工作队还有一年时间才能结束。但在孔先生的鼓励之下，我毅然放弃了工作队结束之后可能走上仕途的机会，决定备战1978年的高考。

我当时已经22岁，为了让我既有一个谋生的饭碗，又能与复习迎考相结合，孔先生向我的母校唐刘中学推荐，让我这个高中尚没有念全的人，在母校做代课教师。于是我一边代课，一边复习迎考。

为了让我有更多的学习机会，孔先生把他在兴化教师进修学校正在学习进修的机会也让给了我，于是我有了每学期两次到兴化进修的机会。

先生拳拳之心，日月可鉴！

1978年，我首次参加高考，居然一举突破了分数线。虽然这一年我未能被录取，首次高考成绩却给了我充分的信心。于是，不气馁，继续干！先生帮我分析原因，总结教训，并就我的薄弱环节，进一步给予针对性的帮助和指导。可是，1979年高考，我以几分之差，再度名落孙山，但孔先生继续给我以鼓励。他对我说："你两年的语文成绩在全县考生中都名列前茅，就是其他学科拖了后腿，再攻一下，肯定能考取。"于是我决定放弃代课，到扬州去复习。临去扬州之前，孔先生再一次找我谈心，他说："这次去扬州复习，对你来说是天赐良机，不成功，也成仁！"

终于，我闯过了1980年的高考。八月中旬，我接到扬州师范学院的录取通知书。九月初，怀揣着追逐多年的大学梦，我跨进了扬州师范学院的大门。

大学毕业后，我留在扬州工作，孔先生更是十二分的欢喜和高兴，他也有扬州情结，曾在扬州教育学院进修过，扬州的风物和深厚的历史文化，给他留下了极其美好的印象。因此我工作之后，常邀请先生来扬州做客。即使他后来担任了唐刘中学校长，在繁忙的工作中，他也经常来扬州走走。先生每次来扬州，我们都情同父子般地喝酒、游览，晚上彻夜长谈……

过去我因工作繁忙，难得回故乡。前几年退居二线，有了闲暇，几乎每年都有时间回去看望先生。但先生一天天地衰老了，耳朵有点背，高度近视的眼睛，看书看报也不管用了。手也颤抖了，曾经龙飞凤舞的钢笔字，现在写起来有如蚯蚓爬行一般。但是先生见到我，总是十分地开心，今年春天我又去看他，事先电话告诉他，他竟在门口的大路上，伫立在早春的风中迎候我。他紧紧握住我的手，当我们四目相对时，我看见了他眼中闪出的泪花。

前年，我出了首部散文集，第一本就送给了孔先生，并恭恭敬敬地写上"请孔先生批改"。我多么希望孔先生能够再次批阅我的作文啊。可是先生精力不济了，他用放大镜读完我的书，便将这本书转赠给了另一位校友，同时嘱咐这位校友在书的扉页上写下两句话："好书要有好人读，阅后转赠曹粉山先生"，然后用颤抖的手签上了他的名字。曹粉山学弟将照片传给我，我见之，泪水禁不住夺眶而出……

我算是个音乐爱好者，而且在艺术学院工作了十年之久。在我听过的所有歌曲中，只有一首歌是我的最爱——《长大后我就成了你》……

又是一个教师节即将来临，愿这篇小文乘着歌声的翅膀，飞到故乡，飞到孔先生尊前。我更相信，此时此刻在阅读我这篇文章的唐刘中学学子们，一定会与我有着同样的情感，同样的思念。

师恩难忘

　　一个人在其接受教育的生涯中，遇到的良师可能不止一个，但堪称"恩师"的不会太多。在我的人生中，华岳老师便是我的恩师之一。

　　第一次认识华老师，是在我上小学二年级的时候。那一年，村上召开"贫代会"，会上要一名小学生登台献辞。学校选中了我。华老师亲自为我撰稿，并一字一句地辅导我诵读。我从未经历过这样大的场面，因而很是胆怯。华老师于是不断鼓励我，并且教我如何防止紧张的方法。在他精心指导下，我终于成功地完成了这次任务。现在想来，如果说我今天还能够具有一点良好的口头表达能力，与那次登台恐怕不无关系。

　　华老师之于我的恩情，又何止于启蒙之功！最使我难忘的是我上小学三年级那一年。当时，"文革"已经开始，我的父亲因为是村上的基层干部而受到冲击，母亲又生了我弟弟。一时间，我家处于极度艰难之中。不得已，我被迫辍学了。而此时，华岳老师也难以幸免地受到了冲击，其身心遭到了严重摧残。然而，有一天晚上，华老师摸黑走进了我家，在昏暗的油灯下，他语重心长地对我父亲说："兄弟呀，家里一时的困难都是小事，孩子上学读书、受教育是大事啊！你无论如何都要让孩子去读书！"他的态度是那么地恳切，语气又是那么地坚决。后来我已记不清又有多少个夜晚，他反复到我家里来对父母亲表达着他的意思。在他苦口婆心的劝说下，辍学了一年之久的我，终于又得以重返课堂。今天，每当我想起那一个夜晚，心里总会涌起一阵难以控制的感动。因为当时批斗老师最激烈的，恰恰是他的那些学生——那些天真无知的学生！在这种情况下，他为了一个辍学在家的我，数次登门，使我得以续学，其忠诚教育、关心后学之心，日月可鉴啊！

　　说起我的求学生涯，可真叫命途多舛。当我念完高中一年级时，父亲决意将我送到一个工厂去当学徒——我再一次失学了！离开校园的半年里，我是"人在曹营心在汉"，总想着有朝一日能够重返课堂，读完高中。这次又是华老师为我做了大量艰难的工作，使我再一次回到了我魂牵梦绕的校园，完成了高中学业。

恢复高考之后，我一心想考大学。可连考两年都未被录取，当时的我真有点灰心了。1980年春节，我怀着极其糟糕的心情去给华老师拜年。他问我："今年还考不考了？"我说："不太有信心了。"他先是狠狠地批评了我，继而又热情地鼓励我。他说："按我对你的估计，你是应该考得取的，只是对有些课程复习的方法不当，今年应该吸取教训，再考一次！"他的态度和语气，一如当年劝我父亲让我复学般的坚决。在他的鼓励和指导下，我第三次走进考场，并终于冲破了分数线，跨进了大学门。

今天的我，已是高等学校的一名教师，然而每当我回顾自己的人生经历时，总会想起华岳老师。是他，使两度辍学的我重新回到了课堂，并在我几十年的人生道路上，一直教导、鼓励着我朝前走。

（注：此文是我在2004年为华岳老师诗词集《养拙斋诗稿》写的感言。）

第四辑

数声渔笛在沧浪

我去过桂林啦

一

上世纪九十年代有一首歌很流行，叫《我想去桂林》，其中有几句歌词大意是，我有时间的时候却没钱，有钱时却没时间，我的情况大抵如此。常常在电视上看桂林山水，如仙境一般的美，也曾动过几次想去的念头，但总没有碰上合适的机会。我干的是纯行政，工作就是"看家"。人家学者、专家们都参加了这个学会、那个理事会，桂林又是一个最适宜开会的地方。而我呢，啥会都不沾边，也就没了机会。

几年前的那个初春，我终于有机会去了桂林。也许是这个春节在家封闭得太久，也许是初次的桂林之旅对我太有新鲜感，一出家门，心情就很舒畅。

飞机准点起飞，到达桂林已是中午。有同事在桂林接应，这个同事叫谭爱国。你千万不要以为这是个男孩子哦，她可是一枚纯姐们儿，而且是位湘妹子。求学于桂林，恋爱于桂林，觅得一个桂林大帅哥兼才子。前几年，这才子帅哥被扬州大学引进过来，谭美女也就嫁啥随啥地来到了扬州，此时她正在桂林公婆家中度假，我们来桂林，她在当地接应也就顺理成章。小谭办事利索，我们一到，她已将午饭安排好。吃饱喝足，逸逸当当。傍晚时分，去漓江边上溜达，漓江是桂林的母亲河，来之前，想象中是极美的。眼前的景象却与想象有些落差，漓江正是枯水季节，河滩裸露着，如瘦人的肋骨。两岸花树也有些冬季式的凋零，尤其是景区管理有些凌乱。今年春晚，作为分会场的桂林，不惜血本，花巨资搭建了舞台。春晚闹完了，此时正在拆卸舞台，弄得满地狼藉。

晚饭时分到了，要说桂林特色小吃，米粉当数第一。几个人坐下来，一人一碗米粉。我甫一品尝，觉得不够味，于是我使劲地、狠狠地挖了一勺辣子放进去，这才终于找到了桂林的味道。

走出米线店，步行街上已人流如潮，漓江两岸灯火辉煌。夜幕中的桂林，比白天多了几分迷离与璀璨，少了几分纷乱与不堪。此时，倒真有如临仙境之感，乃唱山歌一首，以抒情怀：

> 朝露青峰洗碧螺，夕阳树影见婆娑。
>
> 一江春水本无色，灯火霓虹璀璨多。

二

我到桂林最想看的是它的一处历史文化遗迹——靖江王府。

明洪武三年（1370），朱元璋为了巩固朱明王朝的一统天下，首封十大朱姓藩王镇守四方，其中特封了他的侄孙朱守谦为桂林靖江王。靖，在古汉语中有"安宁""安定"之意，桂林是漓江流域的中心城市，故而取名"靖江王"。

明清时代，风水学已是帝王建筑的精神支柱。洪武五年（1372），当时还住在南京的靖江王，派出一干人来到桂林，踏勘风水，寻找吉壤。经过堪舆，最终将王府选择在独秀峰南麓，这里曾是元顺帝的潜邸王府。洪武九年（1376），又在龙盘虎踞的东郊尧山西南麓开辟王陵。洪武二十六年（1393），重修府邸，历时二十多载，建成了比北京故宫还早三十多年，并且酷似南京明内宫的靖江王府。

靖江王府系歇山式大屋顶，磨砖对缝清水墙，碧色琉璃。王城周长三里半，辟四门。在风水中轴线上依次耸立端礼门、承运门、承运殿、寝宫。

洪武九年（1376），朱守谦只身就藩桂林，而到万历三十七年（1609），王府成员已达三千余人。人数猛增，岁禄暴升。藩王不治民政，王府内却有为王爷专门服务的三司七所等庞大机构，诸如长史司、仪卫司、承奉司、典膳所、典宝所、良医所、工正所等。他们坐食厚禄，不劳而获，不农不仕，吸民膏髓，成为社会的寄生虫。太监们甚至经常奉命带着旗校军人上街，见着需要的或喜欢的拿着就走。他们还霸占良田，夹带走私，贪赃枉法，且毫无忌讳。

大明王朝的蛀虫们终于吃空了明朝的江山，明朝末年，崇祯皇帝吊死在北京煤山。第十三任靖江王朱亨嘉竟以郡王之辈与亲王抢占皇位，而自称监国，并以省城兵力与南明隆武朝廷抗争，结果兵败梧州，监送福州，被封在福州的唐王幽死。朱亨嘉的儿子连夜奔逃全州湘山寺出家当了和尚。

永历四年（清顺治七年，1650），明朝降清叛将孔有德火烧王府，自灭家室。他也在熊熊大火中拔剑自刎，与王府和其所掠财物共付一炬。

那位逃到寺庙当了和尚的靖江王子，隐姓埋名，遁入山林。潜心修行，志于丹青，终成大师。晚年来到扬州，开一代画风，成为"扬州八怪"的先行者，生命终止于扬州，归葬于蜀冈之上，他的真名叫朱若极，艺名叫石涛。

靖江王府，历尽沧桑。其地其屋，数遭劫难。今日王府，本为广西师大的一个校区。市场经济下，王府成了买票的旅游景点。我来之时，游人如织。在此流连半日，思绪却穿越大明王朝近 300 年。

走出王府，乃成绝句一首，以记此游：

> 巍峨城阙小王朝，独秀孤峰一柱高。
>
> 遥忆大明三百载，我来最拜是石涛。

三

相对于北方很多城市而言，桂林的历史算不上悠久。但在岭南，桂林是完全够资格排上老字号的。其中，我们至今还能见到一处秦代的历史遗迹，它的资历堪比万里长城，却比长城更鲜活，那便是距桂林市区七十千米的兴安灵渠。

两千多年前，春秋战国的历史，在刀光剑影中演绎了数百年之后，由秦朝独霸天下，中原江山已尽入囊中。但秦始皇面对着当时的版图，仍然紧锁眉头。因为岭南，那一块被称为百越的土地，尚未进入他的势力范围。他要实现"普天之下，莫非王土"的宏图大略，于是，秦始皇毅然决定远征百越。

然而令他始料不及的是，横扫六国如卷席的大秦官军，在深入到南蛮之地后，却遭到土著部落意想不到的顽强抵抗，攻打数年，损兵折将，却依然久攻不克。而秦军又是孤军深入，南地多山，交通不便，兵马粮草供应不及，眼见的弹尽粮绝，大秦军队陷入绝境。但也正是在此时，一个伟大的构想，在秦始皇头脑中豁然而出。他要在湘江与漓江之间，打开一条通道，把湘江水引入漓江，以通舟楫。

让中原物资，由湘江送往漓江，以保障前线作战之需。

我来灵渠之前，对它的想象，不过一处古代的军事工程而已，大概可作怀古之思，而不会有太多的观赏价值。然而，当我顶着初春的寒风，站立在灵渠"人"字形的滚水坝上；当我漫步在灵渠两岸的水街上，我的心灵立即被这项工程的伟大、壮美和精巧而彻底征服了。湘江和漓江，属于两个不同水系，湘江为中原长江水系，漓江为岭南珠江水系，从地图上看，两条江并列而行，一向南流，一向北淌，是"井水不犯河水"的两个流派。

为了打通这两条水系，秦始皇派出他的心腹悍将史录，率五万精兵前往岭南，历时数度寒暑，硬是在坚固的岩石间开凿出一条全长 37 千米的水渠。打通湘漓二水，使秦王朝的军队及后援物资，能够沿水路长驱直入，并最终将岭南大地并入了大秦帝国的版图。灵渠，是为大秦帝国实现大一统梦想，在南中国开辟的一条绿色通道。这条水道之所以叫灵渠，是为了纪念为此开渠而献身的那些不计其数的亡灵。

如今硝烟散尽，气象升平，国泰民安，海清河晏。灵渠也早已脱去了它那厚重威武的铠甲。那条"人"字形的滚水坝，已定型成为民造福的图腾。它的汩汩清流，澄澈明亮，流过街市，流过村庄，流过丘埠，流过平原。灵渠两岸，绿树成荫，屋舍俨然，古老的石桥，高大的牌坊，彰显的是它年轮的悠久与历史的辉煌。凉亭里聊天的老人，河埠上浣衣的少女，构成了一幅安宁祥和的市井风俗画卷。

哦，灵渠，当年你的名字中交织着斧钺之声的鸣响，而今天却犹如一支清亮的短笛，在吹奏着那首古老而神秘的安魂曲。

漫步于灵渠两岸，我的心似乎要被这清纯的河水融化了一般。乃赋绝句三首，其一为：

> 始皇开土筑灵渠，千古功名自不虚。
> 从此湘漓互一派，岭南万里尽膏腴。

四

在桂林，山外看山美。山内看山，更美。芦笛岩，便是一座山内之山。所谓山内之山，便是溶洞。桂林地质属于典型的喀斯特地貌，故而溶洞很多，如象鼻山、七星岩、芦笛岩等。在我见过的溶洞中，论规模，芦笛岩算不上大，但确实很美。入洞的方式就很有诗意，坐在小火车上缓缓前行，恍如穿越在中世纪的欧陆。进入洞中，更有坠入远古之感，那些几十万年才生长一寸的巨大钟乳石，将人的思绪牵得无限遥远。导游牵强附会地将洞中的钟乳石比作人物，比作飞禽走兽，游客们饶有兴致地跟着听，还一边附和着："真像哎！"我们今天好奇地来游山洞，其实我们的祖先原本便是山洞的主人。打开中国历史，史前文化中最重要的篇章之一，就是山顶洞人。祖先们曾长期居住在洞穴里，日出而作，狩猎种植；日落而入，群居繁衍。洞中的生活平静而安定，没有战火，没有喧嚣，甚至没有风雨。可是不知哪年哪月，人类却从洞中走出，从此，这世界就变得喧嚣无度，纷乱不堪，千万年来战争不断。我们的祖先在洞中点燃的火炬，到了洞外却被人踩灭了。于是今天的世界，其实也变成了一个黑洞，幽暗得时常让人找不着北。人类表面的喧闹欢娱，其实有时比洞中还要清冷。

于是，走出洞中的人们，又时常对洞穴充满了怀念。陶渊明的《桃花源记》并不仅仅是对自然景观的好奇，更有对世外桃源生活的无限神往。

我曾在黄山脚下探访过一处叫花山迷窟的景点，大山下面几十个硕大无比的山洞，显然为人工开凿，但何人开凿？凿于何时？至今仍是不解之谜。而有一点毫无疑问，这就是先人们向往的山洞。

在洞中盘桓不到一个时辰，终于还是要走出来。而当我走出洞口时，真有点恋恋不舍，因为转身之间，便是世外与红尘之别了。想起多年前在兰州五泉山上见到的一副对联：

请上来吧，上来便能通碧落；
休下去呀，下去难免入红尘。

好在芦笛岩这个名字很有诗意，带着在洞中修炼片刻的安宁和清静之心，我们走进了一个叫鲁庄的小镇，此处秀水碧山，民风淳厚，青砖黛瓦，绿树红幡。竹筏悠然漂荡在明镜般的水中，偶有山歌隐约而闻，倒也有五柳先生笔下的桃花源意境。又在此食得人类最早的手工食品之一的煎豆腐，余香盈腮。乃赋诗一首，以记其游：

> 群峰似画水如蓝，洞府更藏奇妙山。
>
> 隐隐芦笛吹月色，情歌飘过美人滩。

五

初入桂林市区时，眼中的山水景致，并不如先前想象中的高大上。但是，倘若走出桂林城，那些尚未被高楼大厦、灯火霓虹污染的山光水色确实很美。比如芦笛岩下的小山村，比如灵渠边的千年古镇……当然，论自然风光之秀美，阔大，还以阳朔为最。

我们从一个叫磨盘山的码头登上游船，天气并不理想，没有太阳，薄薄的雾霭萦绕在山头水间。但船一开动，令我们感到确实如在画中。远处的山峰时隐时现，眼前的江流清澈见底。那山婉约妩媚，那水清纯可人。岭边的梅花在春意中绽放，水畔的杨柳在寒风中摇曳。这正是：

> 磨盘峰上雾茫茫，一带清流浮锦舫。
>
> 两岸画轴徐抒卷，相携笑语满漓江。

为了助游兴，旅游公司将沿途的一些景点用人文故事编串起来，一会儿说那山像"西天取经"，一会儿说这山似"观音神笔"。说实话，我一向对这些低级想象不感兴趣，因为一旦将大自然那伟大而神奇的造化与庸俗的人情世故或者故弄玄虚的传说故事联系起来，其审美情趣便俗不可耐。倒是有一处绝壁引起了我的注意与遐思，此处绝壁沿江而立，陡峭而沧桑，绝壁上有无数大大小小的洞穴。导游词中说，这是古代漓江岸边的先民们躲避战乱的栖身之所。哦，美丽的漓江，今天的我真想象不出，你这一派青山秀水的柔弱身姿，是如何抵挡那野蛮的刀枪斧钺的！这正是："漓江之水浪连波，此处也曾识干戈。绝壁半空多黑洞，几多悲欢与离合。"

我静静地站在游船的观景甲板上，贪婪地欣赏着一路的青山绿水，心里赞美着大自然神奇无比的造化之工，一任春寒扑面，一路诗意盎然。

不知不觉，四个多小时的游程结束了，阳朔县城近在咫尺，我们舍舟登岸。县城中的市井风情取代了漓江的美丽清悠。与所有景点一样，沿路的小商小贩在向人们兜售旅游纪念品，那是一种令人生厌的嘈杂。但一拐弯，见一老妪挑着一担菜花在路边设摊，我便又来了诗兴：

> 冬吃萝卜夏吃瓜，秋天八月采桑麻。
>
> 行来阳朔惊春早，正月阿婆卖菜花。

阳朔的春天真早啊！

儋州来拜苏东坡

几位朋友研学海口，会议之余，东道主问我们想看点什么，我迫不及待地说，去儋州！

去儋州，当然是因为苏轼。

于是一路椰风，驱车东行。

儋州的东坡书院，初名"载酒堂"，是苏轼自己起的名。后屡经重修，明代才更为东坡书院。其实载酒堂更合历史真实与苏轼的个性。"从来名士多耽酒"，苏轼也不例外。他自称"天下之不能饮无在予下者"，但同时"天下之好饮亦无在予上者"；"闲居未尝一日无客，客至未尝不置酒"。他的许多诗文名篇都与酒有关，比如《念奴娇·赤壁怀古》"一樽还酹江月"；比如《赤壁赋》"举酒属客，诵明月之诗，歌窈窕之章"；比如《水调歌头》"明月几时有，把酒问青天"。但后人往往出于旌表苏轼的文名而流于矫情，将苏轼在全国各地的遗迹几乎统统改成了"东坡书院"。

好在还有个载酒亭，让千年之后的我们，仍然能够感受到苏学士当年在此度过的那一段特殊的诗酒生活，依旧闻得到苏东坡如醇酿陈酒一般的人生况味。

穿过载酒亭后面的庭院，便是整个建筑群的正殿，大堂正中，一尊苏轼塑像巍然端坐。只见先生英风飒飒，目光如炬，那目光是一种"虽九死其犹未悔"的执着精神；是"先天下之忧而忧，后天下之乐而乐"的高蹈情怀；是"腹有诗书气自华"的从容与自信！

自古贤良多磨难，这句话用在苏轼身上再恰当不过。苏轼自24岁踏上仕途，到他65岁去世，几乎一半时间为官，一半时间被贬。贬谪时间最长的是黄州，最远的则是儋州。苏轼晚年形容自己"心似已灰之木，身如不系之舟。问汝平生功业，黄州惠州儋州"。说得很无奈，也说得很真实。

白居易评价刘禹锡"亦知合被才名折",苏轼也一样。他在官场遭受挫折的原因固然很多,但其中一个最重要的原因,是他"蛾眉曾有人妒",他才华太横溢,才情太迸发,才气太逼人。其实黄州一贬之后,苏轼多少是长了些记性的,曾经将尾巴夹紧过一段时间,才使得他在哲宗元祐元年(1086)又回到朝廷,并步步高升,由起居舍人,迁中书舍人,再迁翰林学士知制诰。这些都是接近皇帝的职务,由皇帝日常生活的秘书,转为中央政府的秘书长,最后,享有翰林学士的荣衔,这是封建士大夫的最高荣衔,有些类似现在的院士,并且负责为皇帝起草诏命文告,此时的苏轼也已从乌台诗案中的罪人而变为朝廷重臣,从诗人转变为一名政治家。

然而,正所谓江山易改,本性难移,得志之后的苏轼,那"一肚皮的不合时宜"的老毛病又犯了。在政治上,他的民本思想与司马光所代表的上层官僚的意见相左;在学术思想上与二程(程颐、程颢)对立。起初因有高太后护着他,他还敢作敢为,但高太后一死,他便又一次厄运当头了!

绍圣元年(1094),朝廷以苏轼在起草公文中"讥刺先朝"的罪名,撤掉其翰林侍读学士(皇帝的教师)等职务官衔,先贬英州(广东英德),接着,在一个月内连续三次降官,最后贬为建昌军司马惠州安置。

惠州在岭南,今天是深圳郊区,香港隔壁,很发达的。但当时属瘴疬不毛之地,苏轼以花甲老迈之身,流放岭南,更是雪上加霜。好在他是个"老流放",对流放生活有经验。他的思想也更趋于成熟,他时时用佛老思想看待这一切,形成"东坡式"的顿悟和解脱。他居然能将此次贬谪看成是人生旅途中的休息,宦海沉浮中的解脱。他把自己比成一条脱钩之鱼,惠州虽远,我为什么不可以在此养老呢?所以,一到惠州,他就忙着买地盖房,以图久居之想。

随遇而安,成为苏轼晚年贬谪生活的一大特色。在惠州,苏轼由官员变成普通民众,这就更使他能与百姓浑然一体,他也在当地民众的生活和特殊的风俗中得到了乐趣。尤其是岭南特产水果,让他大饱口福。他曾写道:"日啖荔枝三百颗,不辞长作岭南人。"要知道,当时的中原人,连吃一颗荔枝的想法也是相当奢侈的。

此时,苏轼的情绪已基本稳定,不信你读读他的这首《蝶恋花》词:

花褪残红青杏小。

燕子飞时，

绿水人家绕。

枝上柳绵吹又少，

天涯何处无芳草！

不信你再读一读他的这首七绝：

白头萧散满霜风，小阁藤床寄病容。

报道先生春睡美，道人轻打五更钟。

不料，苏轼在惠州写的这些诗词传到朝廷，他的政敌们不开心了，尤其是那个叫章惇的宰相，读到苏轼诗词后说："苏轼这老儿还这么快活啊！"于是下令将苏轼再贬海南儋州。据说，将苏轼贬到儋州的理由竟然是苏轼字子瞻的"瞻"与"儋"字相似。

这里要说一下章惇。苏轼和章惇早年关系很铁，两人本有同年之谊（同一年进士），入仕后又同在陕西为官，经常结伴游山玩水，既是驴友，又是知己。可是后来熙宁变法逐步在全国范围内展开，章惇坚定地干变法领袖王安石鞍前马后，苏轼则始终坚持认为变法不利于国家。曾经的挚友，站在不同的立场，友谊的小船自然说翻就翻了！

这一下苏轼懵了。妈呀，儋州！合着这明显是要整死老夫的节奏啊！他这才恍然大悟。感觉"垂老投荒，无复生还之望"。于是手忙脚乱地处理一通后事，将家属留在惠州，只身携带幼子过海，全家人痛哭诀别。

七月，苏轼抵达儋州，生活之艰难，令他始料未及。初到时，暂租公房蔽身，公房年久失修，下雨时一夜要搬动三次床。当地有个叫张中的小官吏景仰苏轼，派人将破屋稍加修葺，当局得知后，竟将苏轼逐出，并追究了张中的责任。这时，苏轼才真正意识到，他的政敌是必欲置他于死地而后快。于是赶紧写谢上表。什么是谢上表？就是封建社会官员被放逐或安置到地方上，到达任所之后，要给皇上写一封感谢信。苏轼这一回的谢上表写得是悲伤愁苦，如泣如诉。

我把它译成现代汉语，大致意思是：

今年 4 月 17 日，我接到诏命，圣上按授我为琼州别驾，并将我安置在昌化军，我已于当月 19 日启程离开惠州，至 7 月 2 日已到昌化。我由鬼门关向东，渡过充满瘴气的海口而南迁。我看来已是生还无望，死有余辜之人。我感念偶然得到进士的机会，并得到皇帝的殊荣，却没有表现出丝毫才干，反而罪过如山。我活该多次被放黜。让我孤独地来到海南，也是罪有应得。您对我恩重如山，而我自己却命如纸薄。我的罪行很大，而您对我的处分却很轻，这实在是因为陛下您如古代尧帝一样的圣明，像殷商汤王一样的仁慈。您的恩威如日月照临天地，万物都仰仗您的养育。如我这样的罪臣也能够得到您的体恤，让我在这穷途末日之中安度余生。然而我虽蒙免死，但年老孤独，无依无靠。临别之时，儿孙们在江边洒泪痛哭。如今来到了瘴疠之地，病魔与鬼怪正在等着我。我还能有生还的希望吗？我还有什么机会去报答皇上呢？可惜我的一片报国之念从此永远熄灭了。

虽然这一篇上表写得泪流满面，泣不成声，但是后来的苏轼仍然是以一个文学巨匠的形象站立在海南这片广阔绿野之上。贬谪海南的这一段历史，更是他"时穷节乃现"的生命礼赞，使他的节操和品德更加光照后人。他虽身处蛮荒，但"人无贤愚，皆得其欢心"。虽身处江湖之远，但是对于祸国殃民之徒，仍毫不客气地加以谴责，写下了一批名留青史的不朽华章。同时，他劝农耕植，授民医药，倡改陋俗，敷扬文教……凡有益于人民的事，他多勉力而为，至老不衰。今存《坡仙笠屐图》是镇院之宝，这幅石刻《坡仙笠屐图》，记述了东坡访黎子云，途中遇雨，借农家竹笠木屐而归，与妇女儿童嬉戏的情景，反映东坡随遇而安，与儋州百姓和睦相处的品格。

东坡书院在"文革"浩劫中，满目疮痍，文物荡然无存。以致《人民日报》曾发表题为《救救东坡书院》的读者来信，从而引起各级政府的重视。东坡书院进行大规模的重修，恢复了昔日风采，嗣后又扩建成东坡文化园区。

重修后的东坡书院，如一颗熠熠生辉的明珠镶嵌在碧绿如茵的田园上。蜿蜒娴静的北门江流经它的身旁，叮咚弹奏；突兀峥嵘的松林岭矗立它的身后，雄姿英发。院内新亭耸翠，殿宇堂皇，古木幽茂，群芳竞秀。

书院碑刻、楹联琳琅满目，漫步其中，只觉书香扑鼻。许多碑刻、楹联，翔实地记录了载酒堂的兴衰和名人登堂时抒发的胸臆。

今我来时，海风悠悠，绿野千里，万里海天，一片祥和。儋州之行圆了我一个梦，一个寻访东坡贬谪南海遗踪之梦。归途而成绝句二首，以记此行：

戊戌初冬谒儋州东坡书院吟得

南国行来费蹉跎，儋州万里拜东坡。
直臣自古命途舛，感慨唏嘘一样多。

戊戌初冬儋州拜谒东坡书院再咏

孤臣生死两茫茫，九万里来投大荒。
公去杳然千百载，清风正气满枕榔。

闽南掠影

一

好友李国庆，网名"那一山人"。一看这名字，你一定以为他是现代陶渊明、王维之类，早已隐姓埋名，遁入山林。然而你如果真这样想，那就大错特错了，他整出的"捺山那园"，用他的话说，"是请朋友们来喝喝茶的"。实际上他一直活跃在他的老本行——石油工程、石化企业安全文化策划等领域。前些日子，他告诉我，要到福建漳州海湾一个重大石油化工项目上做事，让我陪同他一起去见识见识新鲜事物。于是，我俩就来了一场说走就走的旅行。

从南京飞厦门的飞机，不出意外地晚点。

下午两点到达厦门。

八月的厦门，蓝天白云，骄阳似火。但坐在西餐厅的窗下，欣赏着椰林摇曳的南国风情，是一件很惬意的事。我平时不喜西餐，但是如此美景也撩起了食欲，海鲜、比萨、啤酒……此时样样可口。

大唉一番之后，便向漳州出发。

汽车在沈海高速上行驶了一小时，来到了一个叫古雷半岛的地方，这本是一处古老的渔村。但有人看中了这片热土，要在此建一个大型化工项目，政府将所有的渔民都迁到了新镇区集中居住。整个半岛上，机械轰鸣，尘土飞扬，一片繁忙的建设景象。人们要把这个原本并不大的渔村，用现代吹沙填海技术，建造一个庞大的化学化工基地。

看着这壮观的场面，我头脑中一下子堆砌了很多成语：精卫填海、愚公移山、改天换地、沧海桑田……

夕阳西下，海天茫茫，我驻足在大海边遥望远方，思绪穿过了千年。千年之前的南宋王朝，就在不远处的海域上，与蒙古人经历了悲壮的崖海之战。崖山海战直接关系南宋存亡，因此也是宋元之间的最后决战。战争的结果，元军以少胜多，宋军全军覆灭。南宋灭国时，陆秀夫，这位从我们大苏北走出去的宰相，背着少帝赵昺投海自尽，许多忠臣追随其后，十万军民跳海殉国！此次战役之后，赵宋皇朝陨落，蒙元最终统一整个中国，中国第一次整体被北方游牧民族所征服。南宋的灭亡，标志着中国古典时代的终结，部分学者甚至认为，"崖山之后无中华"。

> 风雨潇潇暮，崖门系客思。
>
> 生当天地变，死出古今奇。

至今，在漳浦境内还有一个叫赵家堡的古镇，这是赵宋王朝的残部最后流亡和避难隐居的城堡。

曾经的大宋皇族后裔，如今早已是布衣百姓，他们先祖们曾经有过的辉煌，没落，屈辱，不甘与无奈，也早已被时光渐渐抹去。

再显赫的帝业终究也有大江东去的一天，这正是：

> 是非成败转头空，青山依旧在，几度夕阳红。

二

这次到闽南，主要想看一下土楼。闽南的土楼，在文化学意义上很值得探究。

从漳浦到南靖，风景优美，蓝天白云下，峰峦起伏，青山连绵；紫薇花、凤凰花、三角梅一路开放；还有漫山遍野的香蕉、龙眼，以及各种水果树的枝头都挂满了果实。路边的山泉，时而流水潺潺，时而奔腾欢唱。真是人在画中走，画为人展开。

就这么欣赏着车窗外的风景，两个多小时的路程不知不觉地过去了，到达土楼景区。

土楼，是闽南古代客家居民以种姓聚族群居的建筑。

何谓客家人？这段历史至少要追溯到秦代。

秦统一天下时，岭南还是几无人烟的蛮荒之地。中原汉人，因战乱、饥荒等原因被迫南迁，于是，他们成了中国南方最早的原住民。及至南北朝之后，永嘉之乱、安史之乱、宋朝南渡、明朝灭亡等历史事件中，又有中原人陆续南迁，早先迁去的南方住民，将后来南迁的中原人称之为"客民"或"客家人"。

当初的"客家人"，被迫背井离乡，经历千辛万苦。无论是长途跋涉的流离失所，还是新到一处人生地不熟的居地，所有的生存问题，都得依靠自己人团结互助、同心协力去解决。因此，他们每到一处，本姓本家人总要聚居在一起。

原住者占尽了天时地利，而客家人居住的大多是深山密林中的偏僻之地，不但建筑材料匮乏，更有豺狼虎豹、海盗山贼的侵扰，加上惧怕当地原住人的欺侮，客家人便营造出抵御性的城堡式建筑住宅——土楼。

处在大山深处的土楼，过去鲜为人知。据说在20世纪70年代，美国的卫星在中国南部地区发现了一种奇怪的建筑。它们组群而建，封闭而神秘，美国的情报部门以为这是中国的导弹发射基地，于是派出间谍前来侦察。侦察人员历经千辛万苦，结果发现并不是什么导弹发射基地，而是一种特殊民居。美国人拍了大量的照片和录像，在各种媒体中宣传这种神秘的建筑，于是福建土楼得以名扬天下，并在2008年被列为世界文化遗产。

我是满怀着向往来欣赏客家土楼的，可是到达田螺坑客家土楼之后却大失所望。原本封闭、宁静的客家土楼，今天已经完全沦落为一种旅游产品。漫山遍野的车辆，红男绿女的游人，满眼的小商小贩农家乐。土楼中的居民只剩下三种人，当地导游称之为"三八""六一""九九"。"三八"是女人，"六一"是儿童，"九九"是老人。而且，几乎所有人都成了生意人。

田螺坑的土楼由某旅游开发公司承包经营，给土楼中的原居民每人每年几百块钱，而土楼的产权已经不属于客家人，他们只有居住权，而无拥有权。可怜的客家人，当初用一块块泥巴垒起来的土楼，传承了几十代，现在竟然被剥夺了所有权，而让别人去经营赚钱。

想起一位文化名人的话：许多文化，是文化的羞愧。一定要做减法，才能体现精华。

三

闽南，地理学上一般指泉州、厦门、漳州、龙岩地区新罗绝大部分和福建漳平、福建大田部分和尤溪小部分等地区。其中，泉州在历史上是该地区最发达的地方，泉州港，在宋元时期是世界第一大港。

顺道上有个惠安石头古城，便去一看。

石头古城始建于明朝中期，依山临海，原本是抵御倭寇的海防工事。

倭寇，是 13 世纪到 16 世纪左右，侵略朝鲜、中国沿海各地和南洋的日本海盗集团的泛称。倭寇除了在沿海劫掠以外，还从事中日走私贸易。14 世纪初，日本进入南北朝分裂时期，在长期战乱中失败的南朝封建主，组织武士劫掠中国和朝鲜沿海地区。因中国古籍称日本为倭国，故称倭寇。

从明朝洪武时起，致力于加强海防，因而沿海较为平静。嘉靖以后，日本进入战国时代，在封建诸侯支持下，日本海盗与中国海盗相互勾结，在江浙、福建沿海攻掠乡镇城邑，于是东南倭患剧增。明廷多次委派官吏经营海防，但因朝政腐败而难有成效。嘉靖后期，著名将领俞大猷、戚继光等先后平定江浙、福建、广东倭寇海盗，倭患始平。

武安石城即为戚继光所筑。倭寇既除，石头城由原先的军事设施，逐渐演变成民居。

这是一个封闭的城堡，至今里面还居住着数百户居民。赤日炎炎之下，我走进了民居的巷陌之中。然而意想不到的是，作为一个旅游景点，村中竟然宁静得使人有点心里发怵。虽然屋舍俨然，但连鸡犬之声都不可闻，偶见村民在巷子中行走，也是苍颜白发，颤颤巍巍的老者。倒是有几只野猫，时而出现在我的视线里。猫见到我，一脸的警惕。我见到猫，有点毛骨悚然。

索然无味地走出石头城，头脑中却一直在思考着一个问题：看来乡村空心化已成为一种不可阻挡的潮流，不仅仅在我的家乡——那些远离城市的偏僻农村如此，即便如石头古城这样具有悠久历史、建筑坚固，并且离城市并不遥远的乡村也是如此。

好在石头城临海而建，我站到了一处制高点上极目而望，但见碧海蓝天，白云雪浪。再往远处看，海天一色，遥不可见。对岸就是宝岛台湾，又不禁想起少年时代常唱的一首歌："我们一定要'解放台湾'。"

<h1 style="text-align:center">四</h1>

走出石头古城，李国庆告诉我，泉州还有个古村落值得一看，叫樟脚村。

汽车在山村弯道上曲折前行，黄昏时分到达樟脚村。映入眼帘的是山坡上一层层上下重叠、一幢幢首尾相连的"石头厝"（闽南人的房屋，一层叫厝，二层为房，三层称楼），俨然是一座古城堡。石头建成的房屋层层叠叠、错落有致。狭窄、幽静的石巷，经过雨水的冲刷，石梁上留下古老的印记。爬在石墙上的老藤，给石屋增添了几分沧桑。历经岁月的洗礼，石墙已是一片斑驳，其呈现出来的红褐、灰白、藏青的色泽，在夕阳下显示出苍老而带有些残酷的绚丽。

此处房屋虽在，但早已十室九空。未来的居民已在邻近的山坳间砌上了崭新的楼房，看得出，这批旧民居已被包装过，是专供游人来猎奇的"老古董"，也是美术家笔下、摄影家镜头中的最爱。如果说惠安石头城的空寂，已让我感到有点胆寒，那么樟脚古村落，完全可以用"千村薜荔人遗矢，万户萧疏鬼唱歌"来形容。只是偶尔见到一些游人，从一家家低矮的墙角边走过，那眼神与我同样的狐疑。

我与李国庆选了个门庭坐下休息。门内有一老妪，是这所旧房子的主人，生有四男一女，目前全都住在新房子中。她年纪大了，白天在此"守株待兔"，摆些自家产的茶叶、干果等，有游客需要时便出售一些。一天的奔波使我们感到有些疲惫，于是向老妪买了一壶茶，二人对饮起来，并且就古民居保护的价值与意义，又拉开了话题……

下得山来，草成五律一首，以记其行：

> 早秋林未染，南闽访幽村。
>
> 道路沿山曲，溪流入涧深。
>
> 不闻鸡犬吠，唯见藓苔莘。
>
> 荒圮岁时久，客来寻梦痕。

新疆速写

一 神迷喀纳斯

终于穿过了千里准噶尔大戈壁，到达阿尔金山的边缘。接下来尚有数小时的山路——我们要翻过三座山头才能到达喀纳斯。这段山路有些惊险，窗外的景色却越发生动起来，山坡上有了灌木，有了大树；山坳中有了绿草，有了毡房；山涧中有了溪水，水势越来越大、越来越蓝、越来越湍急，再过几道弯，溪水竟奔腾起来，树木茂密起来，草原广阔起来，牛羊密集起来，漫山遍野，恰似天女撒下珍珠一般。

啊，喀纳斯，我终于走进了你！我从遥远的长江三角洲出发，一路跨过华北平原，越过黄土高坡，纵贯八千里秦川、陇东塬峁、河西走廊，穿过沙漠戈壁，翻过崇山峻岭，行程万里，这才走进了你的怀中！

在地图上看，你位于我国版图的"公鸡尾巴"上。人们说公鸡的尾巴是最漂亮的，因而你有一派令人叹绝的绮丽风光。

我小时候在水乡长大，记忆中的故乡河水也很清澈，但故乡的河水不具备你的色彩，你的色彩是一种令人心醉的碧蓝。

我曾经到过号称"大树王国"的天目山，那儿的树也很多，并且粗壮高大，但比之于你，却显得有些杂乱。喀纳斯的树以种群类聚而生，因而极富层次，长在高山坡上的是挺拔的松树和秀丽冷杉，而水边湿地、河谷上生长的则是如少女般婉约的白桦。

我也曾在西部的另一处边陲要塞仰望过天空，那里的天也很蓝，云也很白。比之于你却少了一些变化，喀纳斯的天空是变幻的，忽而蓝天白云，阳光灿烂，忽而彤云密布，山雨欲来。

我登上游湖的汽艇，来到了湖的中央，任长风入襟，看烟波浩渺。喀纳斯湖水是如此地清我心扉，荡我魂魄，真想把自己扔进这翡翠般的水中去幻化成沧海一粟。

我徘徊在三湾之畔，神仙湾的传说令我心驰神往；卧龙湾那一摊与水齐平的浅草使我流连忘返；月亮湾那两道漂亮的弧线和两只神秘的"大脚印"，在我脑海中定格成永远的风景。

我缓缓行走在白桦林的小径，这儿是那么的静谧而安详。阳光如雨，轻风如歌，那棵棵白桦便如那翩翩起舞的少女了，一袭的白色衣裙，使人想起经典的《天鹅湖》。侧耳倾听，真的，那欢快的乐曲就在耳边，棵棵的白桦幻化成一群小天鹅，在喀纳斯的碧波上欢快起舞。

我驻足于水流湍急的峡口，目送着那一朵朵跳跃的浪花。我问浪花，你曾是友谊峰上的一片雪吗？是上帝安排你从九天的云霞中来到喀纳斯的吗？但你并不贪恋喀纳斯的美景，而是带着梦想去旅行——为了河畔小草开花，为了田间的种子发芽。

我依偎在图瓦族老人的身边，听他用芦笛讲述最原始的故事。芦笛的声音时而苍茫缥缈，时而欢快流畅。苍茫缥缈中，我读出了图尔族人历史的遥远，牧游民族的颠沛与艰辛；欢快流畅中，我见到了芬芳的雪莲、清澈的泉水、奔腾的骏马、闲散的牛羊。

喀纳斯，一个珍藏童话的地方。

喀纳斯，上帝留给我们的美丽天堂！

二 北庭小记

这是我第五次入疆。

总以为有了前四次的经历，新疆的好风景已被我游得七不离八。谁知我太井底之蛙了，新疆166万平方千米的地域，我才走了个零头！

这不，这次入疆，朋友们安排我去东疆一线游览，又使我大开了眼界。

东疆一线，新疆人习惯称之为"东三县"，三个县的名字为吉木萨尔、奇台、木垒。地理方位在东天山的北麓，从奎屯出发东行，八个小时车程，才到我们此行的第一站，吉木萨尔县。

车辆驶出的高速出口有两个名字，一叫吉木萨尔，一叫北庭。

北庭，这就是北庭？一见到这两字，我眼睛一亮，精神振奋，长途坐车的疲劳感顿时烟消云散。因为北庭这个名字，自秦汉从来，便是西部的枢纽、核心之地。她的存在及其归属，直接影响着中国西部地区的安危兴衰。过去我在书本上曾无数次遇见她，也曾无数次遥想过她：大漠黄沙，长河落日。边庭刁斗、将军白发，构成了我心中的北庭意象。现在，我居然就站在她的土地上，仰望着秦时明月，汉时关隘。

自汉武大帝西征之后，西部匈奴元气大伤，至东汉时分裂为南北二个单于。"庭"是匈奴的王庭、首都。北单于庭，称之为"北庭"。

终于，我们的历史豪迈地进入了大唐。在中国历史上数千年的帝国星空中，唐王朝无疑是那最耀眼的一颗。盛唐的影响力，穿越千古岁月，直到如今，依然经久不衰。强大的唐王朝，能够跻身古代世界顶尖王朝的行列，凭借的是开放的政策、繁荣的经济、开明的政治、兴盛的科技等因素。还有，那就是浩瀚无垠、辽阔无疆的大唐版图。而北庭，便是大唐帝国最西部的政治、军事、经济、文化中心。

逡巡于吉木萨尔博物馆，犹如走进了那段充满英雄主义气概，又洋溢浪漫主义精神的大唐历史，冷不丁竟与初唐诗人骆宾王撞了个满怀。骆宾王，婺州义乌人。早年落魄无行，好与赌徒为伍，后为道王李元庆府属，曾从军西域。只见他满脸朝气，踌躇满志，轻轻地向我吟哦着：

> 二庭归望断，万里客心愁。
> 山路犹南属，河源自北流。
> 晚风连朔气，新月照边秋。
> 灶火通军壁，烽烟上戍楼。

诗中"二庭"即今吉木萨尔县。唐代的吉木萨尔，已经是通向西域的枢纽之地，其大道如砥，史称"庭州大路"。正是"忽上天山路，依然想物华。云疑上苑叶，雪似御沟花"。在诗人生花妙笔的描述之下，一条丝绸之路，蜿蜒曲折，飘然西去……

> 万里奉王事，一身无所求。
>
> 也知塞垣苦，岂为妻子谋？

骆宾王一闪身，著名边塞诗人岑参向我们走来。岑参早岁孤贫，从兄就读，遍览史籍；天宝三载（744）进士及第，初为率府兵曹参军，后两次从军边塞，先任安西节度使高仙芝幕府掌书记，后在天宝末年任安西北庭节度使封常清幕府判官。岑参一生，诗作四百，其中边塞诗五十有余，而与北庭有关的诗达三十多篇。

北庭幕府，边塞生活，使岑参的诗境空前开阔，造意新奇，雄伟瑰丽的浪漫色彩，成为他边塞诗的基调。他用"忽如一夜春风来，千树万树梨花开"，形容北国八月飞雪之美；他用"一川碎石大如斗，随风满地石乱走"，形容天山景色的壮丽、凛冽。

前人都说，王昌龄的那首《出塞》是唐人七绝的压轴之作，而我却偏爱岑参这首《逢入京使》：

> 故园东望路漫漫，双袖龙钟泪不干。
>
> 马上相逢无纸笔，凭君传语报平安。

王昌龄的那首《出塞》固然很好，"但使龙城飞将在，不教胡马度阴山"，大气磅礴，有拔山盖世的张力。但是我还是要与前贤们唱一次反调。我觉得，如《出塞》那种英雄主义诗篇，虽然豪放，但其情感流于口号式的呼喊。而岑参这首《逢入京使》，是戍边将士在行军途中，正好碰到一位欲去京城的使者，想写封信让役使带回故乡，给远方的家人报个平安吧。可马上相逢，无纸无笔，便匆匆口占四句诗相赠，甚至来不及斟词酌句，便与使者擦肩而过。"马上相逢无纸笔，凭君传语报平安。"现场画面具体、生动、朴实、传神，故而表达的感情更加真实可亲，使人照观到戍边将士立志报国、建功立业，与思念故乡、牵挂家人的情感相互交织的内心世界，而更显人性之美。

今天的我们，一切都方便快捷了，却少了古人的那份"天下谁人不识君"的自信与从容，更缺乏他们眼中"燕山雪花大如席"的诗意和美感。面对这一片大好河山，满目美景，我们匆匆而来，又匆匆而去。重温古人经典，不觉自惭形秽。

晚上回到酒店，见天清野旷，皓月当空，而成绝句一首，以记此行：

又到西垂拜国门，黄沙大漠杂烟尘。

秦时明月今犹在，共照天涯万里人。

三　大盘鸡

在新疆游览，除了雪山之雄伟，水草之丰茂，戈壁之苍凉，风情之多姿，美食也是一道风景。鲜美的牛羊，奇异的山珍，各具特色，各具风味。至于民族面食，更有万千品种，简直令人目不暇接！但遗憾的是，有些来自内地的客人，却吃不惯牛羊肉，于是有一道美食便成了内地客人的最爱，这就是大盘鸡。

三年前，我应新疆应用职业技术学院之邀，前来讲学。该学院设在奎屯，奎屯市位于天山北麓准噶尔盆地西南缘，东与塔城地区沙湾县接壤。从乌鲁木齐机场到奎屯，经过沙湾时，接待我的陈少军副院长带我去沙湾吃了一顿大盘鸡。嗨，真是不吃不知道，一吃忘不掉。从此，大盘鸡成了我的新疆美食之恋。

一晃三年过去，三年之后的今天，我再度来到新疆。在讲课的间隙，我走北庭、登天山；进学校、访兵团，所到之处，餐桌上都有大盘鸡。大盘鸡，已无可争议地成为新疆美食的代名词之一。

大盘鸡的特色在于大。那盘子真叫大，那菜装得真叫满。用来做大盘鸡的原料鸡个大肉嫩；大盘鸡烹调过程简便快捷，鸡块油亮剔透，汤汁黏稠浓厚，配之以红绿辣椒。其色、香、味、形、器，都充分体现了大美新疆的美学特征。而这次新疆之行，我有机会考察了新疆农垦兵团文化，更意外地得知了大盘鸡的传奇故事。

我国军垦文化，远可以溯及汉代。直至1949年，新疆和平解放之后，大批军人仍以部队建制的方式留在新疆，开垦荒地，屯田戍边。在这一场沙漠戈壁变绿洲的传奇历史中，演绎过无数动人的故事，而大盘鸡的起源，便是其中之一。

1950年，在新疆生产建设兵团第七师创立之初，一支部队奉命从天山南麓转战天山之北，有一位年近七旬的老战士也在征召之列，他叫马新才。他知道，此去是一无所有，白手起家。细心的他，用仅有的零花钱，买了几只小鸡雏带在身边。翻越天山时，正值天寒地冻，老马为了保住小鸡雏，将自己身上皮大衣脱下来裹着小鸡。几只小鸡终于活了下来，而这几只小鸡长大之后，竟然成为北疆兵团家禽养殖业的"星星之火"。后来，在兵团里养出的鸡，吃的是昆虫、粮食，长得肥硕高大，因此而成为今日新疆大盘鸡这道美食的最好原材料。

据说，二十世纪八十年代，沙湾县农民李某在路边开了一家"满朋阁"饭店，擅长烹制辣子鸡块。一次，一个建筑公司的职工来吃辣子鸡块，虽然觉得味道好，但总感觉量太少，看到李某拿了只整鸡从后堂出来，就要他把整只鸡都给他们炒上。可是，炒好后的鸡块没有那么大的盘子装，李某就用盛拌面的盘子盛上了，吃完后这群客人大呼过瘾，而邻座的客人们也纷纷要求来一份大盘装盛的鸡。

据说，起先店家把菜谱写在一块小黑板上，叫"辣子炒鸡"，后来越来越多的饭店开始推出这种用大盘子盛放鸡块的做法，大盘鸡的名声逐渐传开了。一时间，沙湾县城国道两侧，涌现出了许多"大盘鸡"餐馆。

1992年，沙湾杏花村大盘鸡店的老板张某首先注册了"大盘鸡"这个品牌，一道乡土菜，终于在中国美食谱上登堂入室，走红江湖。

经过20多年的发展演变，在新疆，不仅可以吃到大盘鸡经典款——"土豆鸡"，还可以吃到大盘鸡豪华版、升级版"香菇鸡、咸菜鸡、豇豆鸡、花卷鸡、海带鸡、油炸馕鸡、冻豆腐大盘鸡、鸡血饼大盘鸡"等。

今天，新疆美食中不仅有系列大盘鸡，还有大盘鱼、大盘羊排、大盘羊肚、大盘牛肚等，这些都是在大盘鸡基础上的衍生发展与发扬光大。在新疆吃饭，几道大盆菜一上桌，眼瞧着舒服，吃起来痛快。尤其是那"皮带面"。之所以叫皮带面，是因为面条的宽度如男人腰间的皮带一般宽。如果说大盘鸡盘子之大，已经令我惊讶。那么这皮带面之宽，简直令我咋舌，同时我也为兵团人的饮食智慧而叫好。当年的垦荒生活极其艰苦，天寒地冻，食品短缺。所以，军垦生活中的餐饮，不可能如内地饮食一样精工细作。这些以"大盘"命名菜肴，蕴含的是兵团人艰苦创业的精神和英雄豪迈的气概。

吃了大盘鸡，喝了兵团酒，洋溢着朋友们的深情厚谊，沐浴着大漠的夕阳余晖，行走在当年的戈壁，今天的绿洲上，我仿佛也成了一名军垦战士，一股豪气沁入骨髓……

扬州狮子头

曾经有一篇博文在网上蹿红。

博主在全国34个省市自治区，评出了一省一道招牌菜，引起了吃货们的热捧。比如北京全聚德烤鸭、上海小南国红烧肉、河北保定驴肉火烧、安徽黄山臭鳜鱼、湖南长沙剁椒鱼头、广东潮汕牛肉丸，以及新疆的烤全羊、内蒙古的手扒肉、中国台湾的三杯鸡……

江苏代表菜则以狮子头荣登此榜。

作为扬州最经典的菜，狮子头以其选料精细、做工讲究、口味适中、南北皆宜之特色，无论代表淮扬菜，抑或代表江苏菜，笃定地名副其实。

狮子头菜名大有来头！

"狮子头"，扬州人也叫大斩肉，北方话则叫它"大肉丸子"或"四喜丸子"。据说它的"远祖"是南北朝《食经》上所记载的"跳丸炙"。有故事说，当年隋炀帝乘着龙舟巡游江都，欣赏美景，特别对万松山、金钱墩、象牙林、葵花冈四大名景十分留恋。回到行宫后，吩咐御厨以上述四景为题，制作四道菜肴。御厨们费尽心思，终于做成了松鼠桂鱼、金钱虾饼、象芽鸡条和葵花斩肉这四道菜。杨广品尝后，十分高兴，于是赐宴群臣，一时淮扬菜肴倾倒朝野。

到了唐代，随着经济繁荣，官宦权贵们也更加讲究"食不厌精，脍不厌细"。有一次，郇国公韦陟宴客，府中的名厨也做了扬州的这四道名菜，并伴以山珍海味、水陆奇珍，令座中宾客们叹为观止。当"葵花斩肉"这道菜端上来时，只见那巨大的肉团子做成的葵花心精美绝伦，有如雄狮之头。宾客们趁机劝酒道："郇国公半生戎马，战功彪炳，应佩狮子帅印。"韦陟高兴地举酒杯一饮而尽，说："为纪念今日盛会，'葵花斩肉'不如改名'狮子头'。"一呼百诺，从此扬州就添了"狮子头"这道名菜。到了清代，乾隆下江南时，把这一佳肴带入京都，使之成为清宫菜品之一。嘉庆年间，甘泉（扬州）人林兰痴所著《邗江三百吟》中，也歌咏了扬州的"葵花肉丸"。其序曰："肉以细切粗斩为丸，用荤素油煎成葵黄色，俗名葵花肉丸。"且赋诗云：

> 宾厨缕切已频频，团此葵花放手新。
> 饱腹也应思向日，纷纷肉食尔何人。

我生长在里下河的穷乡僻壤，故乡只有小肉圆，而从未见过狮子头。后来求学进城，又留在城里工作，而且工作之后，有一段经历与烹饪结缘，于是，我曾经很认真地学过做狮子头。

扬州狮子头的制作工艺曾经很神秘，讲究不加淀粉、鸡蛋等凝固性材料，而能使其成型，其中必定大有窍门。故而旧时代，有的厨师跟师傅学了三年，狮子头还是不会做，因为师傅没把窍门教给他。是啊，把看家本领全教给徒弟，自己的饭碗便靠不住了。

扬州狮子头的窍门在哪里呢？

首先在选料。网上查了狮子头几种做法的介绍，大多不靠谱。而最不靠谱的在于选料，比如有的说"选三分肥肉，七分精肉……"，如此选料，做出来的狮子头硬邦邦的，可以当足球踢。

扬州传统狮子头，正确的选料比例应该是六成膘肉，四成精肉，这是扬州狮子头口感鲜嫩的关键所在，且选取猪肉的部位，最好是五花肉。肉洗净，擦干，将膘肉与精肉分开切配。用刀将膘肉劈成片，切成丝，再切成石榴米状的肉丁。那功夫，要有绣花之心！将精肉剁成泥，与肥肉丁和于一处。将葱姜捣碎，挤出汁水（切忌将葱姜直接放入），与黄酒一同加入肉泥中。

下一步工艺极其关键！

将肉泥置于盆中，徐徐加入食盐，用手按顺时针方向迅速搅拌。这个过程，厨师们称之为"上劲"。其原理是，盐的化学成分是氯化钠，肉泥的主要成分是脂肪（肥肉），脂肪在氯化钠的作用下，通过迅速搅拌会凝固。

搅拌到什么状态为标准呢？搅得你手腕发酸，手臂发麻尚不可言止！直到用手抓一把肉泥，将手心朝下伸平，当手中的肉泥黏在手心不会掉下，说明肉泥黏性已达标准。

备好砂锅，砂锅内置清水，将肉泥做成大丸子，表层涂抹一层极薄的粉芡浆，轻放于水中，在肉丸上盖上青菜叶。用旺火烧开，迅速改微火炖焖两小时（旧时的煤球炉火为最佳），清炖狮子头即成。

还可随季节不同加进春笋、河蚌、荸荠、荷藕、蟹黄等，而形成不同风味的狮子头。

提起我学做狮子头的经历，还有一段有趣的小故事。

1987 年，我带学生实习。南通市五交化公司有个朋友，特别喜欢吃扬州狮子头。有一次，他问我："小华，你会不会做狮子头？"我说"会呀。"他说："那你下次来南通看学生的时候，请你到我家去做一次狮子头。"

后来我到南通去看望实习生，如约来到朋友家。那时代，人与人之间信任度真是没话说，他们夫妇去上班，孩子去上学，将家门就交给了我。我从早上去菜场买菜，到中午就把狮子头做好了，他们全家午餐吃得非常开心。正在兴头上，朋友问我："小华，你有什么困难需要我们帮吗？"我说没啥困难。他又问我："你家有彩电吗？"这一问真问到我的痛处了，当时我家女儿已牙牙学语，可家中还没电视，因为那时买彩色电视机是凭计划供应，要票呢。也有不要票的，但必须搭售十八台电风扇，对我来说，彩电可望而不可即。朋友说："这个没问题，我给你一张票。"于是，意想不到，我用做狮子头的厨艺，换来了一台南通产三元牌十八英寸彩电的计划。当我将彩电拉回家时，女儿高兴得欢呼雀跃。

古人说："鼎中之变，精妙纤微，志不能达，口不能言。"由于旧时代厨师们缺乏科学文化知识，许多烹饪技艺只能凭经验积累，而不能用科学原理去解释。比如扬州狮子头如何成型，灌汤包如何将汤灌进去等技巧，原本都很神秘。而掌握了科学原理之后，一切神秘就迎刃而解了。至于后来绞肉机代替了人工切配，纯手工制作狮子头也就随之淡出了，而宾馆酒楼的狮子头制作则变得简单而方便。

在当今扬州酒店中，有两家制作的狮子头给我留下深刻印象。

狮子楼的狮子头。

这是扬城少见的个头大、有馅心的狮子头。其馅心还会根据时节不同有所变化，其中包括咸鸭蛋、梅干菜、马蹄丁等，闻起来香，吃起来口感丰富。如果来一勺，会有几层口味。第一层是肉香味，一般的狮子头只有肥瘦比例之分，一口吃完，特别容易留下偏肥嫩或偏柴干之感，但是狮子楼的狮子头在肉味将尽的时候，又有蛋黄的细腻，马蹄的脆甜，还有梅干菜的干香味等。

扬州大学田园宾馆的狮子头。

这是扬州大学的一个内部招待所，但这家的菜品价廉物美，尤其那道狮子头做得真叫好。它没有夸张的造型，也绝不随季节翻什么花样，就是传统的、素面朝天的扬州狮子头。总经理张军，秉承了扬州狮子头严格选料、精细操作的宗旨，使其完全保持了扬州狮子头鲜嫩味美，入口即化的风味特征，凡品尝过田园狮子头的食客都夸好，那叫"有口皆碑"。

扬州狮子头，既然成为全国知名的经典菜肴，喜爱吃的人便很多。但在过去，"此菜只能扬州吃，别处难得几回尝"！几年前，扬州电视台关注节目播出了一条新闻，山东某食品企业，用工业化方式生产出了狮子头，且年销售量惊人。正在电视机前的扬州名厨韩春华先生坐不住了，这位青年时代就投身于烹饪行业，并且在扬州政府机关招待所担纲红案大厨，曾在国外从事烹饪行业多年，回国后又在博鳌会议中心担任过主厨的专家级烹饪大师，心潮难平，热血涌动。他特地去买了该厂家生产的狮子头回来品尝。品尝之后，他一方面大失所望，一方面又信心大振。说大失所望，因为该厂家生产的狮子头，无论是色香味形，都与扬州狮子头的标准相距甚远。说信心大振，则是这也让他想自己开一个狮子头加工厂。

空谈误国，实干兴邦。韩春华经过认真调研，同时结合自己几十年积累的厨艺经验，迅速建成了一条扬州狮子头生产线，从选料加工到成型包装，都严格按照扬州狮子头所必备的质量标准要求，把好生产的每一个环节。2015年春节前，由韩春华生产的扬州狮子头，在市场一炮走红。

在扬州电视台《市民论谈》节目中讨论淮扬菜主题的现场，韩春华拿出了他的产品——狮子头，让参加节目的所有人员现场品尝，得到一致好评。

时隔一年，我到韩春华的食品公司生产现场进行了采访。宽敞的厂房，整洁的环境，先进的生产设施，都给我留下了极深的印象。而印象最深的，是韩春华先生那份满满的自信。他的狮子头自投产以来，很快就将产品打入了华东各大超市，并成为市民采购的抢手货。后来他又与中国邮政合作，成为中国邮政邮购地方土特产品的指定品牌。

如今在中国大陆，无论你是何方馋虫，只要你联上中国邮政土特产专卖网，不出 24 小时，绝对正宗的扬州狮子头，立马会"舞"到尊前。韩春华更是满脸牛气地说，再给我三年时间，我一定让扬州狮子头惊艳全世界！

近代大儒梁实秋先生曾写过《狮子头》一文，我今不揣浅陋，狗尾续貂，再写"狮子头"，未免显得不知天高地厚。但是，扬州狮子头真有说不完的故事……

泊心园品茶

学生问苏格拉底：人生是什么？他让学生们从一个果园中走过，每人挑选一只最大的苹果，不许走回头路，不许选择两次。大家回来后他问：满意吗？学生们说：让我们再选择一次吧，我们要么选早了，后面又有更大的；要么选晚了，漏过了最大的。苏格拉底笑了笑说：这就是人生，人生就是一次次无法重复的选择。

这是西方哲学史中的经典故事。

我曾经一直迷信这个故事，认为人生的选择无法重来。

但一次淡淡的茶香，改变了我的认知。

几年前一个慵懒的下午，友人邀我去喝茶，在风景如画的瘦西湖景区内，有一处清静的品茶之所——泊心园。

第一次见到这个招牌，便很惊喜。"泊心园"，多么浪漫而又富有哲理的名字。古文中的"泊"有两种完全不同的含义。一是漂泊之意，杜甫有"此生漂泊苦西东"。同是唐代诗人的崔涂有"那堪正飘泊，明日岁华新"等诗句。宋代风流才子柳永，更有"遣行客，当此念回程，伤漂泊"。但同时，"泊"在古文中又有停留之意。最经典的是那首全国人民家喻户晓的王安石诗句《泊船瓜洲》："京口瓜洲一水间，钟山只隔数重山。春风又绿江南岸，明月何时照我还。"王安石表面说的泊船瓜洲，实际上反映的是心灵将泊于何处？

宋代词人蒋捷亦有词曰："白鸥问我泊孤舟，是身留，是心留？"这就更加直白地道出了人心之"泊"，更重于人身之"泊"。

泊心园的主人王莹女士，读书时学的是中文，当过教师。温文尔雅，美丽贤淑。但不甘平庸的她，早年只身闯荡扬州，曾干过不少行当，但最终选择了茶艺作为自己的事业追求。那天我问起泊心园的含义，她说，现代社会节奏快，压力大，人心多浮躁。大家所共同缺少的是一个安放心灵的家园。人的心灵，仿佛在茫茫大海上漂泊的一叶孤舟。寻求一个合适的港湾，停泊、安放自己的心灵，这是许多人试图的选择，但，往往渴求而难遇。而中国的茶道茶艺，以其独特的清静、雅致和富有禅意的文化意蕴，正好契合了人们这样一份渴望和需求。于是，泊心园便应运而生了。

王莹选择了这份事业，从而让更多人选择了一种新的生活方式。

是的，走进泊心园，确实给人一种异常特别的感觉。这里的门庭不事张扬，内里却有一种掩饰不住的文化张力。茶室空间不算宽敞，但走进去，你所感觉的竟是天人合一的大境界。这里的工作人员衣着朴素，轻声慢语，但当你在茶位上坐定，她们便如有一种磁性，牢牢地吸引着你的眼光和神情，令你目不转睛地注视着她们泡茶的一招一式，聆听着她们解释茶道的抑扬顿挫。

与我同行的书法家徐正标先生，立刻便有创作激情，茶酣兴到，挥笔而就。那端庄秀丽、逸兴遄飞的"静雅"二字，至今仍悬挂在泊心园最醒目处。而泊心园近几年推出的"静雅茶修"项目正日益成长，受到越来越多高雅人士的欢迎与青睐。

日前的一个下午，天高云淡，秋风送爽。桂子花香，隐约可闻。原扬州文联主席刘峻先生，相邀几位文友聚会于泊心园。甫一坐定，我便眼睛一亮，茶艺师正在为我们冲泡一款正山堂的金骏眉，立即将我的思绪拉回到三个月之前。

六月中旬，为了编写一本关于历代词选赏析的书，我们假宿于武夷山桐木关正山堂。正山堂主人江元勋先生是中国红茶的第 24 代传人，更是著名茶品金骏眉的发明者。

提起金骏眉，还有一段故事呢。

十年前，江元勋先生的正山堂团队出了一款新茶，此品精选上等武夷山茶叶，经反复研制，使茶品形条细如美人之眉，冲泡后汤色金黄，闻之香气扑鼻，饮之回甘无穷。在为此茶命名时，一位来自北京的高人建议取名为"金俊眉"。后来，为使这款新茶能迅速走红市场，定名为"金骏眉"，虽一字之易，却化静为动。果然，此品一经推向市场，便如骏马飞奔，立即得到了广大茶友的追捧，尤其在高端客户中，品饮金骏眉，成为了一种流行与时尚。在正山堂的那段日子里，我们每日评佳茗，论诗词，访古迹，赏美景，度过了一段极其愉快的时光。今日又见正山堂金骏眉，竟有如逢故旧一般的欣喜与惊奇。

茶艺师的温婉话语，将我从对正山堂的回忆中拉到眼前。我的几个扬州文化学人围桌而坐，一边品茶，一边听着王莹女士介绍她的茶经、茶道、茶艺。这是一位有理想、有追求，更有坚韧之心的女性。美丽的大眼睛，闪烁着过人的智慧。慢条斯理的陈述，透露出她对茶艺事业的执着与热爱。一个外乡女子，在满眼陌生的扬州，在自己以前从未涉猎的茶艺领域，干得风生水起，事业初具规模，真是令人刮目相看的。尤其是她提出的"静雅茶修"新概念，正得到越来越多人的点赞，并成为她的粉丝与客户。她所创制的"茶空间"理念，也已成为一种样板，从而复制出了更多的如"泊心园"一样的高档品茗场所。

但王莹在描绘她事业前景时，也流露出些许遗憾，她说，论生活方式，扬州是一座典型的慢生活城市，但静雅品茗，涵养人生之风，在扬州还尚未形成风气。为了引领这个风尚，她愿做"第一个吃螃蟹的人"。她当然希望有更多的人参与静雅茶修，使高雅品茗在扬州城蔚然成风。

我闻此言，感慨良多。

柴米油盐酱醋茶，本是百姓开门七件事。其中茶的文化意蕴最为博大精深。可惜，很多人都将此庸俗化、粗鄙化了，以致我们大多数人平时饮茶都是以解渴为实用，以"牛饮"式的速成方式来喝茶。这实在是辜负了茶文化的千年积淀，说到底，还是辜负了人生应有的那份清静与雅致。

那么还等什么呢？让我们从现在起，选择一种新的生活方式，走进泊心园，走进静雅茶修群，去寻找我们那一份失落已久的静雅趣味与高洁灵魂。

酒甸品酒

中国是酒的王国。

中国酒，形态万千，色泽纷呈；品种之多，产量之丰，皆堪称世界之冠。

中国是酒人的乐土。

地无分东西南北，人无分男女老少，饮酒之风，历经数千年而不衰。

中国更是酒文化的极盛地，饮酒的意义远不止于生理性消费，远不止于口腹之乐；它是一种文化符号，一种文化消费；一种礼仪，一种气氛，一种情趣，一种心境。

美酒不仅给人以美味的享受，而且给人以美的启示与力的鼓舞；每一种名酒的发展，都包含了劳动者一代接一代的探索与奋斗，乃至英勇献身。因此，名酒精神与民族自豪息息相通，与大无畏气概紧密相接，这便是中华民族的酒魂！

泱泱中国文化史，如果缺了酒文化，那将生气全无，色调苍白。

历史文化名城扬州，当然也少不了酒文化。据说当年吴王夫差战胜了越王勾践之后，十分狂傲，整天陶醉于胜利的喜悦中。"屧廊移得苎萝村，沉醉君王夜宴频"，美酒加美人，吴王夫差的感觉超好。他是带着醉意来到江北这片丘陵山地的，建了邗城，通了邗沟，占了东鲁，打败强齐，中原半壁江山悉归于吴。接下来干吗呢？宴酣之乐，未可废也！

大运河沧浪北去，流出扬州城之后的第一个码头叫槐泗，这是邵伯湖的西岸，一个古老得几乎与扬州城同岁的小镇。至今，在这片土地上，还能捡拾起关于这座城市遥远记忆的若干碎片，比如吴王夫差钓鱼台，比如酒甸。

酒甸之地，去城不远，它静静地坐落在由扬州去往京城的御道边。相传古代此地有一家姓吉的酒店，人称"吉家酒店"。扬州文人多，有一天，几个文人出城春游，来到吉家酒店，几杯酒下肚，一致称赞酒好。但觉得店名不够雅致，于是就想着为这个酒店起个名字。其中有人说，城郊之地可称"甸"。此地正当扬州城郊之处，何不给这店改成"甸"呢？此意既古雅，又通俗。众人称善，于是为酒家重新写了个幌子："吉家酒甸。"后来慕名前来品酒、经商者甚多，所以逐渐形成了一个集镇——酒甸镇。当年隋炀帝的江都行宫即与它为邻，杨广是很爱喝酒的，他一定知道酒甸的酒好喝，于是他在江都宫中一件重要的事便是饮酒。"绿觞素蚁流霞饮，长袖清歌乐戏州"，多么地惬意与浪漫。甚至在"江都兵变"之前，他仍在纵情狂饮。"求归不得去，真成遭个春。鸟声争劝酒，梅花笑杀人。"

隋王朝匆匆结束了它三十八年的历史，而将一条数千里的大运河交给开放包容的李唐王朝，交给了二分明月的千年扬州。

唐代扬州可热闹了，但凡身上有几文铜钱的都愿意往扬州跑。"花柳繁华地，温柔富贵乡"，自然更不能少了酒，于是酒甸的生意格外红火。至今我们似乎还能感觉到，李白当年"系马垂杨下，衔杯大道间"的潇洒风姿。

杜牧在扬州，酒喝得更风流："落魄江湖载酒行，楚腰纤细掌中轻。十年一觉扬州梦，赢得青楼薄幸名。"

康乾盛世，扬州因运河通畅而再度兴盛，酒甸成了两淮盐商的白酒专供地。"万商日落船交尾，一市春风并酒垆。"史料记载，"城内之烧酒大抵来自于此，驴驮车载，络绎不绝"。于是酒甸这一带成了扬州城的酒库，家家户户都有酿酒人，数百年间酒坊林立、酒香远扬。

然而，近代百年，由于交通格局的变化，历史上数度繁盛的扬州，却一步堕入了百年长夜无歌的境地。虽然扬州酒文化依旧在，只是失去了曾经的那份豪迈与自信，而平添了几多低沉与愁情："绮陌韶光眼底收，酒痕狼藉与勾留……泰娘艳梦无人唤，散作江南十斛愁。"即便曾经香飘百里的酒甸，也不见了遗香千载的醇酒佳酿。随着食品加工现代化的不断推进，古法酿酒渐渐失去了市场竞争力，酿酒作坊纷纷打烊。古法酿酒，这一民间技艺因无人传承面临灭绝。扬州人，只剩下"扬州白，天天咽"的自我麻醉与安慰。

峰回路转，柳暗花明。

如今在槐泗镇许巷村，又一家"酒甸酒坊"重新崛起。一个叫戚秀龙的年轻人将古法酿酒这一传统优势和民间技艺发扬光大，推出了具有鲜明地方特色的

"槐泗老酒""酒甸老窖"和"桃李一品"三大古法酿酒品牌。

今日之"酒甸酒坊"的秘方，缘于拥有130多年酿酒历史的沈氏家族，年近古稀的沈金龙师傅，是沈家酿酒第三代传人，他从事古法酿酒已有50多年。

2017年3月，戚秀龙将沈师傅请到槐泗镇许巷村，依托当地积淀深厚的酒文化，新创办了酒甸酒坊。

酒坊位于许巷村香春生态园内，这里绿树成荫、溪水环绕、环境优雅，是天然酿酒佳境。面对中国白酒勾兑加工成风之弊，酒坊坚持一切回归传统，一切出于天然，一切服务品质的宗旨，酿造的曲酒醇厚绵长，馥郁芬芳。饮后回味无穷，齿颊留香。

曲酒原料为来自黑龙江省的红高粱。由于北国昼夜温差大，高粱的糯性较强，支链淀粉与脂肪酸含量均较高，特别适合酿酒。

水分晒干的高粱先由大锅煮熟，煮到裂开为止，一般需40分钟左右，然后捞出，上甑子蒸，直到熟透。酒坊的燃料全部使用木材，因为木材的燃点一般在200℃—290℃，明显低于煤800℃—1000℃的燃点，更加符合酿造白酒需要"慢火细煨"的要求。

蒸熟的高粱降温晾干，接下来由沈师傅亲自拌曲。该酒曲拥有特殊的微生物种群，引动高粱发酵，将淀粉分解为酒精。整个发酵过程，全在陶瓷大缸中进行。一般夏天需10天左右，冬天需15天左右，纯粹依靠天然气候，不采用任何人工的调节温度措施。

出酒时，高粱又从大缸移到酒炉里。沈师傅凭借多年积累的经验，采用"望、闻、诊、切"的方法，判定什么时候收酒。"望"是望高粱的成色，"闻"是闻酒的香味，"诊"是诊发酵的程度，"切"是切酒的产量。这里，没有任何仪器，一切全凭手工和经验操作，正因为如此，这样的曲酒"此味原应天上有，人间唯得此处寻"。

因为恪守传统工艺和作坊生产，酒甸酒坊的日产量仅50千克左右。俗话说，"酒香不怕巷子深"，如今，酒甸酒坊的酒香早已经飘出了槐泗镇许巷村的这条"巷子"，走上了扬州、南京等地城市和乡村的餐桌，并受到了消费者的交口称赞。

仲秋之夜，月明星稀。我与著名古筝艺术家傅明鉴先生循着酒香走进了酒甸，走进了许巷村。品着酒甸老酒，就着农家新鲜菜蔬。微醺中，我的思绪又流进了身边的古运河，流进了历史。我仿佛看到，一队队的客商，又来到了酒甸老镇；一条条巨舸又驶进了槐泗古港。再看那"春风十里扬州路"上，烟花三月的明月楼头，到处飘散着酒甸老酒的芳香……

吃的随想

为期一周的日本之行就要结束了，因为是第一次访日，感受实在多多。

比如日本现代化的程度；日本人遵守公共秩序的自觉行为；日本城乡干净整洁的街道；日本人对环境保护的重视；以及日本人对传统文化的有序传承等，都给我留下了深刻的印象。

而让我感受最深的，还是它的饮食文化。因为"人无不饮食"，因为"民以食为天"！

从踏上日本国土的第一个晚上开始，我们就是吃的日餐。

对于习惯了用大盘子大碗装饭装菜、习惯了将菜肴铺满桌面，方显得丰盛与热情的我们，起初极其不适应日餐的那份小气——小小的餐馆，逼仄的座位，尤其是菜的分量，少得令人不敢下箸。我们邻座的两个日本男人，喝了一晚上的酒，其佐酒菜肴总量尚不及半夹扬州老鹅！

然而，几天吃下来之后，我竟然渐渐地对日餐产生了好感。它的方便快捷适量，它的色彩搭配和谐，它的餐具精美多样，以及就餐环境干净舒适等，都给了我极好的感觉。即使是在乡村野舍和高速公路服务区，其餐饮亦与都市同样精美多样，当然还更加方便快捷。

那天中午，在经过了几个小时的长途跋涉之后，停车吃饭。这是一个乡村路边小餐馆，但无论室内室外的干净程度，还是服务水平，与城里的餐馆竟毫不逊色。

我们刚进门，服务人员已将每人的餐摆放整齐。一个托盘中，装有半碗面条，半碗米饭，一块烤鱼，以及筷子、餐巾纸全部配齐，这就是一份午餐。开始大家有吃不饱的担心，吃下去之后，却感觉饱的程度很适当，唯一不足的是，少了一点素菜。

又一个中午，到达东京，导游将我们带到了一个中餐馆。一个大餐厅，大圆桌，一大堆的人，尽是大嗓门。吧台的高处，供奉着武财神关公。

这是中国东北人开的馆子，服务员一开口就是二人转的味道，听起来老热情、老亲切、老幽默的那种。午饭菜有红烧猪蹄、蒜苗炒肉、红烧鸡块、麻婆豆腐、干煸包菜等，共计五菜一汤，另加米饭。吃了几天日本餐的我们，一见中餐，笑逐颜开，乃大嚼。尤其是那道红烧猪蹄，看着诱人，吃着过瘾。最后还舍不得那点汤浪费了，竟又加了一碗饭。这顿是吃饱了，却饱得有点过分，直到晚上都没有食欲。

由镰仓至松滨，途中在一个高速公路服务区吃饭。每份有一条烤鱼，半碗饭，半碗日本大酱（味噌）汤，一碟开胃小菜，经济实惠，既管了饱，又吃得好。再逛逛服务区内，工业化生产的快速食品琳琅满目，你想吃的东西应有尽有。很多旅客，无须落座，便把吃饭的事打发了。

反观咱们国内的高速公路服务区的餐饮，品种单调，出菜速度慢，卫生状况堪忧。有些服务区实行自助式餐饮，速度是快了一些，但少数素质不高的旅客，取菜的时候，把盘子装得小山似的，最后吃不掉，造成浪费。

我想，假如我们中国的高速服务区也能推广方便、快捷、简单、卫生的快餐，将会节省多少人力、物力和粮食。

除了原料的地域性特征之外，中日餐饮最大的不同点在于就餐方式，中国是圆桌式的筵席制，而日本是分餐制。无论是从节约、卫生、方便，还是尊重个人口味、喜好等方面考量，毫无疑问，分餐制有着更多的利好。

其实，中国早期的进餐方式便是分餐制。

春秋战国及更早时期，尚无桌椅等物，人们席地而坐，吃饭的时候食物放在低矮食案或身边的地上，每人一份，各吃各的。

如战国末期燕太子丹招待荆轲，与他等案而食。案，即是小桌子。"等案而食"表明，两张食案上放相同的饭菜，两个人各自据案分食。

又据《史记·孟尝君列传》记载，孟尝君曾请人吃宵夜，因为灯光不够明亮，客人以为孟尝君给他的饭菜量与孟尝君的不等，生气了，爬起来就想走人。孟尝君赶忙将自己的饭菜给客人看，这位客人看了之后，自惭形秽，居然自刎了。显然，那时也是分食的，如果坐在一起合食，便不会发生"饭不等"的误会。魏晋时代，北方少数民族使用的"胡床"开始进入中原。胡床，又称交床，类似如今的折叠椅而无背。从此，人们的坐姿由席地而坐改为垂足而坐。到了隋唐五代，出现了更加方便、舒适的高足大椅，杯盘碗等食具可以直接摆在桌上，于是逐渐形成了大家围坐一起的合食方式。

不过，即使从此以后，分食的习惯也还没有完全消失。比如，公元十世纪的南唐画家顾闳中的名作《韩熙载夜宴图》，韩熙载与几位士大夫面前各摆几只长方形桌子，上放一色的八盘果品佳肴。这种分食方式便是顾闳中据实画成的。

再如《红楼梦》第四十回里贾宝玉说："既没有外客，不必按桌席，每人跟前摆一张高几，各人爱吃的东西一两样，再一个十锦攒心盒子，自斟壶，岂不别致？"可见，在出现合食制千年后的清代，某些场合（如家宴），依旧保持着分食习惯，但已属"非主流"。

25年前，我在江苏商业专科学校中国烹饪系工作。当时中国烹饪理论界曾经大张旗鼓地讨论过中国筵席的就餐方式问题，主张分餐制的呼声一度十分高涨。但很可惜，中国的传统力量太强大了，很多人在阻止分餐制，甚至有人危言耸听地说，分餐会把中华民族的大团结分掉！故而这次关于分餐制的讨论，最后只能草草收场，不了了之。

然而在烹饪实践发展过程中，这20多年来，分餐制的方式也在悄然改变着中国的筵席。

今天我们在高档宾馆吃饭，虽然坐的仍然是圆桌，但大多数菜肴都是以"各客"的形式呈现。即使有的菜肴是用一个容器装上来，如炒菜等，但服务人员也是将其分到各人食用。

但是，问题在于，菜肴的道数仍然太多，一顿筵席吃下来，有一半菜吃不完，尤其是在婚丧嫁娶的宴席上，造成的浪费极其惊人！

饮食文化是人类一切文化之根，古人说"治大国若烹小鲜"。今天看来，有必要把这句话的意思逆向领会，即"烹小鲜关乎治大国"。

餐桌文明，是一个民族社会文明程度的标本与范式。中国式求多、求大、求奢华的饮食习俗，与文明社会的标准存在诸多不谐。仅从卫生角度看，不卫生的合食传统已到了非改不可的时候。

但愿中国烹饪能顺应时代要求与国际潮流，对传统的进食方式进行彻底改革，这不仅能推动中国烹饪脱胎换骨的发展与进步，而且能够提高人们的生活质量，极大地节约能源，节约粮食，乃是利民、利己、利国家的千年大计。

乡情之忆（1）

一　捧碗

估计"80后"的小伙伴们都看不懂这个题目的含义了，可我们这一代人想起来就觉得亲切，至少我还有这样的感觉。

捧碗，顾名思义就是捧着饭碗，但是如果仅仅这么机械地望文生义，那就兴味索然了。捧碗是故乡民风中一种特有的现象，就是捧着自家的饭碗，却不在自己家中吃，而是到隔壁邻居家去吃，甚至走街串巷地去吃，故乡人将此现象称之为"捧碗"。

我小的时候，故乡的天很蓝，水很清，人与人之间的关系也非常亲密。邻里之间，用《红灯记》中李奶奶的话说"拆了墙咱就是一家人了"，所以熟稔得很。每到吃饭的时候，就会见到有人捧着饭碗在邻里之间走动着。比如张某捧着饭碗来到李某家，或倚在门框上，或坐在门槛上，甚至就直接坐到桌边上，相互交流着各自饭碗里的内容。那时候物资匮乏，各自碗中无非"瓜菜代"之类。但即便如此，张某与李某家的主人之间，往往会交换品尝一下各自的食物，并在品尝的过程中相互夸赞一番，故乡人说，这叫"隔锅饭香"。

捧碗在故乡不是一种偶然的、个别的现象，而是一种常见的、普遍的现象。除了捧到邻居家去吃，还有捧到路边上吃的，一边吃饭，一边与来来往往的人打招呼。有的人喜欢捧到河边上吃，一边吃饭，一边数着河中的鱼虾。有的人则捧到了农田边上吃，一边吃饭，一边欣赏着庄稼的长势，并且思量着下一步要施什么肥料，打什么农药。

捧碗不仅是一种特殊的就餐方式，还成了信息交流的主渠道。一顿饭"捧"下来，会知晓许多事，比如谎言山家添孙子啦；赖老二家的老母猪一窝生了十五只；某某人家婆娘同队长相好……

对于村干部来说，捧碗甚至成了一种工作方式。那时候是大集体时代，生产队的干部们每天都要给社员们派农活，以及商量农业生产方面的事。于是几个村干部约好，大清早，各自捧着自家的饭碗，集合到某个地点，一边吃饭一边议事，早饭吃完了，事也就谈妥了。

由于捧碗的距离较远，所以捧着的碗有两个特点，一是碗大，往往是家乡人所称之为"斗碗"的一种大碗；二是装得多，如果装的是稀饭，那必须是满满一大斗碗。人一边走一边就着碗边子喝，还没走几步，那稀饭就已经喝了一半。如果是干饭，那就必须装得小山似的，在捧碗人吃饭的时候，对面看不到他的眼睛鼻子。

捧碗不仅是一种乡俗，甚至成了某些人的习惯，不捧碗在家里就吃不下去，非捧出来吃不可。有个邻居名叫"十斤"，他个子大，出生的时候有 10 斤重，所以取了这么个名字。他一家人大多都喜欢捧碗。唯独父亲是个老古板，不喜欢捧碗，却很幽默。有一次全家人都捧着碗到外面吃去了，他索性将自家的锅端到巷口上。人问其故，他说："省得他们回家盛饭，麻烦嘛，我就代他们把锅端出来算了。"

2020 年初，一场新型冠状病毒感染来势汹汹。政府对疫情严防死守，我也只能蜗居在家中，仿佛与世隔绝，偶然想起故乡捧碗的场景，而成此小文。

二 添饭

如今去饭店吃饭，有个专门术语叫"光盘行动"，即是提醒顾客，点的饭菜要适量，以够吃、吃完为准则，防止浪费，这是物质极大丰富之后在餐桌上体现的一种文明与进步。是的，现在的人大多不存在吃不饱的问题，倒是总担心吃得太饱，最后吃出个"三高"来。于是，更多的人在宴席上，最后是不吃主食的，即使在提倡光盘行动之后，最后那一盘主食，往往还是被冷落在餐桌上，无人问津。

此种情况，常让我想起故乡在过去筵席上出现的一桩趣事——添饭。

我小的时候，国家刚刚度过了三年自然灾害，粮食十分紧张，但是再穷，农村人家也要有婚丧嫁娶呀，不过只能简单操办而已。菜只有六道，农村人称之为"六大碗"，而且，也不是什么高档原材料，主要是青菜萝卜豆腐之类。当然也有荤菜，一般有三道，一道红烧肉，一道烩肉圆，一道红烧鱼。乡下人没有圆桌，只有方桌，一桌坐八个人，故俗称八仙桌。农村人一年四季沾不上几次荤腥的，请来的客人又大多是成年人，要是放开肚皮吃，那六道菜还不够塞牙缝呢！于是大家也都心照不宣，两三巡酒喝过了，就赶紧"带饭"，带饭就是吃主食。主人也知道菜不够吃，于是就让客人多吃些主食吧。主食的品种就是米饭，先是一人装一碗，大家看菜吃饭。

为了让客人吃饱，筵席中间便有了一个专门的程序，叫添饭。有专门的添饭人，这些添饭的人都是从乡亲邻里中间选出来的神气人，要手疾眼快，动作麻利。他们一手拎着装满米饭的淘米箩，一手抓一个空碗，眼观六路，耳听八方地巡视在筵席座次之间，见到哪位客人碗里的饭吃得差不多了，就去为客人添上。为了表达主人的热情，往往要为客人添几次饭。以至筵席吃到最后时，添饭变成了酒席桌上的高潮。那时候人们对粮食十分珍惜，哪怕一粒米掉在桌上，都要捡起来放到嘴里。所以，对主家添的饭，是不能剩下来的，否则就是不懂规矩，没有礼貌。于是，添饭的人要想方设法将饭添到客人碗里。客人呢，为了不留"剩饭碗"，就要千方百计地躲避添饭。这时，大家都神情紧张地护着自己的饭碗，生怕被添上，越到最后，气氛就越紧张！有时你的饭碗捂得再紧，结果还是被添上了。添饭的那身手真叫个绝啊！有时是"横刀立马"，直接从前而进，你一不留神，"啪"，一碗饭就扣到你碗里了；有时"偷袭珍珠港"，冷不丁，斜刺里伸出一手，你又被添上一碗；有时甚至"飞将军自重霄入"，仿佛从天上飞出一碗饭，直奔你的饭碗而来，完全令你猝不及防！有反应稍微迟钝一些的客人，几碗饭好不容易快挨下去了，冷不防又被添上了一碗。更有人"落井下石"，将桌上所有剩菜剩汤，一股脑儿摁到他碗里。此时，众人有为添饭的人手脚敏捷而叫好，有看着被添了饭，却又实在难以吃下去的人在出洋相。但无论如何，饭都不会剩下。有时候，一堂屋的人，就看着最后一个人慢慢把饭吃掉。一来粮食金贵，二来人情难却啊！

散席时，众人一边打饱嗝，一边披衣服，男人们往往则嘴上衔支烟，耳朵上再夹支烟，笑哈哈地离去……

添饭风俗，直至上世纪八十年代初期，才随着温饱解决而离人们远去，但是曾亲历的一幕幕场景，永远镌刻在我心灵深处。

添饭，添的是淳朴的民风，添的是浓浓的乡情。

三 碰头

很多朋友绝不会想到这个题目与吃有关，但这确是一个关于吃的话题。

吃的话题是我们中华民族永恒的话题，不是有一个段子吗：中国人日常生活中的大事小情，都能用"吃"来描述，比如：工作＝饭碗；解雇＝炒鱿鱼；没钱＝吃土；嫉妒＝吃醋；长得丑＝吃藕；拿好处＝吃回扣；混得好＝吃得开；劳动负荷太大＝吃不消；白跑一趟＝吃闭门羹……

为什么国人吃文化如此丰富，并且长久不衰？有人说是因为中国人吃得太好了，吃得太多了。而我的见解恰恰相反，因为中国是农业国，在科学技术不发达的时代，种田人完全靠"望天收"。因此历史上除了极少数朝代之外，中国人长期是处于吃不饱的状态，可以说，饥饿与我们这个民族一直如影随形。即使是"忆昔开元全盛日，小邑犹藏万家室，稻米流脂粟米白，公私仓廪俱丰实"的盛唐开元时期，也仍然存在"朱门酒肉臭，路有冻死骨"。

所以，能不能有饭吃？能不能吃得饱？能不能尽量吃得好，才是我们这个民族一直关注的话题。熟人见面之后，"吃了吗？"才成为一句最通常的招呼语和问候语。

我们这一代人，小时候最深刻的记忆之一，就是饥饿。尤其是冬天，因为粮食不够，家里通常一天只吃两顿，而且食物大多数是"瓜菜代"。那时候我们正长身体，虽然不懂得营养对青春期的意义，但嘴馋是真的，又饿又冷又馋，有时候馋得直咽口水。"可怜群小儿，终日受饥饿。"家里的伙食总就是那几样，不是青菜萝卜，就是萝卜青菜。少年的我们多想吃一顿肉啊，多想爽快地吃一顿肉啊，多想过瘾地吃一顿肉啊。于是就派生出了一种独具乡村特色的聚会——碰头。

所谓"碰头"，就是几个小伙伴私下里出钱凑份子，去买几斤肉或者几条鱼，或者弄一只鸡鸭鹅之类，搞大一点的时候甚至会宰一只羊，杀一条狗，总之要有荤腥。原料有了，晚上就在其中一个小伙伴家里摆开了场子，大家一起动手，洗锅刷碗，拣菜剥葱，人人有事，各有分工。我小时候就是个吃货，善于调味，大家就常推荐我执掌锅铲。

经过一阵折腾，饭菜终于熟了，那香味馥郁，能飘出半个村子，往往引得很多人闻香而来，东张西望。几个小伙伴，每人先弄二两瓜干酒，然后每人再装一大碗白花花的米饭，那菜的味道鲜啊，饭的味道香啊，往往是吃得刮锅打堂，粒米不剩，这才心满意足地各自回家，于是，这一夜做的梦全是好梦！

为什么家乡人将这样的聚会称之为"碰头"呢？因为凡是能聚在一起的，都是交情较好，志同道合的朋友。要是话不投机者，尖刁刻薄者，是没有人愿意与他"碰头"的。于是，"碰头"的意义其实已超过了改善伙食、打牙祭的含义，甚至带有一种歃血为盟的江湖义气。所以凡是经常一起"碰头"的人，日后往往都成了铁杆朋友。比如我和长江学者、著名语言学家华学诚，小时候就是经常一起"碰头"的小伙伴。直到今天，我们俩聚到一起的时候，总还带着当时"碰头"的情感。

当下，大多数人温饱已不成问题，但是吃的文化依然是网上热词。其实今天的年轻人也是经常"碰头"的，只不过他们换了一个洋名词，叫"AA制"。

四　螃蟹

秋风响，蟹脚痒。这个秋天，看了太多写螃蟹的文章，也撩起了我的写作冲动。

但我是不太喜欢吃螃蟹的，可能是因为小时候吃得太多了。我的家乡在里下河，是真正的鱼米之乡，虽不很富庶，但境内河流纵横，水网密布，即使再困难，鱼虾水产总还是不缺的。我小的时候，特别喜欢捕鱼捉蟹之类的事，而有时候将捕获的成果拿回家，却要受到大人的嗔怪，因为即使捕到鱼虾鳖蟹之类，也要油火烹煮啊！在那个物资短缺的时代，即使是最不值钱的稻草，也是不可以随意挥霍使用的。

我高中毕业的那个秋天，在生产队打谷场上做管理员，打谷场三面环水，有多个捕捞螃蟹的人。捕蟹的方式非常特别，用稻草拧成一条长长的、碗口粗的绳索，在水里浸湿了，再用稻草烧的烟雾将绳索熏透，它有个专门的名词叫"烟索"。然后将这条烟索横斜着沉在河底，据说螃蟹不喜欢闻这烟索的气味，就顺着水流另找出路。而就在螃蟹另找的那条出路上，捕蟹人正张网以待。那时候生态环境好，捕蟹人一个晚上最多能捕十多斤螃蟹。

但当时的乡下是很少有人买螃蟹吃的，据说他们捕捞的螃蟹都是卖到大城市去，特别是上海人，很喜欢吃螃蟹，而且很善于吃螃蟹。有人编出了一个故事，说是有个上海人坐火车去南京，带两个大闸蟹在火车上吃，吃的那个精细程度真是令人叹为观止。不仅技术娴熟有套路，而且有专业工具，什么锤子、钳子、夹子、拨子、掏子等一应俱全。从上海到南京差不多五个小时，两只螃蟹才吃完，剩下的螃蟹壳还舍不得丢了，用纸包扎好带回去可以烧 顿豆腐汤呢！

我在场头上跟这些捕蟹的人混熟了，有时候他们会将卖不掉的一些小螃蟹送给我们吃，什么水煮螃蟹、清蒸螃蟹、青菜烧螃蟹、面酱拖蟹、油炸螃蟹，等等，什么花式都吃过了。讲真，那段时间我把螃蟹吃厌了！

后来我出来求学读书，对家乡的水产之类便开始怀念起来。怀念春日水渠中的小泥鳅；怀念夏日门前河里钓起的小参鱼；怀念冬日出鱼塘之后的杂鱼烧咸菜；当然也怀念秋日里鲜美肥硕的螃蟹。但只能是怀念而已，因为故乡遥遥，远水解不了近渴。晚上宿舍的"卧谈会"上，每每谈到故乡的食物，就只能咽几回口水了。

记得上大二的那年秋天，家乡有人来扬州，母亲帮我熬了一罐子螃蟹油请人家捎来。那是用螃蟹的蟹黄和蟹肉与猪油一起熬制而成的，金黄油亮，极能引起人的食欲。

我拿到手之后，打开瓶盖，在鼻子上闻了闻，那一股新鲜的香气直沁心脾。我却没有舍得吃，而是将这一罐螃蟹油送给了一个上海的朋友。

这位上海的朋友，是我在一次旅途中邂逅的，姓周，是上海古籍出版社的编辑，一位很有儒雅风度和修养的中年人。我与他恰巧住在同一个旅社的同一个房间，于是彼此之间就聊起了天，当他得知我是中文系的学生时，便很欢喜，不仅向我介绍了中国文学的博大精深，而且指导我读书治学的方法。短暂的相遇，却给我留下了深刻的印象，分别时彼此留下了通信地址。

我知道上海人酷喜吃螃蟹，于是便将这一罐螃蟹油托人辗转送到了上海周先生手中。

过了几天，我收到了周先生一封热情洋溢的信，除了感谢我馈赠给他的螃蟹油之外，还给我寄来了一批好书，其中有我最想得到而当时很难买到的《辞海》缩印本。这对我来说是天大的意外，我赶紧给周先生回了信，表示谢意，并邮去了书的全部费用。

后来我虽然购买了新版《辞海》，这一本缩印本却始终舍不得丢弃，因为它记录着一段难忘的友情，更是我读书求学过程中的一个有趣的故事。至于螃蟹，我至今仍然不喜欢吃。

乡情之忆（2）

一　上街

我的故乡，隶属于兴化县。可是，它距离兴化县城有90里路程，且水网纵横，过去交通极不方便，去一趟县城，来回至少得两天时间。吾乡的邻县是东台县，东台县的县城，离我们村子只有30里地，无论是步行还是行船，二三个小时即可到达。故而，家乡人逢年过节，或家中有婚丧嫁娶，要办一些采买之类的事（家乡话叫作"打厨作"），都是去东台县城，并且有一个约定俗成的词，叫"上街"。

我小的时候，家乡人上街是一件很隆重的事。往往要提前几天计划，找一条船，约几个人家一同前往，以便在行船的时候相互换手。到了上街这一天，要起得很早，往往是凌晨三点钟，甚至更早，一是为了赶早市，二是图个当日来回。

孩子们如果能够有幸跟大人们上一趟街，那是天大的高兴事，往往在前半夜就兴奋得睡不着觉的，只盼着后半夜快快到来。这时候大人们往往骂道："快睡，再不睡明天不带你上街了。"这一骂很管用，于是便老老实实地把头往被子里面一钻，不敢吱声，心里边却在盘算着，明天到了街上，央求大人们给买点什么好玩的，好吃的。

后半夜三更天时分，上街的船在装满星斗的小河里离开了村庄，往东台城缓缓而行。夜色中，河面十分静谧，除了偶尔有鱼儿跃出水面，其余便是竹篙橹桨的声音。船儿驶过了一个村庄，又一个村庄，其中有一个地标性的村子叫辞郎庄，便是传说中七仙女辞别董永的地方，很浪漫也很凄美的地名。过了辞郎庄，就意味着离东台不远了。

天也在桨声欸乃中逐渐亮起来。两三个小时之后，终于抵达了东台。来自不同地方的船，有各自习惯的停泊点，我们村上的船，一般都会停在北关桥一带。

家乡有句俗语，"乡下人上街，不是好（念去声）吃，就是卖呆"。因为起得太早，又经历了几小时的行程，所以到了街上第一件事便是上街吃早饭。乡下人平时很节省，但是，难得上一趟街也会舍得一点的，尤其是带着孩子的大人，往往要领着孩子去张覆盛家茶馆吃一碗鱼汤面、馄饨，或者两个肉包。东台还有一种极富地方特色的食品叫"虾脐儿"，是在发面中嵌几粒海虾仁，放在油锅里炸熟的油饼，咬一口，酥香滑腻，很解馋的。

吃过了早饭，大人们便要开始办事了，有的要去菜场，有人要去百货公司，有的则要去小猪行抓猪崽，也有跟着顺船，到街上医院里去看病的。小孩往往跟着大人们去街上看热闹，偶尔大人们也给几毛钱，买点小东西，如万花筒、鬼脸子（戏剧脸谱）、气球等。小女孩会买些扎头的头绳及发卡之类的饰品。大一些的孩子则买一些小人书或者学习用品，要知道，如果从东台买回一只文具盒，足以在小学阶段显摆几年呢！如果是在夏天里，有一样东西是肯定要吃的，那就是冰棒，三分钱一支，买在手里，边走边吃，这已经是孩子们很满足的享受了。如果是在冬天，则会跟大人们去澡堂洗把澡，那温温润润的氛围，很惬意的。

在街上"卖呆"的时候，我最喜欢看吹糖人。

在北关桥堍，有一位吹糖人的老翁，我总是紧挨着他的摊子，目不转睛地看他吹糖人。只见他拿出一小块糖稀，用食指蘸上少量淀粉压一个深坑，收紧外口，快速拉出，到一定的细度时，他猛地折断糖棒，此时，糖棒犹如一根细管，他又立即用嘴巴鼓气，给糖稀造型。不一会儿，他的手中就凭空出现了一只小老鼠。只见那只老鼠竖着两只又大又圆的耳朵，两只小眼睛似乎还在眨巴着，老鼠扒在一个瓶子上，这个作品叫"老鼠偷油"。一个糖人做好了，老翁小心翼翼地用一根竹签穿过老鼠的身子，再把竹签插在了旁边用稻草扎起的秆子上。再看那秆上，插满了他的作品，有兔子、猴子、龙、鸡、羊等，十二生肖都全了。甚至还有"猪八戒背媳妇""孙悟空三打白骨精"等带有故事情节的作品。奇妙的糖人艺术造型和生动有趣的故事，往往看得我忘了时辰。

小孩跟着大人们上街，不能乱跑，否则容易走失，我就有一次走失的经历。

五六岁的时候，有一次上街，我自己突然大着胆子去买冰棒，冰棒买到了，却认不得来路，在街上乱窜了一阵，徘徊在一个缝纫店前，呆呆地看人家做衣服，看了很久很久，人家感到奇怪了，一个师傅问我："你是谁家的孩子？在这里做什么？"

我懵里懵懂地回答"华庄的"。

"你为什么待在这里呀？"又问。

"我找不到大人了。"我答。

"哎呀，这孩子是跟大人走散了，那人家大人肯定很着急的"，有个阿姨说。

"快去告诉广播站吧。"有人建议道。

就在这个时候，我父母找过来了，看到我，便一把抓住，唯恐我又飞了似的，一边埋怨道："你死到哪里去了？找你半天了！"父母谢过人家，领着我走了。

待到诸事完备，下午在一河夕阳中，上街的船回程了，船上装满了各人采买的东西。晚上，当上街的船停泊在故乡码头上的时候，便又是一道风景。码头上往往站满了人，有的是家人来帮着拿东西的，有的是纯属看热闹的。如果有人抓回了猪崽，那就更热闹了，猪崽吱吱的叫声，人们叽里哇啦的评论声、招呼声，响成一片，仿佛将整个街市搬回来了一般。

我离开故乡很久了，东台城也已多年不去，"上街"成了记忆中的依稀。但这份记忆十分地美好，因为其中有鲜美的肉包、香酥的虾脐、甜甜的冰棒、温馨的澡堂、神奇的糖人，还有好看的小人书……

二　华庄供销社

当我闭上眼睛回忆故乡的时候，首先在我头脑中叠映出的画面是供销社。

华庄供销社，据说是兴化县最早的农村基层供销社，是政府上世纪五十年代初期在华庄设立的农村商业零售服务点。它规模很大，整个夹河边上，大多数房子都属它所有，那排场，在五六十年代的中国农村，可用气势磅礴来形容。

供销社门市部设置了日用百货、文具用品、日用土杂、布匹等柜台，以及生产资料门市部。凡与人民群众生活息息相关的供应和服务项目，几乎全有。商品琳琅满目，整天顾客盈门。供销社有个巨大的仓库，儿时的我，对它充满了神秘感。这里原是村上的一座寺庙，名广福禅院，因庙宇建筑宏大，村民们呼之为"大庙"。抗战期间，日本鬼子进村，放火烧了大庙。设立供销社时，为了储存供销物资，在大庙旧址上建了一个仓库。由于仓库建得特别高大上，故被村里人称之为"洋房"。洋房高大巍峨，坚固无比，以致我小时候走过它的墙根下，既有些恐惧，又有些好奇。总在想象着，这么大的房子，是什么人住在里边呢？

与华庄的土著村民相比，供销社的工作人员属于白领阶层，他们都是有知识、有文化的人，大多来自外地的城镇，吃的是国家饭。戴着手表，穿着皮鞋，大伏天，脚上竟然还穿着袜子。最难忘收款台上的那个年轻的女会计，皮肤白得如玉兰花，两只大眼睛忽闪忽闪的。她坐在高高的收款台上，我们这些小孩常常在店堂下面仰望她呢！

供销社人的生活方式，极大地推动了华庄的文明进程。举凡村容村貌、乡规民俗、文化活动等都在方圆几十里的乡村中位居翘楚。

我小时候最喜欢去供销社玩，有时在那里"相呆"，一呆就是半天，尤其喜欢看文具柜里那些商品，但因为没钱买，也只是"徒有羡鱼情"。文具柜里有时也卖书，尤其是样板戏的书，几乎是不断货的。样板戏书中有全本台词和唱腔简谱。我小时候在广播里听样板戏，因不会普通话，有些台词、唱词分辨不清，在供销社柜台上把书借出来一看就明白了。时间一长，我居然能将最早的三部样板戏（《红灯记》《沙家浜》《智取威虎山》）的台词、唱段，从头背到尾！

我还买了二胡、笛子、口琴等自学起来，居然也算是入门了。

因为有供销社的带动，整个夹河边就成了小街市。店铺林立，百业兴旺。杂货店，饮食店，缝纫店，药店，鱼行，肉铺等应有尽有。此时的华庄成为四乡八镇的人们向往的闹市，邻村的小伙子、大姑娘往往结伴而行，以能够来华庄逛一趟为荣耀呢。

供销社工作人员的言行举止，对我们这些少年也有潜移默化的影响。我最羡慕他们腰间别的那一串钥匙，认为那是身份的象征。人家一个人就拥有那么多钥匙，可我们全家人才有一个大门钥匙，而且全村人都知道放在哪儿。于是，我便暗暗地收集旧钥匙，等聚上了十把八把钥匙的时候，找个钥匙圈穿起来，别在腰带上，走起路来叮当有声，心理上一阵满足，仿佛我也成了供销社的人似的。其实那一串钥匙，一把也没实在用途。后来我来到城市工作，曾将挂钥匙的故事讲给朋友听，他们竟然笑得前仰后合。但对于少年的我，那是一段真实的往事，尽管现在想起来十分幼稚可笑。

那时候，供销社商品虽然品种繁多，但很多都是计划供应的，有钱也买不上。比如砂糖、煤油、烟酒，甚至肥皂、牙膏等都上计划。当我懂得要刷牙时，家中却没有牙膏（那时的农村人多用盐漱口），于是村上有头有脸的那些人，早上漱牙时那满嘴的白色泡沫，竟成了我无比的羡慕。有一次，我抖着胆子去供销社想买条牙膏，百货柜台的那位营业员是我们本庄人，按辈分我该叫"大大"。我怀着怯生生的心情凑近了柜台，叫了他一声"大大"，然后说"我想买条牙膏"。没想到还真心想事成了，"大大"居然从柜台下面悄悄摸出一条"中华牙膏"卖给了我。

供销社下面还有物资回收门市部，举凡废铁、废铜、废塑料、废玻璃、旧电池等都可回收。这里的会计（我们乡下人把供销社普通工作人员都称作"会计"，一如今天称某总）是一位和蔼可亲的老者。我们常常去他那里淘旧电池，因为有些电池还有"余电"，把这些有余电的电池，装在一个用两三个旧电筒焊接起来的长电筒里，四节或六节旧电池合在一起，发出很亮的光。初夏的夜晚，手握一只又粗又长的手电筒，一边把手电光束射向黑黝黝的天空冒充探照灯，一边招呼小伙伴。那份神气，就是村里最帅的小老大。

供销社，留给我多少美好而有趣的回忆！

遗憾的是，二十世纪八十年代之后，各种改制层出不穷，华庄供销社也被迫改制，改制之后的供销社已名存实亡。至此，曾经繁华一时的华庄也迅速走向衰微。夹河边没有了车水马龙，没有了人来人往，也没有了老田香的吆喝声。店铺关门，人员歇业，只有那条街上的一块块青砖，仿佛一行行漫漶的文字，记录着华庄曾经的辉煌……

三　场上

本文中的场，指的是大集体时代生产队的打谷场。就是把一块农田整平了，用石碾子反复碾压，使地面光滑坚实，主要用于打谷子，家乡话称为"场上"。

旧时的场上是全生产队的中枢，社员们一年忙到头，就盼着收获的时节，因此，场上与社员群众的口粮是联系在一起的，与每一个家庭的生计紧密相关。唐人李绅有诗曰：

> 春种一粒粟，秋收万颗子。
>
> 四海无闲田，农夫犹饿死。

确实，在大集体时代，粮食再丰收，农民却总觉得吃不饱。

那时候打谷子的方式很原始，大多为手工操作。在所有的打谷方式中，比较有趣的是"碾场"，就是将割下的谷子铺展在场上，由老牛拖着石头碌碡，来回反复碾压，而使谷子从茎秆上脱下来。赶牛碾场的人，往往是生产队里的老把式。碾场的活，看似轻松，实际上很累人的，有时碾"夜场"，要跟着牛后面走大半夜的路。夜半三更，碾场的人走的时间长了，未免寂寞、乏困，于是就有人发明了打"牛号子"。牛号子的曲调很悠长，在夜空中极有穿透力。牛号子内容一般是根据传统故事编成的顺口溜，很有些文化的。有一次，我们生产队的一个碾场的农民，唱出了这样一首牛号子：

> 日落西方又转东，劝人行善莫行凶。
>
> 霸王行凶乌江死，韩信偬死未央宫。

这位农民家庭出身是富农，没想到在这黑天半夜里唱出的牛号子居然被人听到了，而且说他宣传"封资修"，第二天，这位老农被村子里的红卫兵狠狠地批斗了一场。

收获的季节，往往是雨季，有道是夏日的天，小孩的脸，说变就变。如果在碾场的时候，突遭雷阵雨。那全村的人无论男女老少，也不管白天黑夜，就都要火速赶到场上，将摊在场上的谷物迅速堆起来，并做好防雨措施。这在家乡话中叫作"抢风场"。抢风场的场面煞是壮观，满场上都是人，叉子、板锨等各种工具齐飞舞，所有人的动作节奏都比平时快了许多，大家都在与风雨抢时间，争速度！这时候，场上的场长就成了总指挥，虽然看上去乱杂嘈兵，却又能做到有条不紊，往往是将谷物刚刚收藏好，一场大雨就劈头盖脸地浇下来。大家都在雨中淋着，男人们光着上身，落得痛快。女人们就显得有些尴尬了，雨水将衣服淋湿了，贴在身上，中老年妇女大多无所谓，但有些还没来得及穿戴齐全就出来"抢风场"的少女们就尴尬了，于是赶紧冒着雨，低着头，捂着胸，一溜烟地往家跑……

场上更是农村孩子的乐园，那时的孩子大多不是独生子女，也没有现在小朋友那么多的玩具，更没有游乐场所。生产队打谷场，地方大，又平坦，是放风筝、滚铁环、跳房子、抽陀螺等游戏的最佳场所。夏日的晚上，场上的水滨有萤火虫，于是有人就去捉萤火虫，装在玻璃瓶里玩。最难忘的是在场上捉迷藏，场上的草垛是捉迷藏的理想之地，有的孩子躲进草垛里，因为别人捉不到他，他自己竟睡着了。睡到半夜，一觉醒来，小伙伴们都已经回家，但落单的孩子并不害怕，因为那时的孩子不娇气，更不用担心被人拐卖。

场上还是乡村文化活动的重要阵地，举凡搭台唱戏、舞龙舞狮、打连厢、冬天的拔河等，大多在场上举行。特别是放电影，这是农村人最感兴趣的文化娱乐活动，那时候每个公社只有一个放映队，农村人平均一个月看不上一次电影。于是，放电影的这一天是全村人的大事，消息一传开，孩子们便欢天喜地奔走相告。下午，太阳还黄黄的，有人就将家里的长凳短凳搬到了场上，占个前面的好位置。到了晚上，满场都是人，有人找不到合适的观看点，就干脆爬到了草垛上看。

周围邻村的人，也从四面八方赶来看电影。入夜的田埂上，人影绰绰，手电闪闪。在看电影的观众中，偶有男女青年，在暗中悄悄地拉起了手，"金风玉露一相逢，便胜却人间无数"。于是，一对好姻缘，或许因此而成就。

但也有因看电影而生出悲剧来的，我们村上的一个大龄青年，因家庭成分高而找不上对象，后来，电影《红楼梦》放映了，他竟看上了瘾，追着放映队一连看了十几场，最后因相思"林黛玉"，疯了。

二十世纪七十年代末，农村分了田，包了产。作为集体经济象征的"场"也渐渐淡出了人们的视野。收割的季节，农民自家的院子或者公共马路取代了场的功能。于是，牛号子绝响了，"抢风场"的壮观景象不见了，乡村儿童没了释放童心童趣的"游乐场"，家中的电视机取代了场上的露天电影……

场上的风景，永远地湮没在历史的烟尘中。

四　蚕豆花儿开

蚕豆，顾名思义，因其长成青豆时形状似蚕，而得其名。后来我读了书方才知道，它原本也是"外果仁"呢，当时被称为"胡豆"，是西汉的张骞出使西域时将其带回来的。但在故乡，蚕豆可一点也不显示它曾经的高贵血统，相反，它是一种普通得不能再普通，低贱得不能再低贱的食物。然而恰恰是它的普通、低贱，才在我童年的记忆中留下了不可磨灭的印象，它时常如旧日的照片一样在我眼前闪过。

先说蚕豆花。

故乡蚕豆花开的时间是春天现在这个时节，它与油菜花同步。但它开得没有油菜花那么夸张，而是开得很低调，在比它大数倍的叶片下面，躲躲藏藏地开着，但老远便能闻到它的香味，那香味也不似油菜花香得那么呛人，而是淡淡地悠悠地漂浮在田野的春风中。爱美的乡下女孩，会随手摘一朵野花，或折一枝杨柳插在头上，却从未见有人戴过蚕豆花。但你绝不能因此认为蚕豆花长得不美，相反的，蚕豆花儿的美是油菜花难比肩的。你看它，白紫相间的底色上面，点缀着红与黑的色彩，造型优雅，仿佛一只翩翩欲飞的蝴蝶。难怪那部在里下河拍摄的著名电影《柳堡的故事》中主题曲，用的是"蚕豆花儿开，麦苗儿鲜……"

再说吃蚕豆。

故乡有农谚曰："小秧儿搁，蚕豆儿剥；小秧儿栽，蚕豆儿卖。"也就是说插秧时节就是吃青蚕豆的时候。

我们小时候吃青蚕豆，可没有今天城里人这般的新奇，因为那时候的农村食物，实在没有太多的东西可选择，除了主食之外，副食无非就是春天的秧草、蚕豆，夏天的丝瓜、毛豆，冬天的萝卜、青菜，等等。因此，一旦蚕豆能吃，那可能就是天天吃蚕豆，顿顿吃蚕豆。而且农村人的吃法很简单，无非是水煮蚕豆、蚕豆炒咸菜。讲究一些的人家，用蚕豆瓣烧鸡蛋汤，在农村，这已是上好的菜肴了。

然而，尽管蚕豆很普通，可是农村人究竟还是舍不得将青蚕豆全部吃掉的，也只能是尝个鲜而已，更多的蚕豆是要把它晒干了，储存起来，以备家庭日常生活之用。比如端午节时，会将蚕豆泡开了，剥成豆瓣包粽子；春节的时候，家家户户都要炒蚕豆。小时候出去拜年，拜到哪家，这家主人至少要抓一把蚕豆给你的。

关于蚕豆，最有兴趣的记忆是烘着手炉爆蚕豆。那时候没有空调，地球也没变得这么暖，冬天滴水成冰，绝非夸张之辞。于是小孩子们跟着老人烘炉子，便是极其享受的一件事。炉子是黄铜做的，里边放上未燃尽的草木灰，用来取暖。那时候已是寒假中，我们没有家庭作业，没有各种补习班，于是就跟着爷爷奶奶烘炉子。爷爷奶奶抓一把生蚕豆，让我们放在炉子上烤，于是我们的眼睛总是紧盯着炉子里边的豆子，看着它慢慢地鼓起来，鼓起来，忽然听到"噗"的一声响，蚕豆爆开了，也就意味着烤熟了，一阵香味透出来，真是馋人呢。今天想来，那简直是一种诗情画意的生活。

五 打更

夜深人静，万籁俱寂，突然想起了儿时乡间的"打更"。

打更是古代中国民间的一种夜间报时制度，由此产生了一种巡夜的职业——更夫，更夫也俗称打更的。打梆子或敲锣鼓，巡夜报时，一夜分为五更，每更约两小时。

在古代，打更是个极普通而又很特殊的职业。那时的人们缺少精确的报时手段，晚上的报时就几乎全靠打更的了。那时候大家晚上少有文化娱乐生活，基本上是日出而作，日落而息。人们听到更夫的打更声，便知道了时间。除了报时功能之外，打更实际上还承担着夜间安全巡逻的任务。

我小的时候，故乡也有打更人。

乡村的夜晚，人迹稀少，及至深夜，当人们都进入了梦乡，静谧的夜色中，打更人便成了乡村中唯一醒着的灵魂。

打更的工具起初是敲竹筒，那笃笃的声响，敲击着安宁的乡村之夜，也护卫着乡村夜晚的安宁。后来由竹筒改成了铜锣，铜锣的声音比竹筒有震撼力，但也在宁静的夜空中多了几许惊悚与不安，一声锣响，往往连栖息在屋檐下的麻雀也被惊得在夜幕中乱飞。再后来用鼓，鼓的声音比锣声要温馨，但又少了竹筒的那份古朴与在夜空中的清脆。

打更的更夫很辛苦，他们是非职业性的，农村人以种田为业，别无营生之道，更夫夜间打更便会多一份收入。所以，乡间的更夫往往是由人品端正且家境贫寒的人兼职，以夜间之辛劳，获得些许报酬，聊补家用。

我记得村上有个更夫叫雨四，据说，她妈妈生第三个孩子的那天下雨，于是叫雨三，生第四个孩子那天又下雨，于是便叫雨四。

雨四很小的时候父亲就没了，兄弟俩与双目失明的母亲相依为命。雨四人特老实，是一个叫他向东绝不会朝西的人，小个子，憨面孔，虽然生活艰难，但嘴角总是挂着微笑，谁家有个大事小事请他帮帮忙，一喊就到。

入夜时分，雨四背着鼓从家中出来，鼓声响起，向人们宣告了夜的开始。刚入夜时，巷口上还能碰到一些人，雨四总是一口一个"哥哥""姐姐"地与人打招呼。调皮的孩童，对雨四的那只鼓特感兴趣，往往尾随他走很远，冷不丁地在他的鼓上敲两下，而雨四并不恼火，只是回过头来对孩童说："不能乱敲哦，出了大事才乱敲鼓。"

那时村上还没通电，村民们晚上大多睡得早，偶然见到灯光亮处，雨四都要去看个究竟，如果谁家有事要帮忙，雨四是二话不说，便会出手相助。

从夹河边到大河南边，从大河南到小河西边，这一路走下来，便到了二更天时分，此时的村民大多准备睡觉。雨四用力敲击鼓面两下，同时用他低沉且略带沙哑的声音叫喊：各家各户，门窗关好了，锅堂门口弄清了，防偷防盗防火烛啊！

三更天时，夜已深，雨四在村子中已走了两圈。此时月明星朗，或是月黑风高，所有人都进入了梦乡，只有雨四在夜里踽踽独行，每当走过九家祠堂那条巷子，雨四心中也有些害怕，因为这里有许多关于鬼怪的离奇传说，于是雨四在此处便故意将三声鼓敲得响一些，给自己壮胆！

四更天时分，雨四又巡更到夹河边，这是村子里最热闹的街巷，曾经车水马龙，曾经市声如潮，曾经衣冠楚楚，曾经水鞋香袜。但这一切与雨四都毫无关系，他家虽也在夹河边上住，但只是三间破草房而已，逢到下雨，外面下小雨，家里落大雨。家中除了最简单的生活用品，比如一口锅腔（农村中最原始的灶台）和一张腿脚不全的桌子，几乎别无长物。瞎眼的老娘整天孤独地守候在家中，白天守候着雨四的脚步，晚上守候着雨四的鼓声。四更天是最难捱的时刻，雨四在村子里转了几圈，人不歇脚，马不停蹄，老虎也有困着之时啊！雨四真的有些累了、困了。不，累和困都不是问题，主要是饿了。大半夜走下来，雨四实在觉得饥饿难耐，忍不住拐到家中去，揭开锅，锅里总有一块山芋或是一根玉米之类的东西，这是他的老娘帮他煮好的，拿在手上滚热，吃到嘴里更热，这份热度，足以支撑雨四打完五更天。

天终于亮了，雨四打完五更鼓，夹河边上的店铺便次第开门了，剃头店的茶水炉子上热气腾腾，烧饼店里散发着诱人的香味，杀猪的老朱家吱里哇啦的猪叫声响彻了一条街，继而，家家户户的烟囱里冒出了袅袅炊烟……

雨四伸着懒腰，打着哈欠，将鼓从身上卸下，拖着疲惫的身了回到家中，倒头就睡。

这一夜村上平安无事，这一夜邻里鸡犬不惊。

如今，打更的行当早已销声匿迹。

再后来，我外出求学，客居他乡，故乡人事少有知晓。写此小文过程中，我向人打听雨四，得知他已去了另一个世界，不禁慨而叹之，化用唐人诗句，以寄余怀：

> 泉台一望客思惊，笳鼓喧喧忆故营。
>
> 万里寒光生积雪，三边曙色照乡心。